사는 게 글쓰기입니다

사는 게 글쓰기입니다

발행일	2023년 10월 10일

지은이	박정미, 백란현, 서린, 송주하, 이은설, 이은정, 이현주, 장진숙, 장춘선, 정은주, 정인구, 최주선		
펴낸이	손형국		
펴낸곳	(주)북랩		
편집인	선일영	편집	윤용민, 배진용, 김다빈, 김부경
디자인	이현수, 김민하, 안유경, 최성경	제작	박기성, 구성우, 배상진
마케팅	김회란, 박진관		
출판등록	2004. 12. 1(제2012-000051호)		
주소	서울특별시 금천구 가산디지털 1로 168, 우림라이온스밸리 B동 B113~114호, C동 B101호		
홈페이지	www.book.co.kr		
전화번호	(02)2026-5777	팩스	(02)3159-9637

ISBN	(종이책) 979-11-93304-75-4 03810	(전자책) 979-11-93304-76-1 05810	

(주)북랩 성공출판의 파트너
북랩 홈페이지와 패밀리 사이트에서 다양한 출판 솔루션을 만나 보세요!
홈페이지 book.co.kr • **블로그** blog.naver.com/essaybook • **출판문의** book@book.co.kr

작가 연락처 문의 ▸ ask.book.co.kr
작가 연락처는 개인정보이므로 북랩에서 알려드릴 수 없습니다.

사는 게
글쓰기입니다

박정미, 백란현, 서린, 송주하, 이은설, 이은정,
이현주, 장진숙, 장춘선, 정은주, 정인구, 최주선

🐉✲북랩

사랑하는 사람에게 편지 써 본 적 있습니까? 내가 당신을 사랑하고 있다는 마음을 전하는 게 편지의 목적입니다. 어떤 순간에 처음 사랑을 느꼈는지 당시 상황을 묘사할 것이며, 상대방을 사랑하는 마음으로 인하여 지금 내 삶은 어떻게 달라졌는지에 대해서도 편지에 쓰게 되겠지요. 사랑하기 전후, 삶을 대하는 가치관도 조금은 달라질 겁니다. 편지 속에 나열한 모든 내용은 사랑한다는 말을 뒷받침하게 됩니다. 한 통의 편지로 전하는 단 하나의 메시지를 향해 정성을 들여 상대방에게 편지를 씁니다.

　열두 명 라이팅 코치는 '글쓰기에 관해서 하고 싶은 말'『사는 게 글쓰기입니다』 책 제목을 만났습니다. 처음 독자에게 사랑 고백하는 마음으로 '글쓰기'에 대하여 전하고자 합니다. 코치들이 쓴 이 책이 독자 손에 닿았는지, 일부분 글이라도 읽었는지, 읽은 느낌은 어떠한지. 공저자들의 마음은 두근거립니다. 마치 사랑하는 사람에게 편지를 발송한 후 편지를 읽었을까, 수신확인을 여러 번 눌러보는 마음과 같습니다.

이 책을 읽고 있는 독자의 삶도 글이 됩니다. 공저자들도 독자로 출발했거든요. 책을 읽으면서 나도 써 보고 싶다는 마음을 가지게 되고, 오늘 이야기를 몇 줄의 글로 쓸 수만 있다면 공저자들의 마음은 헤아릴 수 없이 뿌듯할 것입니다.

써 보고 싶다는 마음 생겼고 막상 세 줄 써 보았다고 예상해 봅시다. 쓴 글이 마음에 드십니까? 쓰려는 의욕이 생긴 것까지는 다행한 일이지만 처음 쓴 글을 보고 스스로 글재주가 없다고 단정 짓는 일이 많이 생길까 염려됩니다. 라이팅 코치들의 수강생도 마찬가지이고요. 글을 잘 쓰지 못한다는 생각 때문에 내가 무슨 책을 내겠냐 하면서 기분이 가라앉는 예비 작가도 있습니다.

글쓰기 고민 많으시지요? 사는 게 글쓰기입니다. 다시 말하면 삶은 글이 됩니다. 오늘 있었던 일을 빈 종이에 하나씩 써 보세요. 분명 글감을 발견할 수 있을 겁니다. 글감은 글이 되고 글이 모여서 책이 됩니다.

블로그 운영에 대한 강의를 들은 적 있습니다. 그리고 100일 동안 글 한 편씩 포스팅하기로 했었습니다. 맛집, 요리, 육아 등 관심 있는 주제에 맞게 '매일' 써야 했지요. 날이 지날수록 포스팅을 멈춘 사람들이 생겨났습니다. 이유는 쓸 게 없었기 때문입니다.

닉네임을 참신하게 정한 후 블로그에 대중가요를 소개하던 이웃이 있었습니다. 그분의 블로그에 들어가 90년대와 2000년대 가요를 들으며 추억을 회상했지요. 그런데 어느 순간 포스팅을 멈추더라고요. 안타까웠습니다. 어떤 이유로 블로그 운영을 멈추었는지 물어보지는 않았지만 글감이 없어서 중지하지 않았을까 예상해 봅니다.

쓸 게 없다는 분들 모두 모이면 좋겠습니다. 현재까지 쓴 포스팅도 가치 있겠지만 '글쓰기'를 주제로 하여 매일 글 발행할 수 있게 돕고 싶습니다. 어쩌면 '글쓰기'는 범위가 넓어서 오히려 잡블을 만드는 것이라며 저와 반대되는 의견을 내는 블로그 강사도 있을 겁니다. 블로그 운영의 목적은 사람마다 다르다는 점 인정합니다. 만약, 꾸준히 블로그에 '글 쓰는' 게 목적이라면 어떤 내용을 쓰더라도 하루에 한 편 충분히 쓸 수 있는 잡블도 필요합니다.

우리가 일상을 글로 남기고 의미와 가치를 부여하는 일은 돈으로 환산할 수 없습니다. 원하는 목표를 이루지 못한 오늘을 살고 있습니까? 걱정 마십시오. 삶을 글에 담는 순간 우리는 쓰는 목표 하나는 이루었기 때문에 자기 자신을 칭찬할 수 있습니다. 왜냐하면 글쓰기에는 실패가 없기 때문입니다. 우리는 오늘을 살아갑니다. 쓰려고 하는 마음으로 하루를 시작하면 쓸거리 천지입니다. 무엇부터 써야 할지 우선순위 매기는 즐거운 고민을 하는 분들이 많아졌으면 합니다.

　오늘이 전부인 것처럼 살아내고 한 편의 글로 오늘 마침표를 찍는다면 여러분의 삶은 달라집니다. 뜬구름 잡는 소리라고 생각할지도 모르겠습니다. 이 책을 함께 쓴 열두 명의 라이팅 코치들이 만난, 글쓰기 스토리 들어보시면 손에 잡히는 내용 분명 있을 겁니다. 그리고 쓰고 싶다는 생각도 가지게 될 겁니다. 지금 책 읽으면서 당신의 머릿속에 떠오르는 글감 당장 메모해 보십시오. 운전하는 중만 아니라면 기록할 수 있습니다. 기록을 잡아 오늘 한 편 발행하면 여러분의 글을 읽는 독자가 지금 힘을 냅니다. 사는 게 글쓰기입니다.

　1장, '글을 쓰기로 했습니다'에서는 시작한 계기를 담았습니다. 2장, 'A4용지 1.5매 쓰는 힘'에서는 분량을 채우는 일이 만만치 않더라는 이야기를 털어놓았습니다. 3장, '어쩌다 작가'에서는 작가로서의 기분, 책임감, 의무를 밝혔습니다. 4장, '고비를 넘어서는 순간'에서는 글쓰기 어려움 극복한 사례를 나열했습니다. 독자의 글쓰기 고민에 맞게 먼저 읽고 싶은 부분부터 읽어보시는 것 추천합니다. 예를 들어 지금 분량 채우는 일에 고민이 있다면 2장부터 읽어 보세요.

〈자이언트 북 컨설팅〉 평생회원으로 매주 작가 공부를 하고 있습니다. 라이팅 코치로 작가를 배출하는 역할도 맡았습니다. 작가이자 코치인 우리들에게 의무가 생겼습니다. 어떤 글을 쓰더라도 독자 먼저 생각해야 한다는 의무입니다. 독자 여러분이 『사는 게 글쓰기입니다』를 만난 이후로 글 쓰는 게 마음 편안해졌으면 좋겠습니다. 좋은 글을 쓰기 위해 삶도 예뻐지는 독자이자 작가가 되시기를 응원합니다. 지금 쓰십시오. 독자의 독자가 글을 기다립니다. 감사합니다.

라이팅 코치
백란현

차례

1장   글을 쓰기로 했습니다

2장 **A4용지 1.5매를 쓰는 힘**

3장 어쩌다 작가

4장 고비를 넘어서는 순간

1장

글을 쓰기로 했습니다

01

한 편의 글 덕분에

—————————————— 박정미

   2016년 여름 그날도 방과 후 카페에 들어가 한자 교육 관련 정보를 검색하고 있었습니다. 우연히 컴퓨터 과목을 가르치던 방과 후 강사 A의 글을 보았습니다. 학교에서 나름 잘 가르치고 있었다가 본인의 의도와는 상관없이 재채용이 되지 못했고 한동안 우울한 시간을 보냈다고 했습니다. 방과 후 강사 일을 하며 A의 글을 읽으며 공감했습니다. A는 다시 마음을 잡고 로봇과학 과목으로 변경해서 다른 학교에 지원하여 수강생도 많아지고 일이 잘되고 있다는 글이 올라왔습니다. A를 마음속으로 응원했습니다. 얼마 후 자기 경험을 담아 책을 냈다고 했습니다. 조금 놀랐습니다.『방과 후 교사 이렇게 성공해라』라는 방과 후 교사 성공기였습니다. 바로 구매해 책을 읽었습니다. 나와 현실적으로 맞지 않는 부분도 있었지만, 효율적인 방과 후 교실 운영 방법과 아이들 지도에 대한 팁을 얻을 수 있었습니다.

여전히 방과 후 카페에 드나들고 있을 때였습니다. A가 책을 한 권 추천했습니다. 『내가 글을 쓰는 이유』라는 책이었습니다. 제목이 끌렸습니다. 막연히 글을 쓰고 싶다는 생각을 오래전부터 하고 있었습니다. 주저 없이 책을 구매했습니다.

저자는 사업에 크게 실패한 후 감옥에 들어갔고 그곳에서 글쓰기를 만났고 글쓰기를 통해 다시 살아갈 용기와 희망을 품을 수 있었다고 했습니다. 자신의 진솔한 경험이 그대로 적혀 있어 단숨에 읽었습니다. 책을 읽고 나서 글을 쓰고 싶다는 생각이 더 커졌습니다. 네이버에 저자 이름을 검색해봤습니다. 저자가 운영하는 블로그가 나왔습니다. 그때부터 블로그에 수시로 들어갔습니다. 매일 글이 올라왔습니다. 지금도 여전히 힘든 육체노동을 하고 있고, 그런 처지에서도 매일 글을 쓰고 있었습니다. 진솔한 글에 매료되었습니다.

저자는 작가와 강사로서의 새로운 삶을 준비하며 글쓰기 프로그램을 운영하고 있었습니다. 저자가 운영하는 수업에 참여해 보고 싶었습니다. 나도 과연 글을 쓸 수 있을까? 라는 생각이 들었습니다. 서울에서 매주 토요일 세 번 수업하고 매일 메일로 코칭을 한다고 되어 있었습니다. 서울 말고 창원에서도 수업을 진행한다고 했습니다. 창원은 서울보다 더 멀었습니다. 서울에 가기로 했습니다. 신청서를 제출하고 수업료도 결제했습니다.

수업이 코앞으로 다가오자 두려운 마음이 들기 시작했습니다. 내가 과연 글을 쓸 수 있을까? 내가 왜 글을 쓰려고 하지? 무슨 말을 쓰려고 하는 걸까? 이런 근본적인 고민에서부터 서울까지 잘 갈 수 있을까? 하는 사소한 고민까지 들었습니다. 언제 서울에 가보았는지 까마득했습니다. 주말에 하루 종일 집을 비워야 할 건데 어쩌지? 남편한테는 어떻게 말하지? 온갖 걱정이 다 들었습니다. 신청할 때 글을 한 번 써보겠다는 마음은 온데간데없이 사라지고 안되겠다는 생각만 들었습니다. 작가님께 문자를 보냈습니다. '죄송합니다. 일이 생겨 수업에 참여할 수 없게 되었습니다.'

나 자신이 한심하기 짝이 없었습니다. '그럴 거면 아예 신청하지 말지 왜 신청해서.' 하는 후회에 한숨만 나왔습니다. 신중하지 못한 나를 자책했습니다.

시간이 흘렀습니다. 여전히 방과 후 강사를 하고 있었고 일에 크게 만족을 느끼지 못하고 있었습니다. 열심히 했지만 아무도 알아주지 않았습니다. 발전이 없었습니다. 더 이상 일에 의미와 가치를 찾지 못했고, 그만둘 기회만 보고 있었습니다. 진짜 그만두어야겠다고 결심한 어느 날 아침, 그날도 이은대 작가님 블로그에 들어가 보았습니다. '지금 일상에 감사해야 합니다. 누리고 싶어도 못 누리는 사람들 많습니다.' 대략 이런 내용의 긴 글이 있었습니다. 본인의 경험과 메시지를 담아 전하는 글이 마음에 와닿았습니다.

이른 여름 아침이었습니다. 방학 때라 오전에 수업이 있었습니

사는 게 글쓰기입니다

다. 집에서 학교까지 걸어가는 출근길, 아침에 읽었던 글이 문득 떠올랐습니다. '내가 지금 이렇게 출근을 할 수 있다는 것은 감사한 일이구나, 누군가는 하고 싶어도 못 하는구나.'라는 생각이 들었습니다. 실제로 그랬습니다. 다른 사람들은 제가 부럽다고 했습니다.

"한나절 가서 일할 수 있는 것이 얼마나 좋아요, 종일 직장에 매여 있는 것보다 시간도 자유롭고, 아이들만 상대하니 스트레스도 없을 것이고. 저도 그런 자리 있으면 하고 싶어요."

이런 소리를 주변에서 가끔 들었습니다. 스트레스가 없었던 것은 아니지만 객관적으로 봤을 때는 그랬습니다. 실제로 매년 말 재채용을 위해 지원서를 새로 낼 때면 지원자가 많았습니다. 내가 하는 일을 하고 싶어 하는 사람이 많았습니다. 나의 지금 상황, 위치 누군가에게는 간절한 바람일 수도 있겠다는 생각이 들자, 감사한 생각이 들기 시작했습니다.

그날로 일을 그만둔다는 생각을 접었습니다. 다시 계속해 보기로 했습니다. 조금 더 내가 하는 일에 정성을 다하고 힘든 시간은 지나가려니 했습니다. 그날, 그만둘뻔한 고비를 잘 넘기고 지금까지 일을 잘하고 있습니다. 아침에 읽은 한 편의 글 덕분이었습니다.

관심 가는 주제가 있으면 그 분야의 블로그나 카페의 글을 주로 읽었습니다. 책도 많이는 아니지만 꾸준히 읽었습니다. 좋은 글을 읽다가 보니 서서히 나도 '쓰고 싶다'라는 생각이 들었습니다.

글쓰기 책 쓰기 특강이 결정적 계기가 되었습니다. 글쓰기가 어떻게 유용한지 들으며 머릿속으로 자연스럽게 내가 가진 경험으로 타인을 도와야겠다라는 생각이 들었습니다. 나도 누군가를 도울 수 있다는 생각이 들자 가슴이 뛰었습니다. 이제껏 살아오면서 한 번도 해보지 못한 생각이었습니다. 생각의 변화가 일어났습니다. 수강 신청을 하고 글쓰기를 배우기 시작했습니다.

글을 써야겠다는 생각이 들기까지 오랜 시간이 걸렸습니다. 당장 쓰지 않아도 생활에 아무 문제가 없었지요. 하지만 지금까지의 삶을 돌아보면, 힘들고 어려운 시기 또는 결단을 내려야 하는 시기에 누군가의 글이 도움 되었다는 사실만큼은 부정할 수 없었습니다. 제가 일을 그만두려 할 때도 마찬가지였고요. 블로그 글 한 편이 생활에 활력을 주기도 했고, 책에서 읽은 문장 한 줄에 우울한 기분을 날려버린 적도 있습니다. 내가 쓰는 글도 타인의 삶에 힘과 용기를 줄 수 있을 거란 생각이 들었을 때, 더 이상 망설일 이유가 없었습니다. 내 작은 글이 누군가의 삶에 등불이 될 수도 있다는 마음으로 글을 쓰기 시작했습니다.

돕는 마음으로 나 쓰기

— 백란현

작가가 되면 얼마나 좋을까. '작가님'이라고 불리는 상상을 했다. 학교에 동화책 작가를 초청하는 일이 있을 때, 저서 있는 연수 강사가 내 앞에서 강의할 때, 나도 사람들 앞에서 내 책 이야기하는 꿈을 꾸었다. 늘 사인받는 위치에 있었다. 작가들이 다른 사람 앞에서 강의하고 사인하는 모습이 부러웠다. 강의 중 이벤트를 열어 내 저서를 상품으로 주는 광경을 상상했다. 글쓰기, 책 쓰기 1도 몰랐지만 나도 남들 앞에 서고 싶었다. 덤으로 인세 소득, 강사비도 나오지 않을까 어렴풋이 상상했다. 책은 '사는' 거라고 생각하는 내가 생활비 대신 추가 소득으로, 책을 구입하고 싶은 마음도 가졌다.

내 책을 출간하고 싶다는 마음 간절해진 계기가 있다. 2021년 6월, 김해독서교육지원단 강사로서 인근 학교 선생님들에게 처음 강의하게 되었다. 3, 4학년 독서 단원 지도법 내용이었는데 강의 집중과 재미를 위해 퀴즈를 냈다. 정답자에게 책을 보냈다. 독서교육 내용으로 강의할 수 있는 기회를 준 선생님들에게 책을 선물하고 싶었다. 전대진 작가『내가 얼마나 만만해 보였으면』여덟 권을 카드 결제하면서 내가 쓴 책이 없다는 사실에 아쉬웠다.

첫 책 집필할 때 매일 한두 꼭지씩 초고를 썼다. 교사와 엄마로서 쌓인 독서교육 경험만큼 매일 내 이야기로 초고를 채웠다. 글 속에서 만난 나는 흥분하기도 했고 화를 내기도 했다. 그동안 얼마나 애썼는지 장면마다 다시 떠올랐다. '저서 있는' 교사 작가가 되는 목표를 이루기 위해 한 달 만에 초고를 완성했다. 퇴고 과정도 속도를 냈다.

투고 메일을 보낸 지 40분 만에 출판사 전화를 받았다. 며칠 후 계약서를 우편으로 받았다. 우체국 집배원이 몇 시에 오는지 알고 있으면서도 언제 계약서가 도착할까 종일 기다렸다. 출간 계약서 두 부를 나란히 놓았을 때 페이지 가운데마다 출판사 대표 사인이 있었다. 나도 각 장마다 간인 사인을 했다. 우체국으로 달려가 익일 특급 우편으로 계약서를 보냈다. 서면으로 출간계약이 이루어졌다.

출판사와 의논 후 책 제목이 바뀌었다. 교정 원고도 다시 읽고 수정했다. 4컷의 표지를 보는 순간 가슴 벅찼다. 어떤 표지가 정해지더라도 상관없었다. 진짜 출간 작가가 된다는 사실만으로도 흥

사는 게 글쓰기입니다

분되었다. 추운 겨울이었지만 외투도 걸치지 않고 밖에 나갔다. 아파트 주변을 여러 바퀴 돌고 나니 진정되는 것 같았다.

전대진 작가 책으로 위로받았던 순간을 기억한다. 내가 좋아한 책을 동료 선생님에게도 도움 될까 싶어 선물했었다. 이제는 나의 이야기가 다른 사람을 도울 수 있겠구나 하고 기대되었다. 엄마로서 세 자매를 책으로 키운 이야기를 쓰면서 초보 엄마들에게 독서육아를 전해줄 수 있다. 고생이라고 여겼던 도서관과 독서교육 업무 경험이 후배교사들에게 소명을 찾는 기회를 줄 수 있겠구나 싶었다. 종이책 출간이 임박하였다. 원고 PDF파일을 읽고 또 읽었다. 출간 작가가 되고 싶다는 마음 하나로 집필을 포기하지 않았다. 책 한 권을 완성하면서 끈기 있는 사람임을 증명했다.

계약한 지 두 달 만에 『조금 다른 인생을 위한 프로젝트』가 출간되었다. 자칭 '초등 독서교육 전문가'였는데 작가 프로필 덕분에 공적으로 나를 소개하는 말이 되었다.

"선생님 목소리가 자꾸 들리는 것 같습니다. 저는 누군가의 눈치만 보느라 도전하지 못했는데 책 소비자에서 생산자가 된 선생님의 열정 부럽습니다."

학부모 독자가 카톡 메시지를 보내왔다. 내 책을 완독한 독자와 카톡 소통도 하게 되었다. 처음엔 강사, 추가 소득에 마음이 있어서 작가 공부를 시작했다. 여전히 이 마음 가지고 있다. 그리고 전 작가 책에서 받은 위로처럼 내 이야기도 다른 사람에게 도움 되겠다는 생각도 붙들고 있다. 작가로 살아가는 시간이 늘어나면서 독자 먼저 챙기겠다는 마음도 깊어지고 있다.

다른 학부모 독자는 내 책을 꼼꼼히 읽고 수정이 필요한 문장을 메모해서 전해 준 경우도 있었다. '기대하면서 읽었고 메모한 문장은 2쇄 때 수정하라'는 내용을 보고 처음에는 당황했다. 아마 퇴고에 몰입했던 기간이 없었다면 메모를 보면서 주눅 들었을 것 같다. 그리고 작가로서 자격 부족하다며 두 번째 책 집필에 도전하기 어려웠을 것이다. 감사한 독자이자 내게 도움 준 학부모다. 독자의 반응을 내가 발전하는 방향으로 해석했다. 학부모 정성 덕분에 나는 상처 받지 않고 글 쓰는 용기를 가지게 되었다.

독자 중에 선배 작가도 있다. 내 책을 읽은 후 함께 커피를 마시던 나에게 질문했다.

"지금도 빚내어 책을 사세요?"

"집 자체가 빚인데요. 뭐."

함께 웃었다. 염려해 주는 질문에 예민하게 생각하지 않고 감사한 마음으로 대답한 내가 기특하다. 이러한 대답은 『쓰면 달라진다』집필 덕분에 할 수 있었다. 글쓰기를 통해 내가 어떻게 변화되었는지에 관한 원고를 쓰기 위해서는 경제적인 이야기를 해야 할 필요가 있었다. 일주일 동안 이렇게도 저렇게도 글을 써 보았지만 경제적 어려움을 고백하지 않고는 글을 풀어나갈 수 없었다. 처음에는 용기를 내지 못했다. 다른 사람이 내 이야기를 읽은 후, 공무원이면서 잃는 소리 한다고 말하거나, 돈 관리 제대로 못하는 어리바리한 사람으로 여길까 걱정했다. 원고 진도도 나가지 않았다. 마감은 다가오고 있었다. 못 쓰겠다는 생각만 머릿속에 가득 차고 말았다.

다시, 시작해야 했다. 작가가 되고 싶었던 생각을 되짚기 시작했다. 처음에 언급했던 저서 있는 강사 그리고 추가 소득. 대학생 때부터 어려웠던 경제적 형편을 첫 책에서는 상세히 언급하지 않았다. 『쓰면 달라진다』에서는 한 꼭지에 풀어냈다. 내 마음을 있는 그대로 백지에 털어놓았다. 원고 쓴 후 마음이 시원했다. 지금까지 거짓으로 쓴 글은 없지만 앞으로도 내 이야기 고백하면서 독자들과 소통해야겠다 마음먹었다.

공저 프로젝트에서 짝이 된 작가님과 줌에서 만났다. 공저를 함께 쓰기 전에는 이름과 얼굴만 알고 있는 정도였다. 둘만 줌에 있다 보니 서로의 원고 소리 내어 읽다가도 대화 내용이 삼천포로 빠졌다. 개인사 수다 떨기 시작했다.

서로 퇴고 문장을 봐주면서 짝꿍 작가는 내게 물었다. '남편'이라고 쓰지 않고 왜 남의 집 사람처럼 '세 자매 아빠'라고 말하느냐고. '남편'이라고 적고 싶지 않고 남인 것처럼 말해보고 싶다는 내 말에 작가님은 많이 웃었다.

"작가님은 자기 이야기를 잘 꺼내네요."

숨김없이 말하고 쓰는 작가가 되었다. 글쓰기는 나를 당당하게 만들었다. 지나치게 개인사만 나열하면 독자는 피곤할 수 있다. 돕는 마음으로 써야 독자가 위로받을 수 있고, 그래야 독자를 보는 내 마음도 뿌듯하지 않을까. 성공을 위해 시작한 글쓰기지만, 독자를 위하는 마음이 먼저여야 한다는 사실을 이제는 안다. '어떻게 해야 잘 쓸 수 있을까?'라는 생각이 '어떻게 해야 잘 도울 수 있을까?'라는 생각으로 바뀌었다. 쓰는 삶을 만나 다행이다.

사는 게 글쓰기입니다

두 번의 다짐

서린

"꿈이 뭐예요?"

꿈을 꾸고 꿈을 좇으며 살아갑니다. 저도 그랬습니다. 성공하고 싶었기 때문입니다. 강의도 많이 듣고 공부도 열심히 했습니다. 저 자신에게 투자를 많이 한 셈이죠. 많은 강의를 듣고 다양한 분야를 공부하면서 궁금한 게 있었습니다. 다들 똑같이 강의 듣고 늦은 시간까지 공부합니다. 모두 하나같이 하루하루 열심히 삽니다. 그런데 누구는 성공하고 대부분은 그렇지 못하는 것일까? 의문이 들었습니다. 고민했습니다. 그 답을 찾으려 애를 썼지요. 그 속에는 글이라는 게 있었습니다. 어떻게 하면 나를 잘 알리고, 내 상품을 매력적으로 소개하는지 그 성공 노하우 글쓰기 비법이 있다고 했습니다. 글을 어떻게 써야 성과를 낼 수 있는지 글쓰기가 중요했습니다. 어떤 분야든 영업 마케팅 글쓰기가 필요하다고 했습니다. 우리의 모든 삶에도 글이 있었습니다. 리포트를 잘 써야 합니다.

자기소개서도 남달라야 합니다. 이력서도 정성 들여 작성해야 하지요. 상품에 대한 정보도 자세히 기록해야 합니다. 상세페이지, 블로그 제목, 썸네일, 하다못해 당근에 올리는 중고 상품까지 어떻게 써야 잘 팔리는지 그 비법이 있다고 하니 글 잘 쓰는 방법을 배워야 할 것 같았습니다.

강의를 들으면서 멘토도 많이 만났습니다. 지금까지 살아온 삶의 가치, 나름의 철학, 지혜를 전해주었습니다. 그리고 공통으로 말하는 중요한 한 가지가 있었지요. 그것은 '빨리 성공하고 싶으면 빨리 책을 써라'였습니다. 책을 쓰면 그 분야의 전문가가 된다. 성공의 가속도가 붙는다. 할 수만 있으면 책을 내라고 알려주었습니다. 마케팅의 삶에 글 쓰는 능력은 필수라는 것을 깨달았습니다. 또한 책은 성공의 발판이라는 것을 알게 되었습니다. 성공에 목말랐던 저는 책을 빨리 내야겠다는 생각이 들었지요. 글을 쓰기로 했습니다. 글공부해서 책을 빨리 내겠노라고. 저를 위한 다짐이었습니다.

글 쓰는 능력, 강의 듣고 공부만 한다고 나아지지 않았습니다. 책 내는 일도 마찬가지였습니다. 뚜렷한 확신 없이 그렇더라 하는 남의 말만 듣고 따라 하다 보니 무의미하게 시간만 흘러갔습니다. 학습은 배우고 익히는 것입니다. 배우기만 하고 실행하지 않으니 그날이 그날이었습니다. 인풋만 하고 아웃풋을 안 하니 발전이 없었지요. 책을 읽고 글을 한 줄이라도 써봐야 글 근육이 붙는데 말이죠. 마케팅을 배워야 하나, 빨리 책 쓰는 법을 알아야 하나 혼란스러웠습니다. 자기 계발로 이것저것 다양한 분야의 새로운 강의를 듣고 배우기를 반복했습니다. 수박 겉핥기였지요. 그 가운데 근 3년 동안 지속한 것, 한 가지가 있습니다. 그것은 바로 글쓰기 공부입니다. 꾸준히 했습니다. 3년간 글장이 사부님이 가르쳐 주신 대로 책을 읽고 글도 썼습니다. 그러다 보니 글쓰기 인생을 배웠습니다. 삶의 본질은 사람에게 있고, 듣고 말하고 읽고 쓰는 것이 기본이라는 것을 깨달았습니다. 단지 마케팅을 위한 글쓰기, 반짝 성공을 위한 책 쓰기가 아니었습니다. 인생을 돌아보고 생각하는 참된 글공부를 하게 되었지요.

뚜렷한 목표와 인생 방향을 잡을 수 있었습니다. 읽고 생각하고 쓰다 보니 인생이 정리되었습니다. 하루하루 읽고 쓰는 삶에 집중하다 보니 행복했습니다. 내가 가지고 있는 상품이 아닌 나의 이야기로 나를 드러내기 시작했습니다. 세상과 마주하게 된 것이지요. 매일 블로그에 글을 썼습니다. 내 생각, 평범한 일상의 일들을 있는 그대로 보여주었습니다. 내 글을 읽고 공감해 주는 사람들 덕분에 용기가 생겼습니다. 위로받았다는 댓글, 고맙다는 인사, 마음 따뜻해진다는 이야기 등을 통해 열정이 솟기도 했습니다. 때로는 같이 울어주고 때로는 토닥토닥 격려해주고 그 응원이 감동적이었습니다. 글의 힘을 보게 되었지요.

읽고 생각하고 글을 쓰면서 인생이 나아졌습니다. 더 행복해졌습니다. 글로 책으로 나도 다른 사람을 위로하고 격려하면서 그들을 돕고 싶어졌습니다. 글을 통해 모든 사람이 행복하고 변화하고 성장하길 바랐습니다. 글을 쓰기로 했습니다. 작가가 되기로, 라이팅 코치로 그들을 돕는 삶을 살겠노라고. 독자를 위한 다짐입니다.

글see, 글로 세상을 봅니다. 글 씨앗을 세상에 널리 뿌립니다. 서린 (글 서, 이웃 린) 당신의 글 이웃이 되어 드리겠습니다. '세상을 이롭게 하는 글로 그들을 기꺼이 돕겠다.'라는 소명이 생겼습니다. 독서와 글쓰기로 인생의 변화와 성장을 돕겠다는 사명으로 작가가 되어 책을 내고, 자이언트 공식 인증 라이팅 코치가 되었습니다.

당신도 오늘부터 글을 쓰면 좋겠습니다. 글을 쓰기 전에는 하루하루가 흩어진 삶이었습니다. 성공하겠다거나 꿈을 이루겠다고 하면서도 뚜렷한 목표나 방향이 없었습니다. 나를 보지 못하고 정체성을 잃어갔습니다. 이것만 하면 곧 성공한다는 희망 고문으로 여기저기 방황하며 바쁘게만 살았습니다. 진정한 삶을 놓쳤지요. 책을 읽고 글을 쓰면서 모든 게 달라졌습니다. 뚜렷한 인생 목표가 생겼습니다. 나아갈 방향이 확실해졌습니다. 더 많이 웃고 더 많이 생각하는 시간을 가졌습니다. 진정한 나를 알게 되었고 흩어진 삶들을 한데 모을 수 있었습니다. 매일 주체적으로 삶을 살아가니 더없이 즐겁고 행복합니다.

당신도 달라질 수 있습니다. 지금의 삶이 힘들고 고통스럽다면, 좀 더 나은 삶을 살고 싶다면 매일 책을 읽고 글을 써 보세요. 책

사는 게 글쓰기입니다

속에 있는 많은 지혜를 배웁니다. 다양한 삶을 간접 경험하면서 성장합니다. 글을 쓰면서 나를 돌아보게 되고 기록하면서 삶이 정리됩니다. 나의 경험, 지식, 생각을 나눕니다. 독서와 글쓰기는 성장과 행복에 있어 중요한 도구가 됩니다. 다른 사람을 돕는 가치 있는 인생을 만들어 주기도 합니다. 읽고 쓰는 삶을 만나 다행입니다.

04

2020년 2월 6일

———— 송주하

2020년 2월 6일. 글쓰기 특강을 들었습니다. 글을 쓰기 시작한 날입니다. 기억력이 안 좋은 제가, 정확하게 기억할 수 있는 이유는 사인 덕분입니다. 특강을 했던 강사님의 책을 몇 권 샀습니다. 그게 예의라고 생각했거든요. 두 시간 특강을 듣고 난 후, 사인을 받았습니다. 큼지막한 글씨, 힘이 있는 필체, 군더더기 없는 격려의 말 그리고 날짜와 이름. 그 책은 지금 책장에 차례대로 꽂혀 있습니다.

글쓰기, 좋아하지 않았습니다. 그림 그리는 편이 나았습니다. 화가 나는 일이 있거나, 답답한 마음이 들 때는 종이를 꺼내 아무거나 그렸습니다. 그림을 특출나게 잘 그리는 건 아니었습니다. 펜이나 연필로 끄적이다 보면 생각이 단순해지는 기분이 듭니다. 사람 얼굴을 가장 많이 그렸습니다. 직접 디자인한 옷을 그려보기도 했습니다. 자연스럽게 패션디자인 쪽에 관심을 가지게 되었습니다. 내가 디자인한 옷이 세상에 나온다고 생각하니까 설레더라고요.

글은 그림하고 다르다고 생각했습니다. 누군가는 마음이 힘들 때 글 쓰면서 위로받는다고 하더군요. 그림이라는 도구가 있어서 그랬는지 공감할 수 없었습니다. 글에 비해 그림은 보기가 편합니다. 색이나 디자인이 있으니 지루하지 않고요. 글은 하나하나 읽어야 하는 번거로움이 있습니다. 상대적으로 딱딱하게 느껴지기도 했고요. 글 쓰는 것도 마찬가지입니다. 그전까지 글을 써 본 적이 없습니다. 남들 다 쓴다는 일기조차도 써본 적이 없었으니까요.

사회에 나와서는 미용 관련 일을 했습니다. 회사처럼 보고서 쓰는 일이 없었습니다. 글로 보여주는 일이 아니라 결과물로만 평가받는 일이었습니다. 글 쓰는 일과는 관련 없는 삶을 살았습니다. 쓰는 행위에 관심도 없었고, 무엇보다 필요한 일이 아니었습니다.

사람은 살아가면서 변화의 순간을 경험합니다. 저도 그런 적이 있었습니다. 이유는 매너리즘 때문이었습니다. 미용 일만 계속했습니다. 정확하게는 20대 중반에서 40대 초반까지입니다. 거의 15년 넘게 해오는 일이었습니다. 익숙해진다는 것은 편안해지는 일입니다. 하지만 그 편안함이 늘 좋은 것만은 아닙니다. 일을 배울 때는 바짝 긴장하게 됩니다. 실수하지 않을까 걱정도 하고요. 모르는 분야가 나오면 배워야겠다는 열의에 불타기도 합니다. 새로운 기술을 내 것으로 만들기 위해 노력했던 시간이 있었습니다.

15년 가까이 하다 보니, 더는 배우고 싶은 분야가 없었습니다. 물론 공부해야 할 건 많았겠지만 열정이 식어버린 탓일 겁니다. 매일 만나는 손님도 지겨워지는 순간이 오더군요. 특히 하소연 잘하는 손님을 보면 그랬습니다. 남편 험담을 한번 시작하면 가게를 나가는 순간까지 그칠 줄 몰랐습니다. 시댁 험담부터 지인이 자신에게 서운하게 했던 일들을 모조리 꺼내놓습니다. 형식적인 호응만하게 됩니다. 가슴에 쌓인 게 많아서 이렇게라도 털어놔야 했겠지만, 그런 사람이 한둘이 아니었다는 게 문제입니다. 많은 사람의 이야기를 듣다 보면 기운이 빠질 때가 많습니다. 조금씩 지쳐가고 있었는지도 모릅니다. 좋든 싫든 매일 해야 하는 일이었으니까요.

잠시 쉬고 싶었습니다. 하지만 일의 특성상 중간에 끊어버리면 손해가 큽니다. 미용 일은 단골손님이 중요합니다. 서로의 성향을 잘 아니까 그게 가장 편합니다. 게다가 결과물에 대한 기록이 있으니까 어떻게 해야 하는지 고민하지 않아도 됩니다. 이변이 없는 한, 왔던 손님은 다음 달에도 고정적으로 오게 마련입니다. 매출을 일정하게 유지하는 중요한 부분입니다. 그러니 일이 지친다고, 과감하게 문을 닫아버릴 수가 없는 겁니다.

다른 분야를 배워보고 싶더군요. 하지만 가게를 두고 뭔가를 배우러 다니기도 쉽지 않았습니다. 마침 인근에 독서 모임을 하는 지인이 있었습니다. 장소를 보니까 가게에서 5분 정도의 거리에 있는 곳입니다. 매일 하는 것도 아니니까 시간에 부담이 없더군요. 가끔

재테크에 관련된 책만 읽었습니다. 책을 다양하게 읽어보고 싶다는 생각이 들었습니다. 딱히 다른 걸 할 상황도 안 되고 해서 그 모임에 참여해보기로 했습니다. 낯선 환경, 얼마 만인지 모르겠더군요. 그렇게 저의 첫 독서 모임이 시작되었습니다. 작은 도전이었지만 내가 가진 울타리에서 한 발짝 나가보는 일이었습니다. 두려운 마음이 먼저 듭니다. 이 마음을 걷어내지 못하면 늘 울타리 안에서만 살아야 할지 모릅니다. 그때 필요한 게 용기입니다. 걱정이 되긴 했지만 묘한 설렘도 있었습니다.

독서 모임에 꾸준하게 참여했습니다. '미용'이라는 세상과 전혀 다른 이야기가 흥미로웠거든요. 우물 안 개구리였다는 생각이 들곤 했습니다. 회원들은 책에 대한 깊이가 남달랐습니다. 책을 좋아하는 사람들이 대부분이었습니다. 저와는 완전 다르더군요. 저는 글자를 읽는 것조차 힘겨운 사람이었습니다. 읽어도 무슨 내용인지 몰라 다시 읽는 게 예사였거든요. 그들이 말하는 부분을 알아듣지 못해서 소외감을 느낀 적도 많습니다.

모임에서 언급했던 책을 따로 사서 읽어보기도 했습니다. 내가 이렇게 모르는 책이 많았다는 생각이 드니까 답답하기도 하고 그동안 뭘 했나 싶기도 하더군요. 미용 공부도 열심히 했지만 책이랑은 다른 분야였습니다. 버벅거리는 게 당연했습니다. 왜 그런 마음이 들었는지 모르지만 포기하고 싶지는 않더군요. 억지로라도 계속 읽었습니다. 좀 익숙해지지 않을까 하고요.

독서 모임에서 그러더군요. 다음 주는 모임 대신에 '글쓰기 특강'

을 한다고요. 그런가 보다 했습니다.

　일주일 후, 글쓰기 특강을 들었습니다. 그날 가장 기억에 남는 부분은 '작가'라는 단어에 대한 정의였습니다. 작가는 특별한 사람만 되는 거라고 늘 생각해 왔거든요. 서점에 가면 책이 많습니다. 책에는 제목과 지은이의 이름이 적혀 있습니다. 작가는 글 쓰는 실력을 타고났거나 최소 국어국문학과 정도는 나와야 하는 거로 생각했습니다. 글쓰기 강사님이 말합니다. 작가는 누구나 될 수 있다고요. 처음에 속으로 생각했습니다. '에이. 무슨 그런 말도 안 되는 말씀을.' 하지만 특강을 들으면서 생각이 조금씩 달라졌습니다. 강사님 역시 일반 직장을 다니다가 큰 실패를 경험했고, 감옥에서 글을 쓰기 시작했다고요. 글을 따로 배운 사람이 아니었습니다. 막막했던 상황에서 유일하게 위로가 되어 준 게 바로 글쓰기였다고 했습니다.

　누구나 작가가 될 수 있구나. 처음으로 '작가'에 대한 모습을 그려봤던 날이기도 합니다. 한 번도 생각해 본 적 없는 꿈이었습니다. 사실, 좀 있어 보이더라고요. 어떤 타이틀보다 작가라는 단어가 주는 무게감이 있었습니다. 도전해 보고 싶은 마음이 생겼습니다. 새로운 분야에 대한 갈망이 있어서 더 그랬는지 모릅니다. 제일에 정신없이 빠져 있었다면 아마도 결과가 달랐겠지요.

　미국의 사상가 겸 시인인 랄프 왈도 에머슨이 이런 말을 했습니다. "당신이 아무리 올바른 길 위에 서 있다고 해도 제자리에만 있는다면 어떤 목표도 이룰 수 없다."라고요. 새로운 일에 도전하는 일은 늘 두렵습니다. 그렇다고 머물러만 있으면 더는 뻗어갈 수 없습니다. 4년째 글쓰기를 배우고 있습니다. 매일 글을 씁니다. 용기를 낸 덕분에 이전과 다른 인생을 살아가고 있습니다. 책 다섯 권 출간한 '작가'가 되었습니다.

05

아버지의 술주정 덕분이다

이은설

'내가 커서 돈 벌면 아부지는 용돈 한 푼이나 주나 봐라.'

공책 위에 굵은 눈물방울이 뚝뚝 떨어졌다. 종이 위에 번진다. 왜 야단맞았는지 기억나지 않는다. 억울하고 속상했던 느낌은 지금도 생생하다. 울음을 삼키며 눈물이 앞을 가렸다. 공책에 글을 써 내려갔다. 중학교 1학년 때쯤으로 기억된다. 아버지는 알게 모르게 남동생과 나를 편애했다. 술에 취한 아버지로부터 억울하게 야단을 맞았다. 지금 생각하면 중1은 아직 어린아이이다. 그렇지만 그 당시 나는 세상 물정을 다 알고 사리 분별은 할 수 있다고 생각했다. 다른 때 같으면 "마 시끄럽다. 고만 울어라." 하며 달래주던 할머니도 아무 말 하지 않고 나를 쳐다만 보고 있었다. 빨리 어른이 되어 부자가 되고 싶었다.

친구가 없었다. 친구 대신 책을 읽었다. 공책과 연필이 친구가 되어 주었다. 책벌레처럼 책을 많이 읽었거나, 글을 잘 쓴 것은 아니

사는 게 글쓰기입니다

다. 심심할 때 책을 읽고 속상하고 힘들 때 글을 썼다. 조잘조잘 이야기 못 해도 마음이 편안했다. 무거운 짐을 내려놓은 듯 홀가분했다. 아버지의 고함에 늘 마음이 불안했다. 종이 위에 쓰다 보면 마음이 안정되었다. 종이와 연필은 내 맘대로 할 수 있는 친구였다. 꼬마들이 인형을 좋아하는 이유는 자기 마음대로 할 수 있기 때문이라고 한다. 내 마음대로 할 수 있는 글쓰기가 좋았다.

초등학교 2학년 때 영덕에서 대구로 전학을 갔다. 2학년과 3학년은 대구에서 초등학교에 다녔다. 4학년 때 다시 영덕으로 전학을 오게 되었다. 갈래머리를 곱게 땋아 학교에 갔다. 전학 첫날, 민방위 훈련한다고 했다. 학년 별로 큰 느티나무 아래 앉아 있었다. 짓궂은 남학생들이 내 머리에 모래를 퍼부었다. 나는 큰 소리로 울었다. 곱게 빗은 머리에 모래가 가득 들어가니 원망스러운 마음만 가득했다. 다시 대구로 전학을 가고 싶어질 정도였다. 친구들이 밉고 싫었다. 일요일에는 조기애향단 이름으로 아침마다 빗자루를 들고 골목 청소하러 가야 했다. 늦잠을 자고 싶었지만, 동네 확성기에서 나오는 새마을 노래는 온 동네 사람들을 깨웠다. 청소를 마치고 집으로 돌아오는 길 친구들이 나를 뭐라고 놀려댔다. 별로 신경 쓰지 않았다. 반응도 대꾸도 하지 않고 지나갔다. 친구들 여러 명 기세에 눌려 대꾸할 말을 생각하지 못했기 때문이다. 요즘 말로 '왕따'가 되었다. 도움이 되지 않는 친구들과 상대할 필요가 없다고 생각했다. 나를 놀리는 친구들보다 좋은 책이 있었고 종이와 연필이 있었기에 담담하게 지내올 수 있었던 것 같다.

내가 초등학교 2학년 방학에는 화원에 있는 외갓집을 갔다. 외할아버지는 꽤 앞서가신 분이었던 것 같다. 외할아버지는 달력을 잘라서 일기를 썼다. 일기장은 지금의 공책 수준도 아니었다. 50년 전 할아버지가 일기 쓰는 모습이 지금도 생각이 난다. 오래된 소반 위에 종이를 놓고 굵은 연필심으로 꾹꾹 눌러 썼다. 달력에 농사일을 적어 놓기도 했다. 할아버지 나름의 메모 역할을 했다. 엄마가 어릴 때 마을에서는 디딜방아에 곡식을 찧었다고 했다. 외할아버지는 자전거에 보리를 한 말 싣고 대구 가서 방아를 찧어 오면 동네 사람들이 보리쌀이 쌀 같다고 탄복했다고 했다.

아버지는 5년 동안 쓰는 영농 일지에 일기를 썼다. 맞춤법이 맞지 않고 소리 나는 대로 휘갈겨 쓴 일기장은 무슨 말인지 알아볼 수가 없었다. 간혹 어른들이 들에 가고 심심해서 아버지 일기장을 읽다가 포기한 적이 간혹 있었다. 아버지의 일기를 훔쳐보는 재미보다 글씨를 읽을 수 없어서 답답했다. 어머니는 모임의 장부를 맡아서 정리했다. 지금 같으면 회계나 총무 역할 정도를 맡으신 것 같다. 친구들의 어머니에 비교하면 계산을 잘하셨다. 모임의 장부를 넣어 두는 주머니가 있었고 그 주머니는 벽에 걸려 있다가 모임하는 날 주머니 속에서 장부가 나왔다. 회비로 받은 돈을 합계하고 지출 목록과 금액을 적었다.

어머니가 일찍 돌아가셨다. 몇 년 뒤 일이다. 이모할머니가 여름 홑이불을 하나 만들어 보내 주면서 손편지를 적어주었다. "이실이 보아라." 하시며 시작했는데 할머니의 마음이 절절히 녹아 있어서

사는 게 글쓰기입니다

지금도 그 편지를 고이 간직하고 있다. 할머니 돌아가신 지 어언 10여 년이 지났다. 지금도 편지를 보면 할머니의 모습이 떠오른다. 어른들이 기록하는 모습을 보며 나는 그냥 썼다. 내가 하고 싶은 말을 할 때 준비 없이 하면 더러 실수하기도 했다. 글로 쓰면서는 실수를 많이 줄일 수 있었다. 고쳐 쓸 수 있기 때문이다. 잘 쓰지 못했다. 나의 이야기를 하고 싶어 글을 쓰기 시작했는지 모르겠다.

결혼 후 시골에서 남편은 직장을 다니고 나는 학원을 운영했다. 남들만큼 잘 살고 싶었고 부자가 되고 싶었다. 학원을 그만두고 농사를 시작했다. 전자상거래가 도입되고 홈페이지를 만들었다. 지자체에서 홈페이지 교육을 했다. 어설프지만 홈페이지를 직접 만들어 농장에서 생산하는 농산물을 올리고 판매했다. 방문객이 많지는 않았지만, 내가 하는 블로그와 연계해서 약간의 매출을 올리고 있었다. 어느 날 사이버 수사대로부터 약사법 위반이라는 공문을 받았다. 영덕에서 부천까지 오라는 출석 요구서가 들어 있었다. 가슴이 철렁했다. 사이버수사대, 약사법 위반, 처음 듣는 말이었다. 당황스러웠다. 평소 농업인을 대변하는 농협 조합장을 찾아갔다. 마침 조합장 동생이 부천 경찰서에 근무하고 있었다. 사건을 영덕으로 이첩시켜 달라고 부탁했다. 영덕 법원에서 출석 요구서가 왔다. 법원 검찰이라는 말만 들어도 가슴이 떨렸다. 판사 앞으로 탄원서를 썼다. 형식과 절차도 없이 나의 상황과 현실을 적었다. 시골에서 직장 생활하며 농사짓고 열심히 살았다. 아무것도 모르고 홈페이지에 병의 효능에 대해 기재를 했다. 지금은 내린 상태다. 열심히 사는 부부가 아이들 앞에서 범법자가 되어 벌금을 내야 하는지 선처를 바란다는 내용으로 적었다. 선고유예라는 판정을 받았다. 집행 유예는 형의 집행을 일정 기간 미룬다는 뜻인데 선고유예는 무슨 말인지 몰랐다. 검색해 보니 형의 선고를 일정 기간 미루는 것이라고 했다. 유예 기간 동안 특정한 사고 없이 지내면 소송이 중지된다고 했다.

아이들이 어릴 때는 육아 일기를 며칠 쓰다 말았다. 언제라도 일기를 쓰려고 했지만 꾸준히 쓰지 못했다. 어릴 때 외할아버지가 기록하는 모습을 보고 자랐다. 2004년 1월부터 쓴 다이어리와 2022년 2월부터 쓴 한쪽 일기, 60에 시작하는 새 청년 이야기 블로그가 나의 기록 전부다. 이제야 쓰기를 시작한 느낌이 든다. 아무것도 몰랐다. 글쓰기를 어떻게 해야 하는지 배우지 못했다. 당장 내가 살기 위해 억울함과 분노를 삭이기 위한 글을 썼다. 그렇게라도 글을 썼기 때문에 나는 지금 글을 쓰고 있다. 내 삶은 원망과 후회로 가득했다. 부족하고 모자라도 일단 글을 쓴다. 경험은 좋거나 나쁜 게 아니다. 내가 어떻게 받아들이느냐에 달렸다. 모든 경험은 소중하다. 글쓰기 선생님은 말씀하셨다. 마음은 본래 왔다 갔다 한다. 하고 싶었다가 하기 싫었다가 마음이 흔들린다. 마음은 생겨 먹기를 그렇게 생겨 먹었다고 한다. 내 마음이 흔들리는 것을 알아차림이 중요하다.

사는 게 글쓰기입니다

돌아보면 살기 위한 몸부림이었다. 아버지의 술주정 덕분에 글을 썼다. 그래도 시작했다는 것에 의미를 부여하고 싶다. 친구들은 엄두를 내지 못한 것을 할 수 있다는 것만도 감사하다. 좋으면 좋다고 싫으면 싫다고 화나면 화난다고 쓸 것이 없으면 쓸 것이 없다고. 쓰라고 강조하신 선생님의 말씀이 귀에 쟁쟁하다.

살고 싶었습니다!

—————————————————————— 이은정

요즘 글쓰기에 푹 빠져 있습니다. 블로그 쓰기, 일기 쓰기, 독서 노트, 어록 노트 등 매일 조금씩이라도 쓰고 있지요. 전에는 대학에서 강의하고, 상담실에서 사람들의 마음을 듣던 교수이자 상담가였죠. 학문적 지식의 바다에서 헤엄치면서 수많은 이슈와 사례를 연구했습니다. 연구의 주춧돌은 항상 '인간의 마음'이었지요. 마주하는 사람들과 나눈 이야기는 종이 위에 기록되지 않았죠. 하지만 내 마음속 깊이 각인되었고, 그 경험들 모두 배움의 순간이었지요. 인간의 삶과 마음, 그리고 그 안에 흐르는 다양한 감정에 관한 연구를 하고 싶은 열망이 강했습니다.

"뇌종양입니다. 희귀성이라 원인을 알 수가 없습니다." 눈앞이 하얘지더니 아무것도 안 보였죠. 네모 상자 안에 쪼그리고 앉아 두려움에 떨고 있는 내가 스칩니다. 의사 말이 하나도 들리지 않았지요. 진료는 끝났고, 밖으로 나왔습니다. 발이 무거웠고, 다리가 후 들거립니다. 겨우 한 발 내디디고 호흡하고, 다시 한 발 내디뎠죠. 툭 건들면 넘어지기 직전. 지나가던 사람이 두 팔을 잡아주며 "괜 찮아요?"라고 묻습니다. 예상치 못한 결과에, 나의 세계가 무너졌 습니다.

3일 만에 정신 차렸습니다. 연구자로서, 상담가로서 깊이 들여다 보았습니다. 시련을 어떻게 극복해야 할지, 현재 상황을 연구에 어 떻게 적용할지 고민했지요. 생명의 한계를 경험하면 영감을 받는 다죠. 그 한계 가까이에서 글을 써야겠다고 다짐했습니다. '뇌종양' 진단. 이 소식은 나를 흔들었지만, 동시에 확고한 결심을 했죠. "그 래! 이 경험, 이 감정들을 단순히 나만의 것으로 두기에는 너무나 아깝잖아. 죽더라도 책을 쓰고 죽자!" 그때, 마음먹었습니다. 그동 안 연구하며 얻은 지식과 함께, 이제 겪게 될 경험까지 담아 책을 쓰기로.

처음 글쓰기에 빠져든 계기는 제자의 편지를 받고 나서입니다. "교수님, 강의를 듣는 동안 제게는 무언가 큰 위로와 힘이 되는 느 낌이 들었습니다. 그 안에서 교수님의 경험과 지식뿐만 아니라, 사 람들을 진심으로 이해하고 싶어졌습니다. 저도 최근에 힘든 상황 을 겪고 있는데, 교수님 말 한마디 한마디가 큰 힘이 되었습니다. 감사합니다." 편지를 읽고 알았습니다. 그동안 연구하고 경험한 나의 이야기와 감정들이 누군가에게 힘을 줄 수 있다는 것을요. 더 강력한 계기가 있습니다. "나는 남은 시간이 그리 많지 않아요. 오늘 당신과 짧게 나눈 대화가 큰 힘이 되었어요. 당신의 경험과 지식, 그리고 그 안에서 느껴지는 따뜻함이 삶의 가치를 다시 한번 깨닫게 해줬어요." 병원에서 만난 어르신. 수술을 3번이나 했고, 다시 전이돼서 치료받고 있는 환자였죠. 그녀 반응을 통해, 내가 경험하고 연구했던 일련의 과정이 누군가의 삶에 영향을 미칠 수 있음을 깨달았습니다. 이렇게 글쓰기에 빠져들었죠. 나의 이야기를 통해, 누군가에게 희망의 불씨를 전해주고 싶습니다. 고통과 마주할 때 조금이라도 도움 되었으면 좋겠고요. 희망을 품고 글을 씁니다. 손에 잡히는 종이에 메모하고 낙서했습니다. 병원이든, 버스든, 집이든, 화장실이든, 닥치는 대로.

글은 나의 깊은 두려움, 희망, 꿈 등을 반영하는 거울입니다. 화나거나 슬펐을 때, 기쁘거나 희망이 넘칠 때, 소소하지만 아름다운 일상의 순간에 대한 감사, 한순간에 삶의 태도를 바꾸어 버린 진단으로 느끼는 무수한 감정들을 표현할 수 있으니까요. MRI를 찍을 때마다, 바늘에 찔릴 때마다, 종양 크기가 커졌다가 작아졌다가 할 때마다, 새로운 약 복용 때마다, 인내와 끈기를 시험했습니다. 그때마다 메모와 낙서는 나에게 성찰의 시간이었지요. 혼돈 속에서 서서히 명료함을 찾아갔습니다. 어느 순간, 뇌종양을 안고 가기로 다짐했죠. 매 순간의 여과되지 않은 감정을 포착한 결과입니

사는 게 글쓰기입니다

다. 이상하게 들릴지 모르지만 '뇌종양'은 나에게 선물이자, 삶의 회복력인 셈이지요. 지금의 상황이 내 이야기의 일부가 되었지만, 그것이 전부는 아니니까요. 글쓰기는 나를 인도하는 등대가 되었습니다. '희귀성 종양'이라는 역경에 직면했고, 회복의 가치와 알아차린 감정을 마음껏 표현할 수 있는 용기를 선물 받았습니다. 통증과 글을 쓰면서 느낀 카타르시스! 오묘한 진실을 일깨워 주었지요. 또 다른 성장의 씨앗도 품게 했답니다.

과거의 상처, 현재의 두려움, 그리고 미래에 대한 희망. 이 모든 것을 글로 표현하면서 나를 이해하게 되었죠. 내 이야기를 공유하면서 사람들과의 연결도 깊어졌고요. 즉, 글을 쓰면서 나와의 공감대를 찾아가고 있으며, 새로운 사람들과 인연을 맺게 되었죠. 내 삶의 진짜 목표와 가치를 발견했고요. 그것은 단순히 성취나 성공이 아니라, 나의 이야기와 경험이 누군가에게 희망과 위로를 전하는 것입니다. 가장 먼저, 하루를 규칙적으로 만들었죠. 아침에 일어나자마자 글을 쓰고, 밤에는 그날의 경험과 감정을 다시 한번 정리하는 시간을 가집니다. 힘든 일이 있거나 마음이 복잡할 때도 글을 씁니다. 백지 위에 감정을 표현하고 정리하면 편안합니다. 지금은 매일 글을 쓰며, 다양한 행사나 글쓰기 강의, 그리고 작가들과 교류도 합니다. 이러한 경험은 일상을 풍요롭게 만들었고, 새로운 삶의 방향도 제시해주었지요. 글을 쓰는 행위 그 자체를 넘어서, 내 인생을 더 깊고 풍부하게 만들어 준 힘이 되었습니다.

현재 저는 생의 고비를 겪고 있습니다. 그 경험을 통해 글쓰기가 얼마나 치유적인 힘을 지니고 있는지 깨달았습니다. 직면한 고통과 상처로 고민하고 있다면, 감정 조절에 어려움을 느끼고 있다면, 자신을 찾고 있거나 새로운 시작을 꿈꾸고 있다면, 글쓰기가 중요한 도구가 됩니다. 글에다 고민과 상처를 표현하니 그 고통이 조금씩 해소되었거든요. 감정을 조절하는 데도 도움 되었고요. 감정이 격하게 움직일 때 글로 표현하면 평온해집니다. 살면서 누구나 한번쯤은 자신을 찾는 과정을 겪습니다. 글쓰기는 그러한 과정에서 스스로와 대화하며 자아를 발견하게 되죠. 나아가 새로운 시작을 하고자 한다면, 그 첫걸음이 글쓰기가 될 수 있어요. 교수와 상담가에서 작가로 변한 것처럼, 글쓰기는 새로운 가능성을 열어주었지요. 물론 각자의 상황과 필요에 따라 다르게 효과를 발휘하겠지요. 단언컨대, 글쓰기가 가진 치유의 힘과 삶에 대한 깊은 통찰력은 누구에게나 큰 도움이 되리라 확신합니다.

손가락이 키보드를 두드립니다. 화면에 글자들이 채워질 때마다, 새로운 나를 발견합니다. 글을 쓸 때 가장 빛나고 있는 나를. 아마도 글을 쓰면서 감정을 솔직하게, 진심으로 표현했기 때문이겠죠. 그 안에서 소소한 기쁨과 감동을 선물 받았으니까요. 생을 마칠 때까지 글을 쓰며, 그 속에서 행복을 찾고, 그 행복을 다시 글로 담아 사람들과 공유하고 싶습니다. 가슴이 떨리는 그 순간, '나'인 것을 알아차립니다. 고통스러운 순간도, 기쁜 순간도, 그 사이의

사는 게 글쓰기입니다

다양한 감정들. 그 모든 순간을 글로 담으면서 또 한 가지를 배웁니다. 작은 일상에서도, 나만의 방식으로 행복을 찾을 수 있다는 것을.

07

오늘도 글을 쓴다

이현주

전혀 생각지도 못했던 방향으로 삶이 전개되는 일. 누구나 한 번쯤 경험하지 않을까. 지난 십여 년을 돌아보면 내 삶도 여러 번의 방향 전환이 있었다. 급격한 변화가 아니라 의식하진 못했지만, 서서히 바뀌고 있었다. 하나하나 떠올려 보니 결국 '글을 쓰기 위한' 경험이 아니었을까 하는 생각이 든다.

2009년 친정 식구 모두 베트남으로 간다고 했다. 혼자 덩그러니 떨어져 한국에 있을 자신이 없었다. 같이 가고 싶었다. 남편을 설득했다. 남편은 직장 일로 한국에 남기로 했고, 아이들과 나는 베트남으로 갔다. 호치민, 무슨 일이라도 할 수 있을 것 같았다. 현실은 만만하지 않았다. 2010년 말 때쯤이라고 기억한다. 베트남 정부에서 한국인 비자를 연장해 주지 않았다. 6개월에 한 번씩 연장했던 비자를 한 달에 한 번씩 연장하라니. 비용도 비용이지만 언제 해결될지 모르는, 정해진 기한도 없는 비자, 문제였다. 결국 두어

달 버티다 한국으로 돌아왔다. 변하기엔 너무 짧은 2년, 이도 저도 아닌 어정쩡한 시간이었다. 아쉬운 마음만 가득했다. 나와 달리 남편은 눈이 휘도록 밝게 웃었다. 1년 후, 초등학교 고학년 아들과 이제 막 학교에 입학한 딸, 시간적 여유가 생겼다. 일도 하고 싶고, 돈도 벌고 싶었다. 때마침 천안에 보험회사 콜센터가 오픈했다. 무작정 도전해 자격증을 취득하고 일을 시작했다. 생전 처음 하는 영업, 성격에 맞지 않아 슬슬 지쳐갈 때쯤, 쓸개에 담석이 생겨 수술을 받았다. 건강을 회복한다는 핑계로 퇴사했다.

퇴사 후 집에 있을 때 내 성격에 잘 맞을 것 같다며 친구가 소개해 준 직업상담사. 1년을 꼬박 공부해 자격증을 취득했다. 생소한 분야지만 재미있었다. 취업에 대해 상담하고 이력서와 자기소개서 코칭을 했다. 중장년 상담을 하면서 내 미래도 생각하는 계기가 되었다. 백세시대에 나는 어떤 노후를 보내고 싶은지, 나이는 먹고 어쩔 수 없이 맞이하는 힘없는 노후. 부정적인 생각에 한숨이 나왔다. 돈도 없고, 물려받을 재산도 없다. 건강하다면 뭐라도 해야 한다고 생각했다. 아이들에게 부모를 책임져야 한다는 짐을 주기 싫었다. 긍정적인 생각을 하려고 해도 잘 안 됐다. 몇 달을 고민했다. 문득 심리 상담이 떠올랐다. 직업 상담과 다르게 심리상담은 경험이 많고 나이가 들수록 괜찮다. 점점 기계화되어 가는 사회에 없어서는 안 될 직업으로 꼽히기도 했다. 앞뒤 잴 것 없이 학교 정보를 찾았다. 운 좋게 원서 마감 날 서류를 제출할 수 있었다. 적지 않은 나이에 시작한 공부, 쉬운 결정은 아니었다. 시간도 시간이지만 금전적으로도 부담이 됐다. 그런데도 하고 싶었다. '다들 하는데 나라고 못 할까.' 해 보고 영 안 될 것 같으면 빨리 그만두자고 생각했다. 대학원에 입학해 만난 K, 두 살이 많은 언니였다. 북한에서 왔다고 해 깜짝 놀랐다. 짐작도 못 했다. 살면서 북한이탈주민을 본 적이 없었다. TV에서 언뜻 본 모습이 전부였다. K는 말투나 억양이 전혀 어색하지 않았고 자연스러웠다. 늘 자신감 있고 당당한 모습이었다. 2년 반 동안 같이 공부하며 친해졌다. 덕분에 북한이탈주민을 상담할 기회가 생겼다. 막상 상담하려니 아는게 너무 없었다. 뒷목이 뻣뻣했다. 걱정이 먹구름처럼 하늘을 채웠다. '처음'이라는 산, 넘어야만 했다.

상담에 대해 공부만 했을 뿐 실제 상담을 한 경험이 없으니 떨리고 긴장됐다. 왜 한다고 했을까. 겁 없이 대뜸 해 보겠다고 대답을 한 내 머리를 쥐어박았다. 그래도 어쩌랴, 부딪쳐 보는 거지. '똑같은 사람이잖아. 말을 아끼고 조심하자. 진심은 통한다고 했으니까 정성을 다해보자' 일주일에 한 번 하는 심리상담, 그 첫 번째 문을 두드렸다.

북한이탈주민 중 자녀가 있는 엄마를 주로 상담했다. 첫 만남은 다소 어색했지만, 상담이 진행될수록 북한이탈 여성 모두 대단하다고 생각했다. 생사를 넘나드는 순간에도 절대 아이를 포기하지 않고 함께한 '엄마들' 존경스러웠다. 마치 영화에서 나올듯한 이야

　　　　　　　　　　　사는 게 글쓰기입니다

기에 충격을 받기도 했다. 담담하게 말을 이어가는 모습에는 고개가 숙여졌다. 서서히 마음을 열어 주는 분들께 감사했다. 늦은 저녁 상담을 마치고 집으로 돌아가는 길, 운전대를 잡았다. '도움이 되고 싶다'는 생각이 들었다. 어떻게 하면 도움이 될 수 있을까. 북한이탈여성의 삶과 이야기, 그냥 사라지는 게 안타까웠다. 글로, 책으로 남기면 자녀들에게, 나처럼 실상을 모르는 사람들에게 북한이탈주민들을 이해하는 데 도움이 되지 않을까. 막연히 생각했다. 상담을 할수록 생각이 짙어졌다.

2021년 말. 목숨 걸고 남한으로 온 사람들의 이야기를 책으로, 글로 남기고 싶다는 생각에 점점 더 깊이 빠져들었다. 지금이 아니라도 좋다. 글을 쓰는 사람들, 책을 읽는 아이들. 서로를 바라보며 뿌듯하게 웃는 얼굴, 마치 영화의 한 장면처럼 떠올랐다. 생각의 뿌리가 점점 확대되었다. '그렇다면 글을 쓰는 방법을 알려주고 도와 줄 작가도 있어야 하지 않을까?' 이런저런 고민 끝에 내가 해보자는 생각을 했다. '할 수 있을까'라는 의심보다 '될 수 있는 방법을 찾자'는 마음. 심장이 방망이질했다.

한 권의 책도 읽지 않았던 내가 2016년 독서를 시작했다. 2년 후 우연한 기회에 기획 공저에 참여했다. A4용지 한 장이 조금 넘는 분량의 글, 방향도 몰랐고 방법도 몰랐다. 퇴고 없이 출간된 날것의 책을 본 후 겁이 났다. 글을 쓰고 싶다, 작가가 되고 싶다는 꿈은 안개에 갇혔다. 그런데 다시 글을 쓰겠다고 결심한 것이다. 실패나 실수하고 싶지 않았다. 오십이 되어 처음 갖게 된 뚜렷한 목표. 이루고 싶었고 반드시 이루겠다고 마음먹었다. 이번엔 전문가에게 체계적인 방법을 확실하게 배워 글을 써 보자고. 무의식적으로 '때가 됐다'란 말을 내뱉었다. 모든 신경이 글쓰기와 책 쓰기에 집중됐다. 전에는 보이지 않았던 정보들이 하나, 둘 눈에 띄었다. 희뿌옇게 보였던 길이 조금씩 선명해졌다. '여기다' 의심하지 않았다. 자석의 양극이 서로에게 끌리듯 자연스럽게 끌렸다.

'자이언트 북 컨설팅'. 삶의 방향이 바뀌는 순간이었다. 운명의 수레바퀴처럼 돌고 돌아 제 자리를 찾은 것일 수도 있다. 글을 쓰고 싶다는 바람이 글을 쓰겠다는 결심으로 바뀌었다. 내 글이 누군가를 도울 수 있다는 것, 강의를 통해 알았다. 모든 사람이 내 글을 읽을 거라는 생각과 많은 사람에게 잘 썼다는 칭찬을 받고 싶은 것. 내 안에 숨겨둔 인정욕구가 올라왔다. 지나친 욕심이었다. 욕심이 가득했을 땐 글쓰기가 어려웠다. 생각하다 멈췄다. 공부하면서 알았다. 글은 힘을 빼고 써야 한다는 것을. 그냥 썼다. 누군가를 돕고 싶다는 마음에 시작한 글쓰기였다. 그런데 정작 글쓰기는 나를 도왔다. 내 마음을 이해할 수 있게 해 주었다. 지난날의 추억도 찾을 수 있었다. 글을 쓰면서 '나도 꽤 괜찮은 사람'이란 생각이 들었다. 당연한 것들에 감사하는 마음이 생겼다.

사는 게 글쓰기입니다

모든 건 준비가 필요하다. 하고 싶다고, 간절히 원한다고 해도 지금 당장 완벽하게 할 수 있는 일은 드물다. 운명의 또 다른 이름 '타이밍'. 꾸준히 준비하고 있으면 그 '때'가 반드시 온다. 시작해야 할 때 머뭇거리거나 주저한다면 일생일대의 기회를 놓칠 수 있다. 나에게 글쓰기가 그랬다. 독서를 시작한 것, 공저에 참여했었던 것, 상담 공부를 하고 북한에서 온 언니 K를 만난 것, 그리고 상담을 시작한 것. 이 모든 것이 글을 쓰기 위한 준비운동이 아니었을까. 오늘 쓴 글이 어제보다 조금 더 나으면 된다. 글을 쓰기 시작하니 내가 변했다. 전보다 많이 웃고, 당당해졌다. 기분 좋은 일, 재미있는 일은 누가 시키지 않아도 계속하게 된다. 즐겁고 행복한 일, 그래서 나는 오늘도 글을 쓴다.

08

하루 한 줄 글쓰기로 행복이 커집니다

장진숙

나는 어린 시절 책 읽기가 지루했다. 동네 친구들과 몰려다니며 달리고 노는 게 좋았다. 부모님 방 책장 속 위인 전집과 디즈니 동화책은 유리 안에서 누르스름해졌다. 자주 접한 책은 교과서와 전과 정도다. 중학생이 되자 밖에서 놀기보다 소설책과 만화책 읽기에 푹 빠졌다. 한 사람 인생의 중요 사건에서 클라이맥스와 결론까지 한 번에 다 볼 수 있어 책이 좋았다. 책을 읽다 결말이 궁금해지면 마지막 장을 먼저 읽고 다시 돌아와 읽는 일이 다반사였다. 읽은 책이 늘어갈수록 작가가 돼서 내가 원하는 세상을 만들고 싶었다. 새롭게 창조한 나만의 세상과 그 표지에 찍힌 내 이름을 상상했다.

내 책을 갖겠다는 바람이 현실과 가까워진 것은 고등학교 문학 선생님 덕분이다. 문학 선생님은 한용운의 '님의 침묵'을 낭독하며 울먹거렸고 알퐁스 도데의 '별'을 읽을 때는 손수건으로 눈물을 닦았다. 시를 잘 썼다고 선생님이 칭찬했다. 내가 무언가 창조해서 칭찬까지 받으니 어깨가 들썩거렸다. 계속 그런 기분을 느끼고 싶어 글을 쓰고 서로 의견을 나누는 문인 동아리도 들어갔다. 두세 번 참석하다 학교 수업에 모임 나가는 것은 흐지부지되고 글쓰기는 멈췄다. 마음 한편에 글쓰기 미련이 남았다.

2014년 근처 아트센터에서 하는 소설 쓰기 수업으로 숨어 있던 글쓰기 열망을 꺼낼 기회가 왔다. 글쓰기 수업은 매주 수요일 저녁 6회 과정이다. 소설 쓰기는 먼저 쓰고 싶은 소설의 줄거리를 정한다. 주인공의 나이와 배경으로 하고 싶은 시기를 선택한다. 그리고 그 시대를 떠올릴 수 있는 노래, 놀이 등을 찾는다. 붉은 악마 티셔츠와 노래 '오 필승 코리아'가 글에 들어가면 2002년 월드컵이 떠오른다. 이렇게 시대를 대표하는 매개체로 독자들에게 시대 분위기를 상상하게 할 수 있다는 것을 알았다.

글쓰기를 연습하는 방법으로 문학작품 필사를 추천했다. 황순원 작가의 '소나기' 같은 글을 쓰고 싶어 필사할 원고지를 천 매 샀다. 글쓰기 수업 가는 날 외에는 연일 초과근무를 했다. '소나기'를 필사하다 잠드는 날도 있었다. 한두 번 빠지니 수업도 따라갈 수 없었다. 곧 흥미도 잃었다. 다음 차수 수업은 빠지지 말고 열심히 들어야지 다짐했다. 그런데 수강생 부족으로 수요일 저녁 강의는 열리지 않았다. 다음에 할 수 있다고 무심코 지나쳐 버린 일이 내게 왔던 기회라는 걸 나중에 알았다. 놓친 기회를 후회하지 않으려면 항상 앞으로 올 기회에 대비해야 한다. 그리고 기회가 오면 그 순간이 마지막인 것처럼 적극적으로 임해야 한다. 이제는 후회하지 않기 위해 지금 할 수 있는 작은 일부터 꾸준히 하려고 한다.

글쓰기에 대한 미련으로 방송통신대학교 국어국문학과 등록을 고민할 때 이은대 작가의 글쓰기 수업을 들었다. 현실과 경험 중심의 글쓰기 수업이었다. 3주 수업이 끝나고 나는 홀린 듯이 자이언트 평생회원을 신청했다. 텔레비전에서 일과 가정의 균형이 중요하다고 하는 보도가 자주 방송됐다. 회사에서 저녁 먹는 삶이 일상이었다. 오후 8시쯤 통근버스를 타고 서둘러 집에 와서 글쓰기 수업을 켠다. 수업 시작한 지 20분 정도 지나면 잠이 왔다. 모든 에너지를 회사에서 쓰고 오니 배터리는 꺼지기 직전이었다. 분주했던 날은 앉아있을 힘이 없어 비디오를 끄고 누워서 수업을 듣기도 했다. (수업에서 모든 참석자는 비디오를 켜도록 하고 있다) 비디오 끈 것에 마음이 불편했지만 졸면서라도 계속 수업을 듣는 것이 먼저였다. 미안한 만큼 글을 써야 한다는 부담감이 커졌다. 장애에도 다섯 번째 시집을 출간하고 저자사인회를 하는 작가를 보니 환경을 탓하던 내가 창피했다. 저자사인회에서 알게 된 라니 작가는 최근 전자책을 출간했다고 한다. 나도 책을 쓰고 싶을 정도로 쉽고 재밌었다. 아는 사람이 직접 쓴 책을 보니, 책 쓰기를 더 이상 미룰 수 없었다. 빨리 책을 쓰고 싶었다. 책으로 쓰고 싶은 이야기를 정리

사는 게 글쓰기입니다

해서 이은대 작가에게 보냈다. 나흘 후 20개의 목차가 왔다. 거기에 내가 원하는 제목으로 20개를 추가했다. 한 권의 책이 될 40개의 소제목이 완성됐다. 최근 출간한 작가를 만나 책 출간에 대한 생생한 이야기를 들었다. 글쓰기를 미루던 마음, 글이 안 써진다고 짜증 냈던 마음이 흐릿해졌다. 대신 글을 쓰겠다는 의지가 생겨 초고를 시작했다. 강의도 좋지만 내 옆에 있는 사람이 글을 쓰고 있다는 사실을 확인하고 그들의 경험을 공유하는 것이 글 쓰는 데 더 없는 자극이 됐다.

40개 소제목에 맞는 이야기를 구성하고 빨리 책을 내고 싶었다. 욕심에 여섯 꼭지를 몰아쳐 썼더니 금방 지쳤다. 글씨를 쓸 때 힘을 꽉 주는 습관이 있다. A4용지 1/3만 써도 손목 통증에 손목을 주무르고 이리저리 만졌다. 가볍게 휘리릭 써지는 볼펜도 이런 습관을 나아지게 하지 못했다. 몸 상태가 따라주지 않았다. 번아웃 증후군 극복기를 담고 있는 개인 책 쓰기를 한편에 밀어뒀다. 불편한 기억을 덮고 쉬고 싶은 마음만 들었다. 할머니와의 추억, 어린 시절 성질부린 이야기 등 뭔가를 계속 쓰는 것으로 글쓰기를 이어갔다. 글을 쓰고 나면 뿌듯한 느낌에 기분도 좋아지고 잠도 잘 왔다. 행복한 마음이 글로 차곡차곡 쌓이니 사는 게 즐거워졌다.

나는 어떻게 하면 직장 생활을 유지하면서 매일 글을 쓸 수 있을지 고민했다. 그러다 찾은 방법은 바로 하루 한 줄 글쓰다. '오늘은 갑자기 통신에 문제가 생겨 피곤했다.' 한 줄도 좋았다. 하루 한 줄 글쓰기는 세 가지의 장점이 있다. 첫째, 하루를 돌아볼 수 있다. 둘째, 글쓰기에 부담이 없다. 셋째, 성취감을 맛볼 수 있다. 성공은 눈과 같아서 작은 성공들이 계속 모여 눈덩이가 되고 생각하지 못한 큰 성공을 가져올 수 있다. 하루 한 줄 쓴 글들이 모이면 한 권의 책이 된다. 지금 쌓여 있는 글만 봐도 웃음이 나고 행복하다.

운명은 내가 처한 상황이 아니라 내가 어떤 선택을 하느냐에 따라 결정된다. 나는 글쓰기를 선택했다. 진심으로 글을 쓰고 싶어, 매일 한 문장 쓰기부터 시작했다. 상품평, 배달 음식 후기, 특강 후기 등 생각하고 쓴 글이라면 어떤 글이라도 좋다. 매일 한 문장 쓰기에 성공하니 성취의 기쁨은 내 안의 생각을 긍정적으로 바꿨다. 긍정적인 생각은 전보다 더 자주 나를 웃게 했고 행복한 일도 늘어났다. 나는 지금 하루 한 줄 글을 쓸 수 있어 행복하다. 이제 라이팅 코치로서 사람들이 글쓰기를 통해 행복할 수 있도록 도와주고 싶다는 꿈도 생겼다.

하루 한 줄 글쓰기는 나의 삶을 바꿨다. 매일 생각은 긍정적으로 변화하고 작은 성공을 경험한다. 하루 한 줄 글쓰기가 나의 삶에 행복을 가져온 것이다.

사는 게 글쓰기입니다

09

글쓰기로 가치를 빛내고 싶다

—————————————————— **장춘선**

검은 비닐봉지에 쌓인 보석 상자를 식탁 위에 펼쳤다.

"이거 팔아줘."

"당신한테 '천이백만 원' 달라고 안 할게. 나 글쓰기 코치 공부할 거야. 지금 하고 싶은 일에 투자하고 싶어. 하고 다니지도 않는데 묵혀 두면 뭐 하겠어."

'자이언트 라이팅 코치 양성과정' 1기 수료식 장면이 연일 인스타그램에 올라왔다. 글쓰기를 돕는 강사과정이다. 1기 모집 설명회를 한다는 소식을 들었었다. 벌써 진행했구나. 홈 쇼핑 마지막 기회를 놓친 듯 아쉬웠다. 글 한 편 제대로 쓰지 못하면서 욕심이 났다.

얼마 후, 2기 설명회에 참여했다. 마음이 급했다. 매주 월요일 8주간의 시간을 내야 했고 수강료가 비쌌다. 며칠 고심했다. 나는 왜 이 과정을 하고 싶을까? 당장 글쓰기 강사 할 것도 아니고 개인 저서 출간한 작가도 아니다. 그렇다면 괜한 욕심이지 않나 싶기도 했다. 가까운 지인에게 '라이팅 코치 양성과정'을 하고 싶다며 스스럼없이 말하고 다녔다. 수강료 '천이백만 원'이라는 말에 미쳤다는 표정이다. 평소답지 않게 강한 의지를 내비치자 하고 싶으면 해야지 한다. 그들을 설득한 게 아니라 나의 확신을 굳히는 중이었다. 미리 하자. 글쓰기를 돕겠다는 태도로 공부하면 내 글 실력이 늘지 않을까 생각했다. 먼저 나를 돕는 글쓰기 코치가 되고자 했다. 월요일 저녁 9시부터 온라인 수업이다. 직장 회식만 조절하면 될 것 같았다. 수강료가 문제였다. 그때 갑자기 찬장 안에 뭉쳐둔 보석이 떠올랐다. 굳게 닫힌 찬장 문을 열었다. 작년 3월, 직장에서 30년 장기근속 기념으로 금 20돈 메달을 받았다. 잠깐 남편에게 자랑하고는 넣어뒀다. 오래된 그릇 옆에 검은 봉지로 둘둘 말아 둔 보석 상자를 꺼냈다.

보석을 팔아달라는 말에 남편이 놀라는 눈치다. 강하게 내 의사를 밝힌 적 별로 없다. 요즘 부쩍 가치라는 말을 자주 한다. 귀하다고 뭉쳐둘 게 아니라 활용해야겠다고 생각했다. 보석 상자 안에는 대학 졸업 반지며 남편이 준 청혼 반지, 친정엄마가 준 목걸이, 결혼할 때 받은 다이아몬드 반지, 쌍가락지, 팔찌, 목걸이. 직장에서 10년, 20년, 30년 장기근속 기념으로 받은 5돈, 10돈, 20돈 메달이 들어 있었다. 열어보지 않았으면 모르고 지나갈 뻔한 것도

사는 게 글쓰기입니다

있다. 24k. 순금만 끄집어냈다. '장기근속 35돈 메달과 결혼 기념 쌍가락지, 엄마 목걸이' 예전 같으며 팔 생각도 하지 않았다. 귀한 걸 함부로 하면 안 되는 줄 알았다. 글을 쓰기 시작하면서 소유보다 가치에 의미를 둔다. 병원에서 받은 금메달은 간호사 생활 30년 인생이 엮여 있다. 워킹맘으로 '나'라는 존재를 잃지 않고, 가정과 직장에서 균형을 맞추려 애쓴 몸부림이다. 결혼 기념 쌍가락지는 말할 것도 없다. 이걸 판다는 것은 남편에게 도전한 게 아닌가 싶기도 했다. 엄마 목걸이는 당신이 건강할 때, 딸들이 해준 대로 돌려준다며 네 것이라고 준 것이다. 모두 귀하다. 그렇다고 찬장 속에만 넣어둔다고 달라질 건 없다. 보석에 깃든 의미를 글로 표현한다면 더 가치 있을 것 같았다. 별안간 가치를 창작하는 작가와 글쓰기 코치가 되고 싶었다.

2년 전, 직장동료 박경애 선생님이 글쓰기 강의를 소개했다. 코로나19가 한창이던 시기에 병원에 근무하는 간호사로서 오프라인으로 할 수 있는 일이 없었다. 특히나 병원은 더 강력한 통제가 있었다. 집과 병원만 들락날락한 지도 일 년이 지나고 있었다. 글쓰기를 원한 것은 아니지만, 온라인으로 뭔가를 할 수 있다는 데 마음이 끌렸다. 예비 작가들에게 글을 쓰도록 동기유발하고 책 출간을 도와주는 곳이었다. 웬만한 자기 계발을 좋아하는 사람들이 모여 있었다. 나는 작가의 꿈을 가졌거나 글 쓰는 행위를 좋아하는 사람이 아니었다. 인스타그램 계정도 없었고, 블로그는 연습 삼아 이름만 만들어 둔 게 다였다. 일기 쓰기, 다이어리 쓰기, 메모하기 등 글쓰기와 관련된 행위는 작정해야 했고 작심삼일에 불과했다. 글쓰기에 대해서는 무지했다. 그런데 글쓰기 수업을 들을수록 생기가 돌았다. 집과 직장에서 해야 할 일이 에너지를 쓰는 일이라면, 시간과 돈을 써서 배우는 일은 활력을 얻는 일이었다. 나를 찾고 싶었다. 무리해서라도 에너지를 찾아 가정과 직장에 도움이 되려 했다. 그건 내가 살아가는 기쁨이다. 코로나19로 멈춰진 시기에 글쓰기는 나를 지치지 않게 해주었다.

간호사는 다른 직업에 비해 희생과 봉사가 요구된다. 직업과 나의 성향이 집에서도 그랬다. 직장에서 하던 행동이 몸에 배어 집에서도 집안일을 도맡아 했다. 에너지가 소진될 때까지 몸을 아끼지 않았다. 그런 생활이 반복되고 몸도 마음도 지쳐 딜레마가 찾아왔다. 그때쯤 메트라이프생명 보험설계사 권옥란 언니를 만났다. 보험계약으로 만났지만, 병원 바깥소식을 들을 수 있어 좋았다. 창원대학교에서 '여성 지도자 리더십 최고 과정'을 듣고 라이온스 클럽에서 봉사활동도 한다고 했다. 당당하고 자유로운 삶이 부러웠다. 내 마음을 알아차렸는지 창원문성대학교 평생교육원에서 '리더십과 스피치' 과정이 있다고 소개해줬다. 강의료가 저렴하고 저녁 시간이라 활용하기 좋았다. 매주 수요일 저녁 7시, 집에서 나설 때부터 대학 캠퍼스 강의장까지 기대감으로 설렜다. 수업을 같이 듣는 사람들은 대부분 세일즈맨이었다. 그들은 말하는 기술을 익히고 새로운 인맥을 쌓기 위해 온 것 같았다. 나는 리더십 역량을 키우고 병원 밖 이야기를 알고 싶어 강의를 신청했다. 새로운 사람을 만나고 다른 공간으로 이동하는 것만으로도 좋았다. 해야 할 일에 대한 부담감을 내려놓고, 자유롭고 싶은 욕구를 채울 수 있었다.

창원대학교 평생교육원에서 '이미지 메이킹' 과정을 들었다. 내가 원하는 모습이 어떤 건지도 몰랐지만 변화를 주고 싶었다. 집과 직장에서 받은 스트레스를 삶의 에너지로 바꿨다. 늦은 저녁 달빛을 조명 삼아 운동장을 거닐며 워킹 연습했던 기억이 난다. 고개 숙이지 않고 당당하게 걷는 연습이다. 나만의 독특한 명함이며 사인할 때 드는 펜, 수첩 하나까지 품격있게 내미는 상황을 연출했다. 지금 생각하면 그게 왜 필요했을까. 웃음이 난다. 평범한 가정을 꾸리고 소심하게 직장 생활하며 살았지만, 늘 당당한 커리어 우먼이 되고 싶었다. 잘나가는 여성 CEO가 되어 잡지에 실리는 꿈도 꾸었다. 새로운 사람을 만나는 것은 나의 욕구를 깨우는 시간이었다. 나의 가치를 발견하고 성장하고 싶은 욕망이 컸다. 누군가 "해 볼래?"라고 제안하면 거절할 수 없다. 글쓰기 수업 들어보겠느냐는 제안도, 라이팅 코치 양성과정도 그렇게 시작되었다.

어디에다 중심을 두느냐에 따라 삶은 달라질 수 있다. 글쓰기를 배우면서 소유보다 가치에 중심을 두게 되었다. 나의 결단에 강력한 영향을 끼쳤다. 나는 힘들 때마다 배움으로 에너지를 얻는다. 글쓰기는 가장 깊은 곳에 숨겨진 나의 귀한 보물이다. 찾지 못했으면 얼마나 아까웠을까. 누군가 툭 쳐줬기에 마치 기다렸다는 듯이 달려들었다. 어떤 것이 내 삶에서 중요한가 질문했다. 글로 표현할 수 있는 가치였다. 자신이 진정으로 원하고 누리고 싶은 것에 초점을 맞추자. 나는 작가와 글쓰기 코치에 초점을 맞춘다. 글쓰기 강의를 듣기 위해 저녁 시간을 할애하거나, 아침에 눈 비비며 한 줄이라도 쓰고 출근한다.

사는 게 글쓰기입니다

10

나에게 글쓰기는 연필과 같았다

정은주

"여보, 안방 불이 깜박이는데 전구 좀 갈아줘요."

임신 8개월. 무거워진 허리를 손으로 받치며 남편을 불렀다. 의자 위에 올라가서 손이 안 닿아 내려오는데 다리가 후들거렸다. 방으로 걸어오던 남편이 순간 속도를 내며 달려와 나를 잡아주었다. 의자를 치우더니 나를 데리고 거실로 나왔다. 내려오다 다치면 어쩌려고 그랬냐, 왜 먼저 나를 부르지 않았느냐, 다시는 이러지 마라 등 걱정 어린 말을 이어갔다. 시원한 물도 한잔 갖다주었다. 말을 듣고 보니 아찔한 상황이 상상되었다. 배 속의 아이가 알아들었는지 배를 살짝 차면서 놀고 있었다. 배를 문지르며 한숨 돌리는데, 남편이 영 일어날 기색이 없었다. 평소 같으면 '저 나쁜 전구, 우리 마누라를 의자 위에까지 올라가게 만들다니……. 내가 갈아 마시든 톱으로 갈든 없애 버려야지.' 하며 달려갔을 것이다. 신발장 안에 전등이 있다고 하니 알겠다는 말만 했다. 못 찾나 싶어 전등을 친절히 가져다주었는데도 남편은 시큰둥했다. 눈으로 웃고 입은 다문 채 '빨리해'라고 조용한 지시를 내려야 하나 생각 중인데, 남편이 말했다.

"나 전기 무서워해."

띠로리~ 이건 무슨 말이란 말인가. 눈 흰자를 희번덕거리는 개그맨 김영철처럼 나도 모르게 눈에 힘이 빡 들어갔다. 전기를 무서워하는 남자도 있나? 게다가 남편은 기계과 졸업한 거 아니었나? 그랬다. 어릴 때 전기에 감염된 적 있는 남편은 점수에 맞춰 대학을 간 것이다. 지금도 전기의 플러스, 마이너스만 봐도 '나는 안 보인다~'를 외치듯 슬쩍 물러난다. 반면에 오빠 셋 밑에서 자란 나는 전등이나 못질 등에 겁이 없다. 오빠들은 집안의 일을 한 지붕 세 가족 순돌이 아저씨처럼 뚝딱뚝딱 해결했다. 깜박이는 전구를 빼서 갈아 끼우고, 흔들리는 못에 망치를 두드리는 게 자연스러웠다. 여자인 나 역시도.

생각해보면 겁 없이 한 게 전구 갈기뿐만 아니었다. 30살에 갑자기 유학을 가겠다며 두 달 만에 떠났다. 컴퓨터로 호주 유학 카페에 들어가서 검색하다가 '나 유학가~' 시크하게 말했다. 방바닥을 걸레질하던 엄마가 멈칫했다. 외국 유학을 안 갔다 오니 영어 강의할 때 기가 죽더라고 말했다. 어릴 때 영어학원이 비싸서 못 보내준 적 있었다. 엄마는 그 죄책감이 걸레질로 사라지는 듯 방을 닦는 손에 힘이 들어갔다.

겁이 아니라 겁대가리 없다고 생각되는 건 무엇보다 결혼이었다.

사는 게 글쓰기입니다

남편은 바쁜 전도사였다. 할 일이 많은데 그중에서 시간을 빼서 나를 만나러 온다고 했다. 밤 12시에 끝나던 영어 공부방에 맞춰 만나기도 했다. 생각해보면 시간이 없는 건 나였다. 시험 기간이 아니어도 항상 수업이 꽉 차 있어서 주말이고 밤이고 바빴다. 내가 바쁘니 당연히 남편도 바쁘다고, 부지런하고 열정적이라고 생각했다. 내가 그랬으니까.

바쁘게 사는 데다가 말투도 따뜻했던 남편과 결혼했다. 나는 남자들만 있는 집에서 자라 말이 짧았다. 여성스럽게 생겼지만 여성스럽지는 않았다. 키가 크고 어깨가 넓은 남편은 남성스럽지만 여성스러웠다. 서로 보완이 되니 문제 될 것은 없었다.

결혼하니 더 바빠졌다. 평소 하던 수업이 많은데 왜 그렇게 시댁은 멀고 행사는 많은지. 아들 결혼만 기다리던 시댁이라 며느리가 예쁘셨으리라. 학생들 수업을 변경하고 시댁에 가는 것도 한두 번이었다. 시댁에 가니 나는 여기저기 동동거리며 다니느라 엉덩이는 언감생심 꿈도 못 꾸고 발바닥도 쉴 틈이 없었다. 웃음기 없이 방이나 부엌이든 남편과 둘만 있는 곳이라면 내 목소리는 날카로워졌다. 그런 내 모습이 점점 많아지면서 시댁에서는 센 며느리가 들어왔다고 했다. 게다가 공부하고 돈 버느라 살림을 못 하는 나에게 부엌에서 음식을 하는 일은 고역이었다. 매번 네이버를 켜놓고 간장 두 숟갈, 설탕 세 숟갈을 넣는 시간이 요리라기보다는 극한 체험 같았다. 더 힘든 것은 시댁만 가면 방바닥에 붙은 남편을 보는 일이었다. 살고 있는 집의 거실과 방을 공부방으로 사용해서 남편이 친정엄마가 안 계실 때 살림을 맡았다.

비가 억수로 내리던 초저녁이었다. 등에 업힌 아이만 우산으로 겨우 가리고 택시를 탔다. 어디로 가냐는 기사 아저씨에게 힘없이 대답했다. 택시를 잡느라 지친 것으로 생각했던 아저씨는 룸미러로 나를 힐긋힐긋 쳐다보았다. 빠르게 움직이는 윈도 브러시가 내리는 비 때문인지 눈물 때문인지 모르게 슬로모션으로 보였다. 엄마가 돌아가셨다는 아빠의 전화를 받았다. 택시 안에서 끊어질 듯 이어지는 숨으로 오빠들에게 전화를 돌렸다. 내가 아빠에게 그랬듯 수화기 너머 잠시 정적이 흘렀다. 무슨 일인가 싶을 정도로 내리던 비는 친정에 도착하니 119 소방차 위를 덮고 있었다.

갑작스런 엄마의 죽음은 바쁘던 내 삶을 변화시켰다. 예보 없는 눈물이 또르르 흘러 수업을 하기 어려웠다. 어느 날이었다. 이제 막 백일이 지난 둘째를 안고 첫째의 손을 잡고 걸어가는데 누가 나를 불렀다. 내가 성격이 너무 강해서 남편 위에 서 있고, 그래서 엄마가 죽은 것이라고 했다. 원래 뇌졸중 증세가 있었다고 말하고 싶었는데. 그런 말은 말대답이 되고 내 성격이 강한 것으로 돌아올 것 같아서 참았다. 내 다이어리를 펼쳐보면 하루 24시간 중에서 20시간을 일한 적도 있다. 열심히 일한 대가가 엄마를 죽음으로 몰았다는 것인가. 잔소리를 한 시간 듣고 닭똥 같은 눈물을 흘렸다. 말이 안 되는 걸 알지만 나는 그 말을 몇 년 동안 곱씹으며 합리화시켰다. 엄마의 죽음은 곧 나의 강한 성격 때문이라고. 다 내 잘못이라고. 그래서 조용히, 말없이, 절대 강하지 않게 살아야 한다고.

사는 게 글쓰기입니다

첫째 아이 학교에서 입학식에 관한 글을 써달라고 요청이 왔다. 학부모인 나는 자유로웠다. 엄마의 죽음을 모르니까, 내가 엄마를 죽였다고 생각하지 않으니까. 그래서인지 일필휘지로 글을 썼다. 학교에서의 아이 모습이 사랑스럽고 그래서 엄마인 나도 행복하다고. 행복하다는 말에서 무언가 찔리는 것 같았지만 신경 쓰지 않았다. 글이 학교 신문에 실리고 여기저기서 학부모들이 재미있다고 했다. 이유는 모르겠지만 속이 시원했다. 다음 행사에도 글을 썼다. 내가 쓴 글은 재미있어서 끝까지 읽게 된다는 피드백이 왔다. 사람들의 칭찬은 목을 죽 빼고 시원하게 근육을 푸는 느낌이 들었다.

연필같이 살고 싶다. 꾹꾹 눌러써도 부러질 염려 없고, 손에 느껴지는 나무의 촉감도 좋다. 결혼 전에는 매끈하고 정확하다고 했다. 샤프심처럼. 결혼 후에는 너무 진하다고 했다. 4B연필처럼. 남편보다 강하니 약해야 하고, 엄마니까 약하지만 부러지면 안 된다고 했다. 어느 장단에 맞춰야 할지 몰라 쓰고 지웠다. 많은 글을 썼고 지웠다. 눈물로 흐려지기도 했다. 연필이 깎이고 깎여 짧아질수록 마음속 분노와 원망도 조금씩 닳아갔다. 혹시 주변 상황 때문에 자신의 존재를 잃고 있다면 연필을 들고 글쓰기를 권한다. 몽당연필이 될 때까지⋯⋯. 그래서 내 키가?

11

나에게 글쓰기는 축복의 통로였다

정인구

"처형, 이사한 우리 집이 어디예요?"

"정서방, 해도 해도 너무하네! 이사하는 날도 이렇게 늦게 오고…"

처형 훈시를 한참 들은 후에야 이사한 우리 집을 알 수 있었습니다.

"여보, 오늘 이사하는 날이니 빨리 와야 해." 출근하는 나에게 아내는 애걸복걸했습니다. 어제 퇴근 무렵, 갑자기 상부에서 감사 온다는 연락을 받았습니다. 휴가를 냈지만 출근할 수밖에 없었지요. 감사수감 중 수시로 걸려 오는 아내 전화에 신경이 곤두섰습니다. 감사에 집중해야겠다는 생각에 휴대전화기를 껐습니다. 금방 끝날 줄 알았는데 퇴근 무렵 끝이 났습니다. 퇴근하려고 과장한테 인사하러 갔습니다. "이사는 이사고, 본부 손님 왔는데 저녁 식사는 하고 가야지." 과장 말을 무시할 수 없었습니다. 어차피 늦은 거 얼른 저녁만 먹고 간다는 게 나도 모르게 정신을 놓아버렸습니다.

택시 기사가 깨우는 소리에 눈을 떴습니다. 몸을 가누기 힘들어 내리려다 넘어졌습니다. 아파트 출입문을 열자 집안이 텅 비어 있었습니다. 정신이 번쩍 들었습니다. 휴대전화기에 '부재중 전화' 메시지가 화면에 꽉 차 있었습니다. 몇 번을 아래로 내려도 똑같은 화면, 50통은 넘어 보였습니다. 화난 아내 얼굴이 떠올랐습니다. 이사한 집으로 가야 하는데 집 주소를 몰랐습니다. 전셋집은 아내가 구했고, 이사할 곳에 가보지 못했습니다. 하는 수 없이 처형에게 우리 집을 묻기 위해 전화해야 했지요.

그 당시 내 몸의 절반은 알코올 성분이었을 것입니다. 주변이 온통 술판이었고 가정엔 전혀 관심이 없었지요. 유치원 재롱잔치, 발표회 한 번 간 적 없었고 교육은 오롯이 아내 몫이었습니다. "이럴 거면 아는 왜 낳았냐? 결혼은 왜 했냐?" 아내와 싸우는 날이 잦았습니다. 그러다 아내가 집을 나가 한동안 돌아오지 않았습니다. 엎친 데 덮친 격으로 승진 대상임에도 4번이나 미끄러졌습니다. 사람들이 싫어졌고, 사는 게 재미가 없었습니다. 매일 새벽까지 술에 절어 살았습니다.

더 이상 패배자 같은 삶을 살고 싶지 않았습니다. 좋아하던 술을 끊었습니다. 아내는 별거 4개월 만에 집에 돌아왔습니다. '자이언트 북 컨설팅' 이은대 작가 글쓰기 수업을 함께 들었습니다. 거실 TV와 소파를 없애고 가운데 6인용 책상을 배치했습니다. 매일 새벽 4시면 일어나 서로 마주하고 글을 썼습니다. 한번은 키보드를 두드리던 아내가 일그러진 표정으로 나를 쩨려보는 것이었습니다. 왜 그러느냐고 물었더니, 약간 떨리는 목소리로 대답했습니다. "지금 니 욕 쓰고 있다. 생각하면 생각할수록 열불이 나네~" 몸을 부르르 떨고 얼굴은 벌겋게 달아올라 있었습니다. 속죄하는 마음으로 고개를 숙여 키보드에 고정하고 이 순간이 빨리 지나가기만 바랐습니다. 글쓰기는 물과 기름인 우리를 융합해 주는 매개체가 되고 있었습니다.

늘 술 퍼마시다가 새벽에 일어나 책을 쓰려니 힘들었습니다. 새벽 4시부터 3시간 동안 씨름했지만 한 페이지도 채우지 못한 때가 많았습니다. 때때로 깜빡이는 커서만 응시하다 노트북을 닫곤 했습니다. 내가 책을 쓸 수 있을지 의심이 들었습니다. "닥치고 써라!"라는 코치의 격려마저 들리지 않았지요. 쓰다가 멈추기를 반복했습니다. 스트레스를 받으니 술 생각이 났습니다. '내가 지금 뭐 하는 짓이지, 다 때려치우고 술이나 마실까?' 스멀스멀 주신(酒神)이 나를 유혹했지만 다시 구렁텅이로 빠지고 싶지 않았습니다. "술주정뱅이가 책을 낸다고? 누가 읽기나 하겠어? 그냥 술이나 빨러 가자!" 동료들의 비웃음 소리가 귓전에 맴돌았습니다. 글 쓰는 열

사는 게 글쓰기입니다

정이 식어갔지만 독서는 계속했습니다. 글쓰기 관련 책을 읽던 중 '글쓰기도 연습과 기술이 필요하다. 페달을 계속 밟아야 자전거가 앞으로 가듯 글도 계속 써야 한다'라는 문장을 보고 다시 용기를 낼 수 있었습니다.

천신만고 끝에 초고가 완성되었습니다. 퇴고 안내를 받았지만 마음이 무거웠습니다. 이미 초고에 진을 다 뺐는데 또 퇴고해야 한다니 답답한 마음에 한동안 보지 않았습니다. 나에게 있어, 이렇게 긴 분량의 글은 처음 써봤습니다. 퇴고를 어떻게 해야 할지 감이 오지 않았지요. 상사에게 욕한 거, 동료가 보면 마음 상할 것 같은 내용 위주로 수정했고, 한글 맞춤법 검사기를 활용하여 맞춤법을 점검했습니다. 끙끙대는 나를 보고 답답한지 아내가 파일을 보내라고 했습니다. 퇴고하던 아내 얼굴이 붉으락푸르락 수시로 변했습니다. 나의 흑역사(술 마시고 술집에서 일어났던 일 등)는 책이 나오기 전 송두리째 보고하는 꼴이 되었습니다. 얼마 전까지만 해도 웃음기가 없었는데 글을 쓰면서 나를 대하는 태도가 서서히 부드러워지는 것을 느낄 수 있었습니다.

첫 책이 드디어 출간되었습니다. 기분이 좋고 신기했습니다. 친구들과 지인들에게 책을 보냈습니다. 주정뱅이였던 내가 작가로 변신한 것에 놀라는 분위기였습니다. 출간 후 삶이 180도로 변했습니다. 책 속에서 실행하겠다고 한 내용은 나도 모르게 실천하고 있었습니다. 자부심도 생겼습니다. 인사발령 가는 곳마다 직원들에게 책을 선물하고 독서 모임을 만들었습니다. 독서 코칭, 시간 관리, 목표 관리, 자기 계발 등 내가 알고 있는 지식을 전달했습니다. 학습하는 문화를 조성하려 노력했습니다. 아들도 아내도 나를 대하는 태도가 달라졌습니다. 직장에서 가정에서 나의 글이 삶으로 이어지는 것을 느낄 수 있었습니다. 경북대학교 초청으로 저자 특강을 했습니다. 아내 두 번째 책인『부부 탐구생활』를 주제로 'KBS TV 아침마당'에 출연하기도 했습니다. 지금은 작가, 라이팅 코치, 디지털 융합교육원 강사, 동기부여가, 강연가로 새로운 삶을 살아가고 있습니다.

글 쓰는 삶을 통해 깨질 뻔했던 가정이 회복되고 부부관계도 좋아졌습니다. 과거 술로 점철되었던 인생, 무질서한 생활, 불평과 무력함으로 가득한 패배자의 삶에서 벗어나게 되었습니다. 나 같은 사람도 누군가의 삶에 영향을 끼칠 수 있는 작은 씨앗이 될 수 있다는 사실을 알게 되었습니다. 자이언트 북 컨설팅 인증 라이팅 코치로서 배우고 가르치는 것을 통해 활기차게 살아가고 있습니다. 글쓰기의 본질적인 이유는 '남을 돕는 마음'이라 생각합니다. 글 쓰는 삶의 가치가 독자 여러분에게도 전해지길 진심으로 소망합니다.

12

혼자 쓰고, 같이 쓰기

———————————— **최주선**

2020년 3월, 남아공에도 코로나가 시작됐다. 팬데믹으로 인해 락다운이 3개월, 6개월 점점 길어졌다. 집 안에만 머무는 시간이 늘어났다. 뭐라도 해야만 했다. 남아공에 온 후로 매일 영어를 공부했다. 주로 유튜브를 활용했다. 유튜브에 전자책과 블로그 관련 콘텐츠가 떴다. 한번 클릭해서 보고 나니 알고리즘이 같은 주제를 계속 보여줬다. 블로그와 전자책을 쓰기만 해도 돈이 된다는 정보였다. '그래, 전자책 내는 거야.' 블로그를 꾸준히 하면 돈이 된다니까 용돈 벌이도 할 겸, 전자책 연습장으로 쓸 생각이었다. 전자책은 어떻게 쓰는지 궁금해 인터넷을 검색했다. 글도 찾아보고 유튜브 검색도 했지만 이해가 안 됐다. 골이 아파 전자책은 나중에 쓰기로 마음을 돌렸다. 먼저 블로그에 집중하기로 했다. 글을 잘 쓰든 못 쓰든 무조건 하루에 1포를 하자고 마음먹었다. 남아공 살이, 사람들이 볼 때 흥미로운 내용일 거로 생각했다. 해외 일상, 요리 레시피, 코로나 상황, 확진자와 사망자 수, 남아공 현지의 코로자 대처 상황을 다 적었다. 육아, 비건 베이킹, 천 마스크와 마스크 줄 만든 과정을 올렸다. 취미 활동으로 시작한 디지털 드로잉 결과물을 전부 블로그에 기록했다.

 가장 큰 비중을 차지한 건 '남아공에서 자란 식재료로 한식을 만들어 먹는 레시피'였다. 처음에는 사진 찍고 글을 적는 게 귀찮았다. 반면, 새로 무언가에 집중할 수 있다는 생각에 부지런을 떨었다. 게다가 글쓰기 연습이니 잘 쓰고 싶은 마음도 있었다. 사람들과 오가며 댓글 소통에 정성을 들였다. 꾸준히 하다 보니 댓글을 빠짐없이 달아 주는 찐 소통 블로거로 소문났다. 글쓰기 하면서 글을 좀 더 잘 쓰고 싶다는 생각이 들었다. 빈말이더라도 내게 "글을 잘 쓰네요. 작가 해보세요."라고 말하는 사람도 있었다. 내가 무슨 작가? 라며 손사래 치면서도 출간 작가가 되면 어떨까 상상했다. 몇 번 더 비슷한 말을 들었던 날, 글쓰기 공부를 검색했다. 유튜브 글쓰기 강의를 들었지만 지루했다. 유튜브보다는 제대로 된 전문 과정 수업을 듣고 싶었다. 어느 날 남인숙 작가의 책 쓰기 강의 할인 광고를 보고 홀리듯 등록했다. 책 쓰기 수업에 집중했다. 과제 게시판을 보던 중 '백미정'이라는 이름이 눈에 띄었다. 이름을 클릭했다. 과제 아래 블로그 주소가 있었다. 클릭해 들어갔다. '엄마 작가'라는 타이틀이 보였다. 글쓰기 강의를 준비 중인 듯했다. 열흘간의 글쓰기 재능기부 프로그램이 진행되고 있었다. 무료라는 말에 덜컥 신청했다. 책 쓸 수 있다면 뭐라도 하겠다는 심

산이었다. 열흘간 질문을 받아 나의 이야기를 매일 적었다. 열흘 후에 내 이야기로 구성된 목차를 받았다. 꼭 책이 될 것만 같은 생각에 들떴다. 바로 글쓰기에 돌입하지는 않았지만, 책을 내고 싶다는 마음만은 더욱 간절했다. 며칠 후, 인스타 라이브 방송에서 와인 선생님인 술샘을 보게 되었다. 우연히 보게 된 라이브 방송에서는 자이언트 북 컨설팅의 무료 강의 소개를 들었다. 방송이 끝나자마자 잘 알지도 못하는 사람에게 DM을 보냈다. 정보를 물어봤다. 곧장 무료 특강을 신청했다. 그 날 이후, 강의료를 마련하는 데 며칠 걸렸다. 당시 여윳돈이 100만 원도 없었다. 똥 마려운 강아지처럼 안달 난 모습을 보고 남편은 돈을 마련해줬다. 대출이었다. 1주일 만에 강의를 등록했다. 내 이름으로 책 한 권 내겠다는 마음가짐으로 제대로 시작한 글쓰기 공부였다. 강의를 빠짐없이 들으며 나의 첫 책『삼 남매와 남아공 서바이벌』집필을 시작했다.

글쓰기 공부를 하지 않고 내 멋대로 글 쓸 수도 있었다. 혹은 여기저기 돌아다니는 정보를 찾아다니면서 쓸 수도 있었을지 모르겠다. 그럼 과연 책이 나올 수 있었을지 의문이긴 하다. 이왕 하는 거 제대로 공부하고 쓰고 싶었다. 내 이야기를 책으로 내고 싶다는 막연한 꿈을 점점 구체화했다. 자이언트에서 내준 과제를 제출했다. 대표님이 50% 짜 준 내 책의 제목과 목차 절반을 받아 들고 며칠간 들여다보고 또 들여다봤다. 싱숭생숭한 마음을 감출 수 없었다. 정말로 작가가 되겠구나! 기대됐다. 잘 써보겠다고 다짐했다. 글을 쓸 때마다 '초고는 쓰레기'라는 말을 머릿속에 되뇌면서 썼다.

'괜찮아. 잘 못 써도 괜찮다고 했지. 이은대 작가님이 초고는 쓰레기라고 했으니까 뭐, 예쁜 쓰레기가 되면 되지 않겠어. 그래도 좀 잘 써야지.' 첫 책 집필한 게 2년 전인데 5년은 된 기분이다. 그 사이 공저도 쓰고, 전자책도 출간했다. 지금은 개인 저서 동시 집필하며 공저 집필 중이다.

블로그 시작할 때는 단 5만 원이라도 벌면 소원이 없겠다는 마음으로 시작했다. 첫 종이책 계약할 때도 인세는 크게 중요하지 않았다. 책을 내는 것, 내 이야기를 세상에 내놓는 것이 가장 큰 목적이었다.

'글을 잘 쓰고 싶다'라는 마음보다 '책을 내고 싶다'라는 마음이 더 컸다. 시간이 지날수록 책도 책이지만 글부터 꾸준히 써야겠다는 생각이었다. 내가 쓴 책이 전자책이든 종이책이든 많이 팔리면 더 좋겠지만 현실은 녹록지 않았다. 처음 글 쓸 때는 글자 그대로 '뭣 모르고' 썼다. 분량만 채워도 다행이었다. 초보 작가의 5가지 권리가 있다. 첫째, 못 써도 괜찮다. 둘째, 실수해도 괜찮다. 셋째, 틀려도 된다. 넷째, 부족해도 된다. 다섯째, 모자라도 된다. 초보라서 누릴 수 있는 권리다. 권리를 언제까지 내세울 수 있을지 모르지만 가능하면 어제보다 더 나은 글쓰기를 하려고 애쓴다. 부족해도 자신의 실수를 인정하고 '나아지려는 노력'만 한다면 초보 작가의 의무를 다했다고 볼 수 있다.

사는 게 글쓰기입니다

종이책 개인 저서 한 권, 전자책 두 권, 공저 세 권을 썼다. 두 번째 개인 저서와 공저를 집필하면서도 나는 여전히 초보 작가라는 생각을 놓을 수 없다. 글이 잘 써지는 날도 있고 안 써지는 날도 있다. 매일 브런치 스토리와 네이버 블로그에 글을 쓴다. 일상의 순간이나 생각, 사람과의 관계를 글로 담는다. 책을 읽고 얻어낸 통찰력과 더불어 문장을 정리해 본다. 그런 후 나만의 문장과 적용할 점을 찾아 SNS로 매일 발행한다. 작가이자 코치이지만 계속해서 훈련 중이다. 이제는 내 글만 쓰는 게 아니다. 책 쓰기 코치가 되었다. 무료 특강을 듣고 모인 사람들도 함께 글을 썼으면 하는 마음에서 커뮤니티를 만들었다. 〈글로다짓기〉 오픈 채팅방과 네이버 카페에서 소통한다. 글쓰기 챌린지를 열고 매일 제시어와 해당하는 글을 써서 전달한다. 자유 주제로 쓴 글도 공유한다. 오픈 채팅방에 오픈 챗봇을 가동했다. 하루에 두 번 설정해 놓은 시간에 글쓰기 미션을 준다. 오전 9시에는 '오늘의 내 기분을 문장으로 만들기'다. 오후 4시에는 '눈에 보이는 단어나 물건으로 문장 하나 써보기'다. 그럼 카톡방에 함께 있는 사람들이 각자의 위치에서 자신의 상황에 맞추어 사진과 글을 공유한다. 물론, 안 하는 사람도 있다. 정규 회원이 아님에도 적극적으로 해주는 몇몇 사람 덕에 힘이 난다. 혼자 글 쓰고 살 수도 있었다. 이제는 다른 사람도 나처럼 글 쓰며 살았으면 좋겠다. 도울 수 있다면 힘껏 돕고 싶다. 혼자 기록하고 쓰고 살기로 생각했을 때보다 책임감이 커졌다. 이제는 더욱 쓰지 않을 수 없게 되었다. 정규 수업에 등록하는 회원들도

매일 글 쓴다. 자신의 SNS에도 쓰고, 책을 내기 위해 초고 집필도
한다. 매일 쓰지 않으면 뭔가 빼먹은 것 같은 느낌과 찝찝한 기분
을 감출 길이 없다. 알려주는 대로 따라서 글 쓰고, 책 읽는 회원
을 보면 쉴 수가 없다. 더 공부하고, 더 노력해야 한다.

　처음 글쓰기를 시작했을 때는 지금 나의 모습은 생각지도 못했
다. 뭐든 할 줄 알게 되면 적당한 선에서 손을 놓은 경험이 많았
다. 베이킹, 악기, 운동, 언어 등 새로운 것을 배워 적당히 할 줄 알
게 되면 마음이 시들었다. 핑곗거리를 하나둘 만들기도 했다. 이번
은 다르다. 쓰는 삶을 살기로 했고 다른 사람을 쓰게 만들고 독려
해야 하는 자리에 있다. 글을 쓸수록 잘 쓰고 싶다는 마음이 드는
것도 사실이다. 그러나 잘 쓰는 글보다 누군가에게 도움이 되는
글을 쓰고 싶다. 겸손하면서 당당하게 쓰고 싶다. 내 이야기도 다
른 사람의 이야기도, 나는 쓰는 사람이다.

2장

A4용지 1.5매를 쓰는 힘

끝까지 쓰기

— 박정미

2020년 9월 글쓰기 책 쓰기 수업을 들었습니다. 일단 수업을 듣고 시키는 대로 과제를 해서 제출했습니다. 제목과 목차 일부를 받아 파일을 열어보는 순간 얼마나 떨리던지 '드디어 책을 쓰는구나!' 싶었지요.

결론부터 말하자면 단 한 줄도 쓰지 못했습니다. 어떻게 시작해야 할지 몰랐습니다. 글을 거의 써본 적 없이 무턱대고 책을 쓰려고 했으니 당연한 결과입니다. 걷지도 못하면서 달리려고 했지요.

먼저 제목과 부제가 마음에 걸렸습니다. '전업주부 방과 후 강사로 복귀', 부제는 '서른아홉 무경력 전업주부 취업 성공기'였습니다. 과제를 낼 때 현재 내가 하는 일과 관련된 주제를 생각했습니다. 방과 후 강사를 십 년 넘게 해왔습니다. 나와 비슷한 처지에서 어려움을 겪고 있는 강사들에게 도움을 주고 싶다는 생각이 들었습니다.

사는 게 글쓰기입니다

과제를 낼 때 마음과는 달리, 막상 쓰려고 책상 앞에 앉았지만 도대체 뭘 어떻게 써야 할지 전혀 감이 잡히지 않았습니다. 이걸 써서 독자에게 무슨 도움이 될까 하는 생각도 들었습니다. 부제도 '무경력'이라고 했는데 속으로 생각했습니다. '나는 무경력은 아니지 학원 강사를 했는데.' 이런 생각을 하며 단 한 줄도 못 쓴 채 시간만 흘러갔습니다.

그때 받은 제목과 목차는 가제였습니다. 글을 쓰면서 얼마든지 수정할 수 있습니다. 처음에는 그것이 그대로 책으로 나오는 줄로만 알았습니다. 작가님께 연락해서 물어볼 용기도 없었습니다. 답답했습니다. 시간만 하루 이틀 지나갔습니다. 사실은 내 이야기를 쓰기가 두려웠던 것 같습니다. 내세울 것 없는 내 일을 과연 어떻게 적을 수 있을지 막막했습니다. 겉으로는 방과 후 강사들에게 도움을 주기 위해 글을 쓰고 싶다고 했지만, 속 마음은 과연 그것이 진짜 마음이었을까 하는 생각도 들었습니다. 지금에서야 생각해보면 그저 '나도 글 한 번 써볼까?' 하는 단순한 생각뿐이었던 것 같습니다. 반드시 작가가 되겠다는 결심도, 타인을 위한 글을 쓰겠다는 생각도, 분명한 것이 아무것도 없었습니다. 단 한 줄도 적지 못하고 수업을 두세 달 듣다가 그만두고 말았습니다.

한동안 손을 놓았던 글쓰기를 2022년 12월부터 다시 시작했습니다. 한 번의 실패가 있었기에 단단히 마음먹고 초고부터 제대로 빨리 써야겠다고 생각했습니다. 과제를 제출하고 목차와 제목을 받고 집필에 들어갔습니다. 거의 매일 한 꼭지의 글을 썼습니다. 이 번에는 어떻게든 해내야 한다는 강박증이 있었습니다. 글 한 꼭지를 쓰는 데 하루에 기본 서너 시간이 걸렸습니다. 더 많이 걸린 날도 있습니다. 그렇게 초고를 하나씩 완성해 갔습니다.

초고를 올리면 목요일 문장 수업 시간에 내 글이 올라왔습니다. 문장 수업에서는 예비 작가들이 쓴 글로 문장을 공부합니다. 예시문으로 각기 다른 작가가 쓴 다섯 단락 정도의 글이 제시됩니다.

문장 수업은 매주 목요일 밤 9시에 진행되었습니다. 예시문은 오전 중에 올라왔습니다. 다섯 편의 글 중에 내 글이 있었습니다. 안 그래도 못 쓴다고 생각하고 있었는데 내 글이 올라오니 심장이 벌렁거렸습니다. 아 어떡하지 하는 생각이 들었습니다. 그나마 익명이기에 다행이긴 했지만 종일 마음이 불편한 채 저녁 수업 시간을 맞이했습니다. 내가 쓴 글을 조금씩 고쳐 주십니다. 잘못된 부분을 수정할 때는 이해가 잘 되었습니다. 비문에 횡설수설과 중복이 있는 내 글이 수업 시간에 반듯하게 고쳐졌습니다. 그걸 보면 깨닫고 공부할 수 있었습니다. 거의 매일 글을 썼기에 매주 내 글이 올라왔습니다.

"이 글을 쓰신 작가님은 심각한 문제가 있습니다."

어느 날 이은대 작가님은 이렇게 말씀하셨습니다. 무슨 소리인가 마음 졸이며 다음 말을 기다렸습니다. 한참 뜸을 들이더니 하

시는 말은

"독서를 거의 하지 않고 계십니다. 글 속에 다 드러납니다."

얼굴이 확 달아올랐습니다. 사실이었습니다. 책을 읽는다고 읽었지만 턱없이 부족했습니다. 글을 잘 쓰려면 무엇보다 독서가 우선되어야 한다고 했습니다. 독서가 먼저였습니다. 글을 쓰려면 먼저 책부터 쓰려고 하지 말고 독서한 후 독서 노트, 서평, 블로그 글쓰기, 일기 등 일상에 다양한 글을 써야 했습니다. 충분히 글쓰기 연습이 되어야 글을 잘 쓸 수 있다는 사실을 알았습니다. 바로 책부터 쓰려고 했으니 어렵고 힘든 것은 당연했습니다. 습작이 먼저였습니다.

초고를 쓰기 시작했기 때문에 계속해서 써나갔습니다. '초고는 빠르게 쓰는 것이다'라는 말을 듣고 정신없이 써나갔습니다. 매일 한편 또는 이틀에 한 편 글을 쓰니 두 달 만에 드디어 초고가 완성되었습니다. 내용이야 어찌 되었든 일단 40꼭지를 완성했기에 날아갈 듯 기뻤습니다. 그러나 기쁨은 잠시였습니다.

며칠을 기다렸다가 퇴고 안내를 받았습니다. 퇴고를 시작해야 했습니다. 또다시 막막해졌습니다. 주제가 희미하거나 없다는 피드백을 받았습니다. 퇴고라는 산이 또 기다리고 있었습니다. 내가 쓴 초고를 천천히 읽어봤습니다. 내용 나열이 대부분이고 그것도 주제와 거의 상관없는 내용도 많았습니다. 어떻게 이런 글을 쓸 수 있지 하는 생각이 들었습니다. 퇴고를 한 편 두 편 해나갔습니다.

조급한 마음을 없애고 퇴고하고 있습니다.

퇴고 중 공저에 참여했고 공저에서는 네 편의 글을 썼습니다. 네 편의 글을 쓰는데, 한 달 가까이 걸렸습니다. 공저 또한 초고는 바로 썼지만 퇴고의 과정이 또 만만치 않았습니다. 고치고 또 고쳤습니다. 글이란 것이 정성을 더하는 것이라는 것을 배우고 있습니다.

글쓰기는 만만하지 않았습니다. 매주 글쓰기 수업을 듣고 문장 수업도 들으며 공부합니다. 공부하면 할수록 배울 것이 많고 내가 부족하다는 사실을 알게 됩니다. 하루아침에 바로 되는 일은 없습니다. 모든 일이 그러하겠지만, 특히 글쓰기는 많은 시간과 노력을 들여야만 하는 일이라는 것을 실감합니다.

글쓰기는 어렵지만 매일 노력한다면 훌륭한 문학 작품을 쓸 실력은 못 되더라도 어느 정도 일정 수준의 글을 쓸 수는 있을 거라고 믿습니다. 오늘도 한 편의 글을 씁니다.

사는 게 글쓰기입니다

쓰는 경험 쌓기

— 백란현

막힘없이 내 이야기를 백지에 채우고 싶다. 쓰기 전에는 이런저런 내용을 써봐야겠다는 의지로 노트북을 연다. 쉽지 않다. 한글파일을 열어 첫 줄 쓰는 것부터 막힌다. 조급한 마음도 생긴다. 주변 작가들은 매일 꾸준히 한 편씩 초고를 올리고 있다. 서둘러 쓰고 싶다는 마음과 달리 진도는 나가지 않는다. 생각하던 글 주제는 희미해진다. 삼천포로 빠져버린 원고를 보면서 고쳐 쓸지, 그만둘지 결정하지 못하고 망설인다. 한숨만 나온다.

매주 토요일 아침 7시. 책 쓰기 수업을 듣기로 했다. 4주 차 강의까지 들었을 때 초고를 쓰기 시작했다. 일하러 가지 않았던 토요일을 종일 초고 쓰는 날로 정했다. 다른 일정은 잡지 않았다. 하루종일 노트북을 켠 채 앞에 앉았다. 여덟 시간을 낑낑거린 후 1.5매한 편의 글이 완성되었다. 초고 40편 모두를 완성하고 싶은데 진도는 나가지 않았다. 책의 주제가 교육서였기에 연구도 필요했었지만 책 쓴 경험이 전혀 없는 상황에서 1.5매를 채우는 일은 나에게 벅찼다. 책 원고 절반 이상 채웠다가 포기했다. 수포자를 위한 수학 로드맵을 쓰면서 내가 생각보다 수학교육 지식이 부족하다는 점을 알게 되었다. 교사 경력이 무색해진 것 같았다. 책 쓰겠다고 사용한 시간과 노력이 아깝게 느껴졌다. '처음부터 에세이 쓸 걸'이라며 후회했다. 자신의 이야기를 쓰는 동료 작가들은 하루에 한 꼭지 뚝딱 완성하는 것 같았다.

다시 그림책 교육서에 도전했다. 그림책 읽고 학생들과 수업한 경험을 나열하였다. 책 쓰기 위해 다시 그림책을 꼼꼼히 읽어내는 과정도 필요했다. 열흘 정도는 연속하여 '매일' 한 편의 글을 채워 나갔다. 하루, 이틀 초고 쓰기를 멈추자 3개월을 그냥 흘러보내 버렸다. 그림책 교육서를 쓰고 있는 작가였지만, 직장생활과 대학원 공부 등으로 그림책을 향한 관심은 점점 줄었다. 여름방학 대학원 수업을 마무리하자마자 초고 파일을 열었다. 40편 중 열다섯 번째 꼭지를 쓰기 위해 하루 종일 초고 한 편에만 매달려야 했다. 다시 수학 로드맵 쓰던 생각이 떠올랐다. 나는 수학교육 전문가도 아니고 그림책 수업 연구자도 아니었다. 나는 왜 매번 포기할까 자책하는 마음에 더 이상 초고를 이어갈 수 없었다. 자신감이 사라졌다. 괜히 시작했다고 나를 탓했다. 중간에 그만둘 거면 처음부터 시작하지 말았어야 했다는 생각도 하게 되었다.

1.5매 한 편의 글에만 정성을 담을 수 있다면 책 한 권 원고도 완성할 수 있다. 나처럼 초고 쓰다가 마무리하지 못하고 포기한 사람이 있다면 다시 쓰도록 돕고 싶다. 공백 기간이 길어지면 흐름이 끊어진다. 앞부분에 쓴 내용과 중복되는 경험을 또 넣을 수도 있다. 초고 시동 걸기 쉽지 않다.

내가 실천했던 세 가지 방법을 따라 하면 나처럼 책 한 권 쓸 수 있다. 세 가지 방법은 해낼 수 있다는 마음 가지기, 하루 종일 해당 주제에 대해 생각하기, 매일 쓰기이다.

첫째, 해낼 수 있다는 마음을 가진다. 못 하겠다는 마음을 먹는 순간 글은 써지지 않았다. 마음 자체가 부정을 품고 있었으니 초고를 위한 한 문장 꺼내기가 쉽지 않았다. 어제까지 대학원 강의를 들었고 발표도 했으며 한글 파일을 열어 과제도 정리하고 있었다. 대학원에서 오전 3시간, 오후 3시간 집중해서 강의를 들어야 하기 때문에 '초고 쓰기'가 가능할까 하는 의문이 생겼다. 내 머릿속에는 불가능한 이유만 찾아내기 시작했다. 시간 부족, 불가능 같은 말과 생각을 한 사람은 자신이 부정적인 시선을 가지고 있는지 인지하지 못할 수 있다.

목차 옆에 에피소드를 끼적이기 시작했다. 시간이 없다는 생각을 떨쳐버리기 위해 노력했다. 그동안 여러 권의 공저도 늘 바쁜 가운데 출간했었으니 이번에도 해낼 수 있다는 마음만 생각하기로 했다. 한 줄도 생각나지 않았던 원고가 조금씩 단어와 문장으로 채워졌다. 작가로서 해낼 수 있다는 믿음이 한 줄이라도 더 쓰도록 돕는다.

둘째, 하루 종일 해당 주제에 대해 생각한다. 직장이나 가정에서 할 일을 하면서 주제와 관련된 일은 없었는지 찾는다. 하루를 살아가면서 경험하는 내용을 메모하다 보면 오늘 쓸 주제와 연결되는 경우가 많았다. 머릿속으로 생각해서 주제와 관련 없다고 판단하지 않아야 한다. 하루를 모조리 메모한다는 마음으로 기록하면 퇴근 후 한 편의 글을 쓸 때 주제와 연결할 수 있는 내용이 분명 나온다. 『오늘이 전부인 것처럼』 내용 중에는 2월 종업식 하던 날의 경험을 글에 담았었다. 당일 아침 써야 할 목차를 스마트폰 바탕화면에 메모한 후 출근했다. 그날 업무로 경험한 일이 목차와 연결되어 기뻤다. 하루를 살면서 경험한 내용을 키워드 중심으로 미리 스케치 한다. 퇴근한 후에나 본격적으로 한 편의 글을 쓰기 시작할 터다. 아침에 목차를 메모한 덕분에 노트북을 빨리 열어 워드 치고 싶어진다.

셋째, 매일 쓴다. 앞서 초고를 쓰다만 원고에 대해 말한 적 있다. 초고 완성하지 못한 목차 두 개, 초고 완성한 목차 두 개다. 완성하지 못한 책은 일주일에 한 편을 썼거나 매일 쓰기를 멈춘 경우였다. 완성한 두 편은 매일 썼다. 매일 초고를 올렸던 시기는 10월이었다. 출퇴근을 하고 있었고 책 쓰기 수업도 매주 듣고 있었다. 전업 작가는 아니었지만 1.5매 한 편을 매일 채우고자 노력했다. 나의 경우 한 번 멈춘 후에는 다시 쓰려고 시동을 걸기가 어렵다는 것을 알고 있었다. 첫째와 둘째 방법을 동원하여 긍정적인 마음을 가지고 하루 종일 주제에 대해 생각했다. 퇴근 후에는 원고부터 작성한다. 주제마다 다르겠지만 2021년과 2022년 10월, 초고를 썼었던 기간에는 한 꼭지에 두 시간 정도 걸렸다. A4용지 기준, 한 꼭지를 채웠을 때 느끼는 희열은 글을 완성해 본 사람만 알 수 있다. 오늘 한 편 완성했으니 쉬어도 될 텐데 다음 꼭지 목차를 확인하고 어떻게 쓸지 생각하기 시작한다. 채워나가는 순간마다 재미가 생겼다. 매일 쓰지 않았다면 생각의 흐름이 끊어졌을 터다. 매일 쓰다 보니 원고 전체의 흐름을 알고 있어서 글 진도에도 가속이 붙은 것 같았다. 매일 쓰고는 있지만 하루 한 편 채우기가 어려운 경우도 있을 수 있다. 괜찮다. 매일 쓰기 위해 한글 파일을 열었고 오늘 한 문단이라도 썼다면 원고 진도는 나간 것이다. 이틀이나 삼일에 걸쳐 한 편을 채우더라도 '매일 쓰기'만큼은 성공이다.

쓰다 만 수학 로드맵과 그림책 교육서 초고도 나에겐 1.5매 한 편을 채우는 연습이었다. 두 번째 개인 저서 초고를 완성했을 때 이 책은 출간하지 않더라도 나에게는 초고의 역할 충분히 했구나 라고 생각했다. 한 편씩 채우면서 설렜다. 내가 쓴 글이 나를 토닥이는 것 같았다. 그동안 애쓰며 잘 살았다고.

삼 년 동안 여러 권 출간한 나도 1.5매 채우기는 아직 어렵다. 과거에는 교육서 쓰기를 멈추었지만 지금 다시 도전한다면 한 권 완성할 수 있을 것 같다. 다 쓸 때까지 매일 쓸 거니까. 3년 전 작가 공부 시작할 때보다는 한 편의 글을 써내려가는 끈기를 가지고 있기 때문이다.

1.5매 한 편 채우기 어렵다. 분량도 채우면서 독자를 위한 글이어야 하기 때문이다. 어떻게 하면 한 편을 완성할지만 생각한다. 글 완성하기까지 시간이 걸리더라도 마음은 지치지 않았으면 한다. 힘들다는 생각을 없애기 위해 손부터 움직여 쓰기 시작한다. 글을 채울 수 있는 방법에만 에너지를 쓴다. 해낼 수 있다는 마음이 우선이다. 다시 한 편의 글 제목을 메모한 후 떠오르는 것 끼적인다. 독자를 돕기 위해 글을 쓴다. 좋은 마음으로 쓰면 작가 글 덕분에 독자도 힘을 낸다.

쓰는 경험이 쌓일수록 현재의 글보다 조금 더 나아진 글을 독자에게 줄 수 있다. 한 꼭지 마무리하는 기쁨과 초고 완성의 희열은 잘 써지지 않을 때 다시 써서 채우는 과정을 통해 얻을 수 있다. 일단 쓰자.

사는 게 글쓰기입니다

글 근육 키우기

서린

글쓰기에서 A4용지 1.5매의 분량을 한 꼭지라고 합니다. 책 한 권을 내기 위해서는 한 꼭지를 기본으로 40꼭지는 써야 책을 출간할 수 있습니다. A4용지 한 장에 반장을 더한 분량이지요. 어떠세요? 그냥저냥 쓰면 쓸 수 있겠다 싶은가요? 아니면 엄두도 나지 않나요? 저는 '쓸 수 있겠는데'라고 생각했습니다. 무모한 생각이었지요. 그 경험은 공저를 신청하고 글을 쓰면서 알게 되었습니다.

어제와 오늘의 삶은 한 끗 차이였습니다. 글 쓰는 삶을 살고 싶었습니다. 그 마음을 알아차리고 결단한 순간 삶이 변했습니다. 나와 상관없다고 생각한 일들이 내 일이 되었습니다. 글을 공부하는 동안 공저 모집 신청서가 올라와도 신경 쓰지 않았습니다. 글을 쓰기로 마음먹고 나서는 신청 공지를 기다렸습니다. 드디어 수업 시간에 자이언트 공저 10기 신청서가 올라왔습니다. 보자마자 1초의 망설임도 없이 신청했지요. 책을 한 권 내려면 40꼭지를 써야 합니다. 한 꼭지는 A4용지 1.5매 분량이라고 했지요. 열 명의 작가가 모여 함께 쓰는 공저이니 네 꼭지만 쓰면 됩니다. 1/10로 확 줄어드는 셈이지요. 쉽게 생각했습니다. 초고를 쓰기 시작했습니다. 이게 무슨 일입니까? 한글 파일 하얀 종이 위에 검은색 커서만 깜빡깜빡합니다. 한참을 멍하니 보고만 있습니다. 생각을 떠올려 메모해 봐도 쉽게 써지지 않았습니다. A4용지 1.5매 분량, 만만치 않더군요. 고통스러웠습니다. '아 공저를 괜히 신청했나? 신청하지 말걸 그랬나?' 잠깐 후회도 했습니다. 책 출간한 작가들이 대단해 보였습니다.

내가 선택한 거니 스스로 책임져야지요. 글을 쓰고 책을 내보겠다고 다짐한 첫 도전이니 이대로 물러설 수 없습니다. 그동안 끄적끄적 메모하고 생각을 적어 놓았던 일기장을 꺼내 들었습니다. 몇 년째 책을 읽고, 다양한 분야의 자기 계발 공부하면서 정리해 놓은 공책을 찬찬히 읽어보았습니다. 인 사이트를 얻을 수 있었지요. 마감 기한 안에 네 꼭지를 모두 쓸 수 있었습니다.

많은 사람이 1.5매의 분량 채우기를 어려워합니다. 저 역시 그랬고요. 어렵게 1.5매 분량 채우기를 해보니 글 근육을 키워야겠다고 생각했습니다. 매일 꾸준한 운동으로 근육을 만들 듯이 한 줄 두 줄 써 내려가는 행위로 글 근육을 키워야 합니다. 제가 하는 일 중 첫 번째는, 매일 블로그에 글 한 편 이상을 올리는 겁니다. 그리고 정성스럽게 댓글을 달고 소통합니다. 두 번째는 책을 읽고 리뷰를 합니다. 물론 이것도 노트에 적거나 블로그에 올리지요. 매일 책

사는 게 글쓰기입니다

읽는 것이 어렵다고 하는 사람이 있습니다. 처음부터 끝까지 읽어야 한다는 강박 때문이지요. 그냥 한 줄, 한 페이지 읽는다 생각해도 좋습니다. 정신없이 바쁘다는 사람도 많습니다. 하루를 정리하다 보면 분명히 의미 없이 흐르는 시간이 있습니다. 정 안 된다면 틈틈이 자투리 시간을 활용해도 좋아요. 책 안에는 좋은 글, 좋은 문장이 많이 있습니다. 밑줄을 긋게 만드는 인생 문장을 만나면 그대로 따라서 써보고 나의 어록으로 남깁니다. 그리고 내 생각을 적어보는 습관도 중요합니다. 마지막으로는 글쓰기 수업 후 강의 후기를 한 편의 글 쓰듯이 쓰는 것입니다. 먼저 그날 배운 수업내용을 한번 훑어봅니다. 복습하는 것이지요. 그리고 제목을 잡고 제 개인 카톡에 후기를 씁니다. 몇 번을 소리 내어 읽습니다. 이렇게 표현해볼까? 저렇게 바꿔볼까? 하며 고치고 또 고칩니다. 그러고 나서 맞춤법, 띄어쓰기를 확인하는 탈고를 마치면 후기 남기는 단톡방에 최종으로 올립니다. 여기에 하나 더 말씀드리자면, 유튜브 영상 자주 보시나요? 관심 가는 주제나 보고 싶은 영상 하나를 선택합니다. 8분에서 15분 정도의 영상 하나를 보고 내용을 정리하고 느끼는 것이나 생각한 바를 적습니다. 이때는 '제2의 뇌'인 손을 활용하여 직접 종이 위에 아날로그 글쓰기를 해보는 것입니다. 어휘력, 문장력, 표현력, 사고력 확장에 도움이 됩니다. 관심 분야 영상을 통해 인 사이트도 얻을 수 있으니 일석이조입니다.

　이렇게 글 근육 키우는 저의 노력 외에 1.5매 분량을 채우는 방법 세 가지를 알려드립니다.

　첫째, 자신 경험과 사례를 이야기합니다. 자신의 글을 쓰는 것이니 본인 스토리를 담는 것은 당연한 일이지요. 주제에 맞는 에피소드를 찾습니다. 그때 어디서 무슨 일이 있었는지, 기분이나 감정은 어떠했는지 있는 그대로 솔직하게 적습니다. 무엇을 배우고 깨달았는지, 앞으로 어떻게 살아갈 것인가를 구체적이고 자세하게 쓰면 됩니다.

　둘째, 책이나 영화 및 노래에서 글감을 가져옵니다. 책을 읽다 보면 공감되는 문장이나 인용구가 있습니다. 명언을 가지고 와서 써도 되고요, 영화 속 명대사나 명장면을 그대로 표현해도 좋습니다. 독자가 마치 그 영화를 본 것처럼 그 대사, 장면을 눈에 보이도록 선명하게 그려줍니다. 마음에 와닿은 노랫말도 적고 담긴 메시지를 풀어주면 됩니다.

　셋째, 메모와 낙서를 통해 생각나는 모든 것을 쏟아냅니다. 주제와 관련하여 떠오르는 단어나 문장, 이야기들을 끄적끄적 메모하고 낙서합니다. 그 메모와 낙서를 보고 무엇을 쓸까 선택하여 마구 쓰면 됩니다. 초고는 쓰레기라고 했습니다. 초고 단계에서 강조하는 것은 무조건 분량 채우기입니다. 멈추지 않고 씁니다. 다시 돌아가 쓴 글을 읽을 필요도 없습니다. 퇴고라는 시간이 있으니까요. 그저 생각나는 대로, 쓰고 싶은 대로 써 내려가기만 하면 됩니다.

　쓰는 힘은 글을 쓸수록 강해집니다. 글 근육은 매일매일 꾸준히

　　　　　　　　　　　　사는 게 글쓰기입니다

반복해야만 단단해집니다. 일상에서 메모하는 습관을 기르고 일기 쓰기를 권합니다. 세 줄 감사일기도 좋습니다. 책 읽기도 도움이 됩니다. 독서를 하면 한 줄이라도 느낌이나 생각을 적어봅니다. 할 만하다 싶으면 초록 활동도 합니다. 초록은 밑줄 그은 문장을 쓰고 내 생각을 덧붙여보거나 나의 어록으로 표현해보는 것입니다. 블로그는 필수지요. 세상과 소통할 수 있는 통로이기도 합니다. 매일 글 한 편을 씁니다. 내 생각과 일상을 글로 표현합니다. 블로그는 쓰는 힘을 기를 수 있는 강력한 도구입니다. 삶의 흔적을 남기고, 인생을 기록하는 습관, 매일 쓰는 꾸준함이 글 근육을 키웁니다.

04

분량의 늪에 빠지다

송주하

책을 출간하기 위해서 지켜야 하는 기본 원칙이 몇 가지 있습니다. 그중 하나가 바로 분량입니다. 한글 파일 한 페이지를 보통 A4 용지 한 장이라고 보는데, 최소 1.5매에서 2매를 써야 한 편의 글이 됩니다. 출판사마다 조금씩 다르기는 하겠지만 일정한 분량을 정할 필요가 있습니다. 우선 독자가 읽기 편합니다. 출판사 입장에서는 인쇄하는 부분이 편리하고요. 작가 입장에서도 분량이 균일하면 일정 프레임에 적용하면서 쓰기가 수월합니다.

이론은 압니다. 하지만 분량을 맞추는 일이 절대 쉽지 않습니다. 자신의 주장이나 생각을 적어도 몇 줄이 고작입니다. 텅텅 비어 있는 화면을 보면서 어떤 말로 채울까 고민하게 됩니다. 그러다 보면 주제와 상관없는 이야기를 할 때도 있고, 했던 이야기를 또 하는 경우가 자주 생깁니다.

사는 게 글쓰기입니다

처음 글을 쓸 때, 주제나 구성을 떠나서 분량 채우는 일이 가장 힘들었던 걸로 기억합니다. 아무리 생각을 쥐어 짜내도 한 페이지를 넘기는 게 쉽지 않더라고요. 게다가 잘못된 문장이나 오타를 수정하고 나면 그나마 채운 분량도 줄어들어 버립니다.

이럴 때 분량을 채우는 몇 가지 방법이 있습니다.

첫째, 바로 자기 경험을 쓰는 겁니다. 경험은 나만 할 수 있는 이야기가 됩니다. 하늘 아래 새로운 건 없다고들 말하지요. 맞습니다. 우리가 쓰는 이야기는 누군가가 했던 말일 수 있습니다. 가령 긍정적으로 살아야 한다든가 꾸준함이 중요하다든가 하는 말들입니다. 하지만 나의 경험만큼은 아무도 따라 할 수 없습니다. 사람은 하루 24시간을 살아갑니다. 본 것과 들은 것, 그리고 말한 게 모두 다를 수밖에 없습니다. 자신이 경험한 일을 찬찬히 생각하면서 적어보는 겁니다.

얼마 전에 블로그 글을 쓰려고 하는데 도무지 뭘 적어야 할지 모르겠더라고요. 일단 생각나는 대로 썼습니다. 읽어보니 전부 좋은 말만 써놓은 겁니다. 그저 좋기만 한 말은 독자가 공감하기 힘듭니다. 마치 교장 선생님 말씀처럼요. 안 되겠다 싶어서 며칠 전에 있었던 일을 떠올렸습니다. 교육 때문에 대전을 갔다 왔거든요. 아무래도 집에만 있을 때보다 보고 듣는 게 많아집니다. 사람도 많이 만나게 되고요. 기억을 떠올리면서 한 자씩 적어나갔습니다.

'늦게 예약하는 바람에 기차표가 없었습니다. 새벽 5시 15분 표를 겨우 예매했습니다. 새벽 5시에 역에 도착했습니다. 생각했던 것보다 밝았습니다. 이른 시간이라 한산할 거로 생각했습니다. 어디서 왔는지, 역은 사람들로 발 디딜 틈이 없습니다. 아이부터 어르신까지 나이도 다양합니다. 대전에 무슨 일로 가는지 궁금해집니다. 정각에 기차가 도착했습니다. 6호차로 갔습니다. 내 자리 옆에 50대로 보이는 여자분이 앉아 있습니다. 창가 쪽이라 간단하게 인사하고 안으로 들어갔습니다. 자리에 앉자마자 핸드폰을 확인했습니다. 아, 그런데 배터리가 7%밖에 안 남았네요. 밤에 충전했는데, 제대로 연결이 안 됐나 봅니다. 핸드폰이 꺼진다고 생각하니 마음이 불안해집니다. 도착해서 어디로 가야 하는지 확인이 안 됩니다. 사람들과 연락도 못 하니 불편한 게 한둘이 아닙니다. 생각보다 많은 걸 핸드폰에 의존하면서 살았구나 싶습니다. 마침 지나가는 남자 승무원이 보였습니다. 상황을 설명하니 바로 충전기를 갖다줍니다. 사막에서 오아시스를 만난 듯 반갑습니다.'

겨우 두세 시간 일어난 일만 적어도 분량이 가득 차는 겁니다. 물론 경험한 일만 나열해서는 곤란하지요. 상황에 맞는 메시지를 잘 연결해서 적어야 합니다. 경험만큼 중요한 글감은 없다는 생각을 그때 했습니다. 생각나는 대로 글로 옮기면 됩니다. 쓰는 일이 그렇게 어렵지 않게 느껴지더군요. 분량을 채우기에 최고의 방법이 아닐까 생각합니다.

둘째, 구체적으로 적는 겁니다. 분량을 채울 때 꼭 필요한 부분입니다. 차를 적을 때도 그냥 자동차라고 쓰지 말고 윤이 나는 빨간색 BMW 스포츠카라고 적어주면, 훨씬 머릿속에 잘 그려집니다. 분량도 당연히 늘어나고요. 빵이라는 단어를 쓸 때도 하얀 크림이 들어있는 크루아상이라고 쓰면 좋습니다.

예를 들어 볼까요. 어떤 사람이 산에 오르고 있다고 칩시다. '등산하느라 힘들었습니다' 이렇게 쓰는 경우가 있습니다. 한 줄도 안 돼서 이야기가 끝납니다. 이럴 때는 그 상황을 자세하게 적어보는 겁니다.

'등산 모임 회원들과 아침 8시에 출발했습니다. 벌써 두 시간 가까이 산을 오르는 중입니다. 6월이었지만 태양이 뜨거웠습니다. 땀이 비 오듯 흘러내립니다. 앞에 가는 사람들과 점점 간격이 벌어지고 있습니다. 허벅지와 종아리는 이미 감각이 없습니다. 숨이 턱까지 차오릅니다. 가쁜 숨을 몰아쉬며 겨우 속도를 맞추는 중입니다. 중간 표지판이 나왔습니다. 잠시 쉬어가기로 했습니다. 정상까지 가야 하는데, 아직 반밖에 못 왔습니다. 두 시간을 더 걸어가야 한답니다. 갑자기 다리에 힘이 풀리는 것 같았습니다. 포기하고 싶더군요. 단체 산행이라 혼자 포기하는 것도 쉽지 않았습니다.'

힘들었다는 직접적인 표현이 없습니다. 상황을 구체적으로 보여줌으로써 독자들이 힘들었겠다고 느끼게 하면 됩니다. 그리듯 자세하게 표현하면 독자가 읽을 때도 편하지만, 무엇보다 분량을 채우는 데 도움이 됩니다.

셋째, 생각나는 대로 막 써보는 겁니다. 일기를 쓸 때처럼요. 보통 책을 쓴다고 하면 문맥도 맞아야 할 것 같고, 오타가 나면 안 될 것 같고, 여러 가지 신경 쓰이는 부분이 많습니다. 아무도 뭐라고 하지 않았는데 혼자 의식하는 거지요. 초고를 쓸 때는 형식에서 벗어나 조금은 자유로울 필요가 있습니다. 나중에 퇴고하는 과정이 있습니다. 그때 가서 수정하면 됩니다. 그러니까 초고를 쓸 때는 머릿속에 생각나는 모든 것들을 거르지 말고 쓰는 겁니다. 어느 책에서 봤는지 정확하게 기억이 안 나지만, 글쓰기에 대해 말한 부분이 있습니다. 글을 쓰는 건 머릿속에 있는 생각을 종이 위에 떨어뜨리는 일이라고요. 딱 맞는 표현이라는 생각이 듭니다.

우리는 무슨 일을 시작할 때 완벽하게 하려는 성향이 있습니다. 실수하면 안 된다고 배워왔기도 하고요. 글쓰기도 마찬가지입니다. 뭔가 그럴싸한 주제가 있어야 할 것 같고, 구성도 기승전결까지 정확하게 있어야 할 것 같습니다. 저도 글을 처음 쓸 때 그랬습니다. 쓰고 지우기를 얼마나 반복했는지 모릅니다. 여러 번 읽어보고 아니다 싶어서 몽땅 지워버리는 거지요. 당연히 진도가 더딜 수밖에 없습니다. 혼자 검열을 다 해버리고 나니까, 정작 남아 있는 글이 별로 없는 겁니다.

게다가 우리는 남의 눈을 많이 의식합니다. 내 글로 인해서 혹시나 피해를 보는 사람이 생기진 않을까, 마음을 다치는 일이 있진 않을까 하면서 온갖 걱정을 하는 거지요. 문법에다가 사람까지 신경 쓰니까 글이 잘 써질 리가 없습니다.

사는 게 글쓰기입니다

이것저것 따지지 말고 그냥 쓰는 겁니다. 쓰는 동안만큼은 그 행위에만 집중하면서 말이지요. 나머지는 다 쓰고 생각해도 됩니다. 도저히 책으로 내기가 곤란하다 싶으면 덜어내면 되고, 문법은 프로그램을 이용해서 제대로 수정하면 그만입니다. 가장 먼저 해야 하는 일은 초고를 완성하는 일입니다.

제가 써보니까요, 분량 채우는 일이 절대 녹록지 않습니다. 누구나 쉽게 하는 일이 아니니까 작가가 더 가치 있는지도 모릅니다. 위에 말한 세 가지를 꼼꼼하게 지키면서 써보면 도움이 될 겁니다. 모든 일은 반복할수록 잘하게 되는 법입니다. 글 쓰는 일도 계속하다 보면, 처음보다 익숙해지지 않을까 합니다. 많이 쓰고 계속 쓰는 일 외에 정답은 없습니다. 작가가 해야 할 일은, 오늘 한 편의 글을 쓰는 일뿐입니다.

05

이렇게 했습니다

— 이은설

글쓰기 쉽지 않습니다. A4 1.5매는 원고지 12매 내외의 분량입니다. 글을 쓰지 않은 사람들은 힘들어합니다. 저도 막막했습니다. 태평양 같은 A4용지를 어떻게 채워야 좋을지 몰랐습니다. 글쓰기를 먼 산 불구경하듯 나와는 상관없다는 생각으로 살기도 했습니다. 나는 글을 쓰지 않아도 되는 사람처럼 살았습니다. 내가 필요할 때만 글을 쓰면 된다고 생각했기 때문입니다. 책만 많이 읽으면 되지, 머리 아프게 독서록은 쓸 필요가 없다고 생각했습니다. 책을 읽는 그 자체만 좋았습니다. 나는 나름 책을 읽는다고 읽지만, 선생님은 맨날 책을 읽지 않는다고 하시니 답답해서 미칠 지경이었습니다. 가장 힘든 일은 내 마음속에 하고 싶은 말은 가득한데 밖으로 꺼낼 수가 없었습니다. 지금도 그렇지만 내 생각을 밖으로 표현할 수 없다는 것이 답답한 일이었습니다. 오히려 글씨를 모르는 문맹이면 좋았겠다는 생각이 들 정도였습니다.

글쓰기 나아질 수 있습니다. 무슨 일이든지 처음부터 잘하는 사람은 없습니다. 어렵고 힘들게 보이는 글쓰기 좋아집니다. 아기가 태어날 때부터 걷거나 뛰지를 못합니다. 뒤집고 서고 걸음마를 하다가 아장아장 걷습니다. 장인이나 명인이라는 칭호를 듣는 사람들도 부단한 노력으로 쉽지 않은 일을 익숙해지도록 한 것입니다. 축구 선수는 열심히 연습해서 올림픽에 나가고 메달을 땁니다. 마라톤 선수도 마찬가지입니다. 콩쿠르에서 1등 하는 사람은 남과 다른 노력으로 이루고 성취할 수 있었겠지요. 글쓰기도 이와 같습니다. 처음부터 끝내주게 글 잘 쓰는 사람 없습니다. 잘 고쳐 쓰는 사람만 있습니다. 사람들은 글쓰기보다 말하기가 더 익숙합니다. 글로 쓸 내용을 먼저 말로 한번 해 본 다음, 글로 쓰는 것이 도움이 됩니다. 말은 수시로 계속하면서 글보다는 익숙해져 있기 때문입니다. 한번 말로 하고 나면 체계가 생기기 때문에 글로 쓰기가 쉽습니다. 저는 가끔 녹음합니다. 운전하다가 차를 세울 수 없을 때는 스마트폰을 이용합니다. 글쓰기를 하고 싶다는 마음만 있으면 방법은 다양하게 찾을 수 있습니다.

글쓰기를 위해서 저는 이렇게 했습니다.

첫째, 생활하면서 항상 수첩과 볼펜을 가지고 다닙니다. 근무 중에는 앞치마 호주머니에 필기구를 넣어 다닙니다. 소방 훈련을 한다는 공지가 떴습니다. 하던 일을 마무리하고 동료들을 따라 나갔습니다. 소방관 한 분이 원장님과 이야기를 나누고 있었습니다. 앞치마 주머니에서 볼펜과 수첩을 꺼내 메모했습니다. 불이 났을 때 구조대를 창밖으로 던져야 하는데 이동식 계단이 있어야 합니다. 계단에 올라서야 구조대를 밖으로 던질 수 있다고 했습니다. 말로 설명을 하던 소방관이 제가 메모하는 것을 보았습니다. 종이를 좀 빌려 달라고 하더군요. 얼떨결에 수첩과 볼펜을 드렸습니다. 소방관은 종이에 제대로 그려서 원장님께 제대로 설명했습니다. 원장님은 완전히 이해한 표정으로 고개를 끄덕이셨습니다. 근무하지 않을 때도 가방에는 항상 수첩과 볼펜을 넣고 다녔습니다. 메모지와 필기구가 없는 날은 마음이 불안했습니다. 수시로 점검하고 챙겼습니다. 어떤 날은 메모한 것을 그냥 날린 적도 있습니다. 집에 와서 일기장에 정리하거나 한 꼭지 글을 썼습니다.

둘째, 매일 일기를 썼습니다. 근무하는 날에는 요양 보호 일기를 매일 적었습니다. 그날 있었던 일은 물론이고 느낌과 감정 개선점, 상대에게 하고 싶은 말을 전부 쏟아냈습니다. 다이어리는 2004년부터 계속 쓰고 있습니다. 그날 있었던 일을 메모 형식으로 짧게 적습니다. 2022년 2월부터 대학 노트 한쪽 분량의 일기를 써 왔습니다. 하루도 미루지 않는 일기지만, 간혹 일기를 미루어서 적을 때도 있었습니다. 미루긴 했지만, 하루도 빠지지 않고 기록했습니다. 간혹 시간 날 때 읽어보면 이런 적이 있었나 하는 생각이 들고 새삼스럽게 느껴지기도 합니다. 기록으로 남기지 않는 날은 연기처럼 사라집니다. 기록으로 남긴 날은 나에게 의미와 가치 있는 날로 남아 있습니다. 그래서 사부님은 일기는 신이 내린 축복이라고 했

사는 게 글쓰기입니다

습니다.

셋째, 글쓰기 수업 시간에 행복한 글쓰기를 배웠습니다. 매일 핸드폰에 찍은 사진 하나로 어찌 됐든 '행복했다'로 마칠 수 있는 행복한 글쓰기를 가르쳐주셨습니다. 블로그에 카테고리를 하나 만들었습니다. 처음 계획은 매일 쓰기로 했지만, 매일은 실천하지 못했습니다. 소재가 있고 시간이 되는 날은 짧게라도 올립니다. 나날이 저에게는 소중하고 감사해야 할 행복한 날들이지만 그 감사와 행복을 느끼지 못하고 당연한 것으로 생각하고 살았습니다. 작은 일에 감사할 수 있어야 큰일에도 감사할 수 있습니다. 행복한 글쓰기를 하면서 지금에 감사하게 되었습니다.

글쓰기를 시작하지만, 두렵고 떨리는 마음이 있을 수 있습니다. 맞습니다. 인정합니다. 지금부터 부정적인 생각은 털끝만치도 하지 않고 할 수 있다는 자신감으로 시작하면 좋겠습니다. 지금 글을 못 쓰는 것은 아주 좋은 일입니다. 그 이유는 글을 잘 쓸 일만 남아 있기 때문입니다. 물론 열심히 노력해야 한다는 전제가 있습니다. 만약 자기가 글을 못 썼는데도 기고만장하다면 다시 고칠 이유가 없고 그 글은 영원히 부족한 글로 남기 때문입니다.

위대한 작가인 척하고 글을 쓰는 것입니다. '내가 헤밍웨이라면 이 글을 어떻게 쓸까?' '어떻게 다듬을까?' '무슨 생각으로 어떤 생각으로 글을 쓸까?' '독자들에게 어떤 도움을 주는 글을 쓸까?'를 메모하고 낙서하고 쓴 후에 오랫동안 고쳐 쓰기를 하겠지요.

내가 세상의 주인이라는 생각으로 쓰면 좋겠습니다. 내가 주인입니다. 내가 없다면 세상은 존재하지 않기 때문입니다. 그러므로 나는 내 인생의 주인이지만 세상의 주인도 될 수 있습니다. 세상의 주인이 되어 글을 쓴다면 좀 더 넓고 큰 생각으로 세상을 바라볼 수 있기 때문입니다. 주인은 주는 사람입니다. 같이 일하는 사람 중에 누가 주인인지 알려면 일을 마칠 때 돈 주는 사람이 주인입니다. 돈도 주고 "수고했다" "감사하다" 인사도 합니다. 점심도 주고 새참도 주고 시원한 물도 줍니다. 내가 주인이 되어 글을 쓴다면 세상에 내가 전하는 메시지를 주면 됩니다. 주인이 일하는 사람들에게 아낌없이 주듯이 지금까지 살아온 이 세상에 내가 가진 것을 아낌없이 주는 그런 작가가 되고 싶습니다.

사는 게 글쓰기입니다

06

나를 쓰게 만든 힘

──────────────────────── 이은정

잘 쓰고 싶었습니다. 인정받고 싶었지요. 박사 논문까지 패스하고, 논문이나 대학 교재를 집필해 봤기에 쉬운 줄 알았습니다. 오산이었죠. 주제 정하는 것에서부터 메시지 뽑아내는 것까지 수월한 게 없습니다. 글쓰기는 그렇다고 처도 분량이 문제였습니다. 자이언트 북 컨설팅에서, 초고 분량은 A4용지 1.5매에서 2매 정도입니다. 만만한 양이 아니더군요. 도저히 한 편의 글을 완성하기가 겁이 났지요. 처음엔 세 줄 쓰고 나니까 하고 싶은 말이 바닥났습니다. 이러다가 대체 책 한 권은 어떻게 쓰나 걱정했지요. 무슨 이야기를 써야 하나? 분량은 어떻게 채우나? 하는 걱정에 사로잡혔어요. 내 안에 할 이야기가 많다는 사실을 망각하고 있었죠. 쥐어 짜내고 또 쥐어 짜내어 쓴 글을 읽어보니, 도무지 무슨 말인지 알 수 없는 건 당연한 결과였지요.

이런저런 핑계 대면서 글을 안 쓴 지 여러 날. '나는 글을 왜 쓰는가?' 이 간단한 질문에 왠지 마음이 술렁이고, 한편으론 적막감마저 들었습니다. 많은 시간과 공을 들여 쓰면서, 무엇을 위해 글을 쓰고 있는지 진지하게 생각해보지 못한 게 사실이니까요. 당장 주어진 주제를 어떻게 해결해야 하는지 급급했을 뿐이지요. 목적성이 중요한데 말이죠. 내가 왜 쓰고 있는지, 이 글이 어떤 목표를 이루기 위해 존재하는지 인식해야 했습니다. 그래야 무엇을 주의해야 하고, 또 어떤 점에 집중해야 하는가를 알게 되기 때문이죠. 내 안에 이야기도 술술 나올 테고요. 어쩌면 무엇을 쓸 건지에 대한 생각을 놓쳤기 때문일까요? 한 편의 글을 쓰는 게 쉽지는 않았습니다.

'아픈데, 그냥 한번 참아봐'라든지, '괴로운데 무조건 견뎌.' 이 말은 나에게 폭력이었습니다. 아프면 왜 아픈지 찾아서 도와주면 좋으련만. 견디는 게 답이 아니니까요. 글 쓰는 것도 마찬가지입니다. 한 편의 글을 쓰는 데 두려움을 느끼는 이유도, 잘 쓰지 못하는 이유도 다 다를 수밖에 없지요. 그런데 분량을 채우라고 했을 때 답이 안 보였습니다. 어떠한 경우든 A4용지 1.5매 이상을 채우라고 하니, 한 편의 글을 완성해야 하는 근본적인 문제가 해결되지 않았던 거죠. 글쓰기가 어려울 수는 있지만 괴로우면 포기하기 쉬우니까요.

사는 게 글쓰기입니다

아마도 무엇이 중요한지 모르고 그저 열심히 쓰기만 했다면, 무조건 써야 실력이 늘 것이라는 전제에 집착했다면, 오늘의 나는 없었겠지요. 그런 점에서 내가 무엇에 어려움을 느끼고, 어디서 자꾸 나아가지 못하고 있는지 파악하는 것이 중요합니다. 누구나 글의 재료는 가지고 있지요. 글감이 부족하고 메시지를 뽑아내는 스킬이 없어서 한 편의 글을 못 쓰는 게 아니니까요. 무언가 막막하고 답답하게 느껴졌기 때문에 나아가지 못한 거죠. 글쓰기도 공부해야 합니다. 그도 그럴 것이 그걸 가르쳐주고 이끌어주는 글쓰기 스승이 있습니다. 글쓰기뿐 아니라 글 쓰는 사람의 자세에 대해서도 배웁니다. 여전히 글쓰기가 두렵고 어렵습니다. 다만, 예전에 비하면 그 두려움의 정도는 작아졌지요. 어려움이 상당 부분 해소되면서 글 쓰는 것이 괴롭지는 않습니다.

분량 채우기 힘들다는 건, 내 안에 글감이 무궁무진함을 인정하지 못한 것입니다. 그걸 인정하는 순간 내가 경험한 걸 있는 그대로 보여주면 되지요. 있어 보이게 쓰려고 고민하지 말고, 보고 듣고 경험한 것을 있는 그대로 전달하면 됩니다. 글의 힘을 믿고 글 자체에 집중하면서 쓰면 분량은 문제없지요. 내가 전달하려고 하는 바가 명확하면 되니까요. 분량을 채우기 힘들다는 건 평소에 생각의 차원이 퉁 치는 습관 때문입니다. 생각을 풍성하게 할수록 분량 채우기는 수월하죠. 사람의 뇌는 '연상기억장치'라고 합니다. 아무것도 하지 않으면 아무 일도 일어나지 않지요. 하나의 상황을 보았거나, 소리를 들었거나, 체험하면, 비로소 뇌는 움직이기 시작하죠. 한 편의 글 분량을 수월하게 채우기 위해 책을 읽거나, 악기를 연주하거나, 주변을 관찰합니다. 무엇이든 시도해 보는 거지요. 아무것도 하지 않고 글만 쓰면 분량을 채울 수 있을까요? 단연코 불가능합니다. 일상생활을 열심히 해야 글도 쓸 수 있습니다. 그 경험으로 분량도 채울 수 있고요. 실제 바쁘게 살면서 책을 출간한 사람이 많습니다. 그들은 보고 듣고 경험하는 시간을 확보했습니다. 더하여 생각을 풍부하게 했기 때문에 쓸거리가 많았음을 추측해 볼 수 있습니다.

한 발자국 나아가지 못하고 있을 때 두려웠습니다. 두려움이 어디에서 나오는지 그 원인을 찾아보았죠. 글을 잘 쓰고 싶었고, 내가 쓴 글이 완벽해야 한다는 생각 때문이라는 사실을 깨달았죠. 내 글에 대한 고정관념과 편견을 깨기로 했습니다. 굳이 어려운 단어나 세련된 어휘를 많이 표현하지 않아도 얼마든지 좋은 글을 쓸 수 있으니까요. 화려한 언변을 구사해야만 말을 잘하는 것은 아닌 것처럼 말이죠. 그리고 보니, 고수들은 어려운 말을 쓰지 않습니다. 글이나 말에서 잘난 척을 하지 않죠. 최대한 쉽게 자신이 알고 있는 걸 상대에게 전달합니다. 그들의 글을 보면 배움이 쉽습니다. 글을 쓰면서 자꾸만 어려운 말이 튀어나온다면 알아차려야 합니다. 유식해서가 아닙니다. 오히려 내가 쓴 글을 정확하게 알고 있는지 의심해 봐야겠죠. 누구나 나탈리 골드버그, 헤밍웨이, 박경리 작가가 될 필요는 없으니까요.

블로그 글이든, 한편의 글이든, 독서 노트든, 일기든. 분량 채우기 힘들었던 제가 지금은 수월하게 씁니다. 첫째, 매일 일기를 씁니다. 아침에 일어나면 잠깐의 명상을 한 후, 무조건 정해진 분량을 채웁니다. 처음에는 어려웠지만 연습하니 됩니다. 꾸준히 하다 보니, 이제는 그만 쓰는 훈련을 하고 있지요. 둘째, 블로그 포스팅을 매일 합니다. 처음에는 글의 내용이 단순하고 짧았습니다. 왜 써야 하는지 모른 채 의무감으로 썼으니까요. 이젠 무엇을 써야 하는지 목적이 분명합니다. 한 편의 글을 포스팅하며 글쓰기 연습을 합니다. 한 번에 뚝딱 쓰려는 조급한 마음 내려놓고 스케치 먼저 합니다. 키워드 메모 후 메시지로 연결하죠. 셋째, 매일 필사하고 어록 노트를 씁니다. 거인의 어깨에 기대어 뽑은 수많은 명문장을 나의 언어로 바꿉니다. 한편의 글을 쓸 때 참한 메시지를 뽑아내는 데 도움이 됩니다. 나의 경험을 덧붙이니 분량 채우기가 수월합니다.

글 쓰는 방법은 많습니다. 정답은 없지요. 어렵다고 말만 할 게 아니라, 잘 쓰고 싶다고 투정 부릴 게 아니라, 있는 그대로 쓰면 됩니다. 이렇게도 써 보고 저렇게도 쓰면서 나에게 맞는 방법으로 글을 쓰는 거죠. 쓰면서 궁리하면 없는 길도 만들 수 있습니다. 그러니 생각만 하지 말고, 일단 글을 써 보면 좋겠습니다. 시간이 가면 실력은 늘기 마련이지요. 다양한 책을 읽고, 훌륭한 스승을 만나는 이유는 그것에 걸리는 시간을 줄이기 위함입니다. 빨리 쓰는 건 아무 의미 없습니다. 한 편의 글을 정성껏 쓰는 태도가 중요하지요. 현재의 나를 돌아보며, 공부해야 합니다. 잘 쓸 수 있다는 사실을 인정하는 것도 중요합니다. 내 속에 글감이 가득합니다. 경험을 쓰면 한편의 분량은 문제없습니다. 오늘도, 글 한 편 씁니다. 내 안에 스며 있는 쓰고 싶은 욕구를 꺼내어 기꺼이 도전합니다.

07

백지 공포, 어떻게든 채워라

_____ 이현주

 책 표지엔 제목이 있다. 첫 장을 펼쳐 보면 작가 소개와 들어가는 글도 있다. 추천 글도 있고 목차도 있다. 목차를 읽어보면 몇 개의 장이 있고 각 장마다 다섯 개에서 여섯 개의 소제목으로 된 글이 있다. 대부분 서너 장 정도의 분량이다. 이것을 한 꼭지라고 부른다. 총 40개 꼭지의 글, 책으로 출간할 수 있는 분량이 된다. 글쓰기를 시작하면서 한 꼭지의 개념도 알게 되었다.

 한 꼭지의 최소 분량은 A4용지 1.5매. '에이, 설마 그것도 못 채울까' 건방진 생각을 했다. 우습게 알았다. 써보지 않았으니 겁이 없었다. 얼마나 써야 채울 수 있는지도 몰랐다. '종이가 부족할 것 같은데…'쓸 말이 차고 넘칠까 걱정했다. 웬걸, 세상에 둘도 없는 어려운 문제를 만났다.

 A4용지 한 장 반은 꼭 지켜야 하는 분량이다. 절대 만만히 봐서는 안 된다. 초고로 두 장을 썼다 해도 퇴고하면서 분량이 줄기도

하고 늘어나기도 했다. 아무리 많은 양의 글을 쓰고 싶어도 A4 두 장은 절대 넘겨서는 안 된다. 적당한 분량의 한 꼭지 어렵다, 어려워.

2023년 6월 『오늘이 전부인 것처럼』과 『쓰면 달라진다』가 출간됐다. 공동 저자로 작가가 된 것이다. 지금, 이 순간을 잘 살아가기 위한 방법과 오늘에 집중하고 감사하는 마음을 담은 『오늘이 전부인 것처럼』, 글을 쓰기 시작하면서 경험한 나의 변화와 성장을 담은 『쓰면 달라진다』. 두 권의 책을 쓸 때 초고는 오로지 분량 채우는 것에만 집중했다. 혹시라도 부족하면 어쩌나 걱정했다. 몇 번의 퇴고를 거치고 다듬어 완성된 내용, 다행히 분량이 부족하지는 않았다. 공저를 하면서 나름 한 꼭지를 채우려고 노력했던 방법 세 가지가 있었다. 덕분에 정해진 분량을 채울 수 있었다.

첫째, 우선 A4용지 두 장 준비했다. 한 장 반 분량을 표시한다. 그리고 난 후 전체를 세 덩어리로 나누었다. 첫 번째는 들어가는 글, 배경이 될 수 있는 이야기를 쓸 것이다. 두 번째는 첫 번째 덩어리와 연결되는 글로 내가 경험한 이야기를 쓴다. 전체 주제와 맞는 에피소드를 찾아 상징적인 단어와 짧은 문장으로 끄적거려 적는다. 이 부분이 가장 많은 분량을 차지한다. 쓰다 보면 이런저런 할 얘기가 많아졌다. 가끔 삼천포로 빠지기도 했지만 퇴고할 때 수정, 보완하면 된다. 마치 영화를 보듯 생생하게 쓴다. 그림을 그리듯 상세하고 구체적인 표현으로 쉽게 쓴다. 세 번째, 내가 한 경험을 통해 얻은 것, 배운 것, 깨달은 것 그리고 앞으로의 변화에 대해 쓴다. 없어서는 안 될 가장 중요한 부분이다. 독자들에게 전하고 싶은 이야기가 들어간다. 한 꼭지의 주제, 메시지를 담는다. 이렇게 세 부분으로 나눠서 끄적거리면 한결 수월하게 느껴졌다.

한글 파일을 열고 하얀 화면을 쳐다볼 때는 그저 멍했다. 첫 문장을 시작하는 것도 망설여졌다. 그런데 이렇게 큰 덩어리를 작은 덩이로 나눠서 놓고 보니 '요건 내가 쓸 수 있겠다'라는 생각이 들었다. 자신 없었던 글쓰기, 채우지 못할 것 같은 분량도 한 줄 한 줄, 채울 수 있었다.

둘째, 가장 많은 분량을 차지하는 나의 경험, 일상의 에피소드. 자세하고 구체적으로 쓴다. 글을 읽는 독자가 '왜?, 어떻게?'라는 궁금증을 갖지 않도록 쓰는 것이 중요하다고 했다. 있는 사실 그대로 쓸 수 있도록 연습해야 한다. 특히 '너무 우울하다, 정말 슬프다, 매우 아프다, 진짜 행복하다 등'은 주관적인 표현이므로 눈으로 보여줄 수 있도록 써야 한다. 감정이란 저마다 느끼는 정도의 차이가 있어서 상황과 말, 표정을 생생하게 그려주는 글쓰기를 해야 한다. 예를 들어 '너무 기쁘다'라고 쓰고 싶다면, '너무'라는 부사를 행동, 표정, 상황으로 보여주는 거다. 얼마나 기뻐야 너무 기쁜 것인지 구체적으로 써야 한다는 것. 눈물이 나올 만큼 웃어야 기쁜 것인지, 팔짝팔짝 뛰어다녀야 너무 기쁜 것인지, 미친 듯 발 구르기를 해야 기쁜 것인지, 구체적인 글쓰기는 글을 읽는 독자가 함께 '기쁘다'라고 느껴야 한다는 것이다. 눈에 보이는 글을 써 본 적이 없었다. 연습해야 했다. 지금도 표현이 부족해 수정에 수정을 거듭하는 부분이다. 꾸준히 쓰는 연습을 한다면 자연스럽게 쓸 수 있을 거라고 생각한다. 눈에 그려지는 글 중요하다. 한 가지 더 추가한다면 첫 번째 책 『오늘이 전부인 것처럼』에서 어머니, 아버지란 호칭을 썼다. 나이 오십에 엄마, 아빠라고 부르는 것이 부끄러웠다. 평소에 내가 사용하는 말보다 예쁘고 좋은 말을 골라서 쓰려고 했다. 그러니 쓸 때도 어색했지만, 읽을 땐 더 어색했다. 온몸에 두드러기가 난 듯 간지러운 거다. 내 것이 아닌 글, 결국 퇴고하면서 모두 수정했다. 읽기에도 편했고, 마음도 편했다. 요즘 글을 쓸 때면 내가 평소에 사용하는 말을 쓴다. 문법에 크게 어긋나지 않는다면 그대로 쓰려고 한다. 생생한 글쓰기와 내가 사용하는 말투의 표현도 분량 채우기에 한몫했다.

셋째, 이래도 안 되고 저래도 안 되고, 아무리 써도 부족할 때가 있다. 초고는 무조건 분량을 채우는 일이라는 말, 써보니 알게 됐다. 사람들 저마다 말투가 다르듯 각자만의 글투를 갖고 있다는 것도 알았다. 무의식적으로 같은 단어를 반복해 사용한다는 것도 알았다. 말을 할 때, 내가 자주 사용하는 말이 있다는 것, 안다. 그런데 글을 쓸 때도 습관처럼 사용하는 단어가 있다니. 많을 땐, 한 줄에 몇 번이나 썼다. 그러니 한 단락은 말해 뭐하겠는가. 자주 사

사는 게 글쓰기입니다

용하는 단어, 습관적인 글투는 고쳐야 할 문제였다. 어떻게 하면 고칠 수 있을까. 독서밖에 없었다. 어휘력, 문장력, 독해력과 비유하는 능력을 키우는 것이 중요하다는 것. 반드시 공부해야 했다. 낱말의 뜻은 정확하게 알고 사용해야 하고, 비슷한 말과 반대어에 대해서도 알아야 한다. 내가 독자에게 전하고 싶은 의미를 조금이라도 더 정확하게 전달하고자 애써야 한다. 꼭 맞는 표현을 해 줄 수 있는 단어를 찾는 것, 독서는 글쓰기에 필수였다. 찰떡같은 비유를 통해 초등학생이 읽어도 쉽게 이해할 수 있도록 쓰고 싶었다.

글을 쓰면서 같은 주제로 된 책을 여러 권 읽는다. 전에는 책 한 권 빨리 완독하고 싶은 마음에 책장을 넘기기에만 급급했다. 문장을 눈으로 훑듯 내리읽었다. 단순하게 막힘없이 잘 넘어간다고 생각했다. 글을 쓰기 시작하면서 하나의 문장을 꼼꼼하게 읽으려 노력한다. 이 한 문장을 쓰기 위해 작가가 얼마나 많은 노력을 했을까. 기억하고 싶은 문장은 노트에 한 줄, 한 줄 베껴 썼다. 그 아래에 나의 느낌과 생각을 적었다. 베껴 쓴 문장을 바탕으로 나만의 어록도 만들어 본다. 꾸준히 하는 문장 읽기와 베껴 쓰기는 한 꼭지 분량을 채울 수 있도록 돕는 또 하나의 방법이 되었다.

A4용지 한 장 반, 한 꼭지를 채운다는 것. 당연히 어렵다. 지금도 어렵고 앞으로도 쉽지 않을 거다. 어떤 내용으로 시작해야 할지 첫 단어부터 막힌다. 그래도 시작해야 끝낼 수 있다. 분량을 나누어 생각하는 것, 나의 경험을 눈에 보이듯 구체적으로 쓰는 연

습, 글을 쓰겠다고 결심했다면 당연히 해야 할 독서와 공부. 문장 읽기와 문장 베껴 쓰기는 A4 용지 한 장 반, 한 꼭지 분량을 채우는 데 도움이 되었다. 또한 글의 완성도와 전달력, 독자들의 공감과 이해를 돕는 방법이라고 생각한다. 분량을 채우는 것에 가장 중요한 것은 매일 글을 쓰는 거다. 낙숫물이 바위를 뚫는다는 말처럼 꾸준히, 포기하지 않고 지속한다면 어제보다 더 나은 글을 쓸 수 있다고. 한 꼭지 분량, 채울 수 있을 거라고 믿는다.

사는 게 글쓰기입니다

08

글감, 일상에 의미 더하기

장진숙

글쓰기를 시작했다. 자이언트 수업에서 책은 보통 큰 제목 4~5개, 소제목 40~60개로 구성되고 소제목 1개의 분량은 A4 1.5매를 써야 한다는 것을 알았다. A4 1.5매가 부족해도, 2매를 넘겨도 안된다. 시작은 1개 소제목에 담을 주요 내용을 정하고 거기에 어울리는 몇 가지 일화를 간략하게 적었다. 그리고 '한 장 반 그까짓것 금방 쓰지 뭐'라고 말하면서 쓰기 시작했다. 쉽게 생각했던 1.5매는 써도 써도 채워지지 않았다. 써 둔 글이 1.5매가 되는지 하루에도 몇 번씩 확인하고 또 확인했다. 그러다 부족한 분량을 미사여구로 채우기 시작했다. 평소 귀찮아 화장도 안 하는데 글은 온갖 미사여구들로 치장하고 있었다. 드디어 우기면 한 장 반이 될 것 같은 길이의 글이 됐다.

수업을 들으며 내가 정리한 글쓰기 원칙 세 가지가 있다. 첫째, 글쓰기는 초등학교 3학년 수준으로 쉽게 써서 읽는 독자가 바로 이해할 수 있어야 한다. 둘째, 화장을 지우고 글은 최대한 담백하게 써야 한다. 셋째, 작가는 감정을 직접적인 단어로 표현하지 않고, 독자가 대신 감정을 느낄 수 있도록 분위기를 조성해야 한다. 말은 쉽다. 바로 적용하면 될 것 같았지만, 이게 맞는지 자꾸 의심이 생겼다. 써둔 글을 좀 더 쉽게 바꾸고 화장도 지우니 1/3이 없어졌다. 한 문장 한 문장을 보고 또 보고 했는데 다 삭제하고 나니 한숨만 나왔다.

18년 전, 의경에 갔던 동생이 얼굴에 자꾸 여드름이 난다고 화장품을 사서 보내 달라는 연락이 왔다. 여러 쇼핑몰 사이트를 돌아 이십 대 남자들이 선호할 만한 화장품을 주문했다. 군대 간 동생에게 처음 보내는 택배라 화장품과 여러 과자를 상자에 넣었다. 뭔가 부족해 보여 편지도 같이 보내기로 했다. 동생에게 처음 보내는 편지다. 군인 아저씨에게 보낸 위문편지가 인연이 돼서 펜팔을 하던 친구도 있었지만, 할 말이 없던 나는 꾸역꾸역 반 페이지 쓰고 딱풀을 붙였었다. 이번에는 잘 써서 누나의 마음을 보여주고 싶었다. 동생을 웃게 해 주면 좋을 것 같았다. 막상 편지를 쓰려니 쓸 말이 없다. 글은 못 쓰지만 재미있는 것은 누구나 찾을 수 있지 않은가? 그러다 찾은 것은 신문에 실린 만화 만평이다. 옷 벗은 닭들이 훈제구이통에서 돌아가며 군침 돌게 익어가는 그림이었다. 마음대로 아무 곳도 못 가는 동생의 처지를 가장 잘 표현하고 있었다. 상자에 넣으면서 그림을 보고 놀랄 동생 얼굴이 떠올랐다. 킥

사는 게 글쓰기입니다

킥거리며 재미있어 했다. 지금 생각하니 군 생활이 답답했을 동생이 누나가 보낸 상자를 기대하고 열었을 텐데, 처음 보이는 것이 자신의 처지와 비슷한 그림이라니 얼마나 황당했을까? 미안하고 속상한 마음이 든다.

개인 책 쓰기를 멈췄을 때 자이언트에 막 들어온 사람이 책을 출간했다. 2년이 넘도록 내 책이 없던 나는 막다른 골목에 덩그러니 남겨진 것 같았다. 자이언트 공저 9기에 지원했다. 공저자 선정발표를 전전긍긍하며 기다렸다. 지원자가 많아 9, 10기를 같이 진행하면서 10기에 참여할 수 있었다. 주제는 '그 한마디가 나를 살렸다.'였다. 계속 개인 책만 생각하던 참이라 공저 내용도 번아웃증후군에 있던 나의 이야기에서 찾아야지 싶었다. 그런데 A 출판사에서 썼던 내용을 B 출판사의 책에 쓰면 표절이 될 수 있다는 말에 당황했다. 2022년, 우울한 시절 이야기밖에 쓸 이야기가 없었다. 나를 살렸던 한마디 말을 책, 영화, 노래, 드라마에서 찾으라는 말이 떠올랐다. 42년의 세월을 그냥 산 것이 아니었다. 내가 지나친 삶의 이야기가 많았다. 포기하려는 순간 나를 일으켜 세운 말은 번아웃증후군일 때 의사가 말한 "그게 왜 장진숙 씨 때문이에요? 장진숙 씨가 죄책감을 가질 일이 아니에요!"라는 말만 있는 것이 아니었다. 안나푸르나를 등반하겠다는 나의 말에 "진숙 씨는 할 거야! 원하는 걸 꼭 하는 사람이잖아!"라고 응원한 동료의 한마디에 나는 겨울 한라산을 오를 수 있었다. 나를 살린 말은 많은 위기의 순간에 있었다. A4 1.5매를 채울 수 있는 가장 좋은 비결은 글의 주제에 맞는 나의 다양한 경험을 쓰는 것이었다. 처음에는 경험이 떠오르지도 않았다. 이 경험이 여기도 저기도 다 쓸 수 있을 것 같은데 하는 순간도 있었다. 그때는 가장 잘 어울리는 주제에 그 경험을 넣었더니 이야기가 됐다. 분량에 대한 걱정은 나의 경험 찾기로 한숨 돌릴 수 있었다.

A4 1.5매를 채우는 연습으로 편지 쓰기와 일기 쓰기도 좋은 방법이다. 초등학교 6년, 방학마다 일기 쓰기 숙제가 있었지만 항상 쓸 말이 없었다. 오늘은 몇 시에 일어났다, 뭐를 먹었다, 뭐를 했다, 이렇게 다섯 줄이면 하루 일기가 끝났다. 그때는 글에 감정을 넣고 그 상황을 상세히 그림을 그리듯이 쓸 수 있다는 것을 몰랐다. 일기도 편지도 나에게 있었던 일을 그림을 그리듯이 쓰니 글은 길어졌고 내가 느꼈던 감정이 읽는 사람들에게 전달되기 시작했다. 일기와 편지는 누군가에게 보여주고 공개해야 하는 것은 아니다. 네이버 블로그에 나만 볼 수 있는 편지함과 나의 글쓰기 비밀 노트에 부치지 못한 편지와 일기를 쓰고 있다. 이렇게 써 둔 글은 다듬어서 분량이 부족한 곳의 에피소드로 책에 들어가기도 했다.

처음 A4 1.5매는 써야 한다는 것을 알았을 때 망망대해 한가운데 있는 것 같았다. 가도 가도 육지가 보이지 않아 포기하고 싶은 마음이 든 미지의 바다. 써도 써도 1.5매는 채워지지 않았고 어떻게 써야 할지 몰랐다. 그러다 일상에 의미를 더하면 글감이 된다는 사실을 알았다. 매일 다니던 길, 팥죽색의 자전거길은 '내가 미리 연습하는 레드카펫'이라고 의미를 부여하자 자전거길은 내게 레드카펫이 되고 나는 (자전거가 없다면) 매일 레드카펫을 걷는 연습을 할 수 있었다. 이렇게 일상에 의미를 더하니 내게 글감이 됐다. A4 1.5매에 나의 다양한 일상의 경험을 그림 그리듯이 쓰면 된다는 것을 알고 나니 글쓰기의 두려움은 줄어든다. 거기에 편지쓰기와 일기 쓰기로 하루 이야기를 글로 쓰는 연습을 하고 그 경험을 책 한 꼭지에 넣으니, 분량에 대한 부담도 덜었다.

삶의 다양한 경험과 반복적인 일상에 의미가 더해지면 글감이 된다. 일상의 여러 일을 한가지 특성으로 모아 이야기를 풀어도 된다. 이제는 하루 중 재미있었던 일, 특별한 일을 만나면 '글감이다'라는 말이 절로 나온다. 나만의 의미가 더해져 글감이 될 일상이 기대된다.

09

일상을 세밀하게 바라보는 연습이 필요해

──────── **장춘선**

자이언트 6기 공저 작가 모집공고가 떴다. 공저 먼저 해 볼까? 지난 공저특강을 유심히 지켜봤다. 하고 싶었다. 개인 저서를 퇴고하다 멈춘 상태였다. 처음으로 1.5매 분량에 맞춰 쓴 초고였다. 했던 말을 반복하고 감정에 휩쓸린 말이 많았다. 메시지가 뒤죽박죽 섞여 핵심이 뭔지 읽기가 불편했다. 어떤 문장을 넣고 빼고 고칠지 막막했다. 여러 가지 핑계를 대며 자꾸 미루고 있었다. '까짓것 쓰면서 배우자.' 용기를 내서 신청서를 냈다. 다섯 꼭지만 쓰면 되니까 할 수 있을 것 같았다. 공저 6기로 선발되었다는 연락이 왔다. 기쁘기도 하고 부담스럽기도 했다. 열 명의 작가가 단톡에 초대되었다. 어떤 책을 쓰게 될지, 어떤 사람을 만나게 될지 궁금했다. 첫 OT 시간에 『글쓰기를 시작합니다』 제목과 목차가 공개되었다. 제목을 듣는 순간 나를 위한 기획인가 싶었다. 이제 막 글쓰기를 시작한 내 얘기를 쓰면 될 것 같았다. 개인 저서를 출간한 사람, 공저

해 본 경험이 있는 사람, 나처럼 처음인 사람 다양하게 있었다. 목차에 맞게 스스로 주제를 정하고 1.5매의 글을 써야 했다. 공저를 기획한 이은대 대표가 누구나 할 수 있는 공자님 말씀 말고, 자기 경험을 써야 한다고 여러 번 강조했다.

〈나는 왜 글을 쓰려고 하는가?〉 첫 장부터 막혔다. 우연히 시작한 글쓰기였기에 분명한 이유를 말할 수 없었다. 글쓰기 수업에 들어오게 된 계기와 참여하면서 느낀 점, 개인 저서 초고 과정을 나열했다. A4 한 장 정도는 메꿔졌다. 나머지는 막막했다. 문장 수업에서 초보 작가가 쓴 글을 라이브로 퇴고하는 과정을 지켜봤다. 목적 없이 표류하는 글이 다듬어졌다. 하루는 내 글이 학습자료로 올라왔다. 메시지와 관련 없는 글은 과감하게 잘라냈다. 적절한 단어로 바뀌었다. 수정된 글은 내가 전하고 싶었던 말이었다. 바쁘게 살아온 인생이 정돈된 느낌이었다. 나이 50이 넘도록 대학병원 간호사로 살고 있다. 조직이 원하는 방향으로 남 따라 살았다. 쌓기만 한 삶이다. 하나씩 풀어헤치고 의미와 가치를 찾고 싶었다. "초고처럼 살았지만, 퇴고하면 참한 인생 될 수 있겠다."라는 첫 꼭지 주제를 찾았다. 이거다 싶어 머릿속에 떠도는 생각을 막썼다. 하지만 겉도는 말로는 분량이 채워지지 않았다. 그때로 돌아가 세밀하게 쓰려고 하니 골치가 아팠다. 글을 쓴다는 것은 그런 생각이 어디에서 왔는지 구체화해야 했다. 생각의 깊이만큼 분량을 채울 수 있다. 차근차근 생각하는 연습이 필요했다. 또한 생각을 글로 표현한다는 것도 쉽지 않았다. 어디에서 시작해서 어떻게 끝을 내야 할지 방황했다. 쓸 때마다 내용이 달라진다. 글을 쓴다는 것은 생각과 표현이 일치해야 한다. 하지만 자꾸만 빗나갔다. 어떻게든 글의 분량은 찼지만 메시지 방향을 찾지 못했다.

유독 더운 8월이었다. 퇴근 후 더위를 피해 집 앞 무인카페에서 글을 썼다. 공저 기간이 정해져 있었기에 하루라도 그냥 지나칠 수 없었다. '글 써야 하는데' 독백처럼 가슴에 새기고 최소한의 집 안일만 했다. 아이스 아메리카노 한 잔 시켜놓고 노트북 앞에 앉았다. 누군가 들어 오면 신경 쓰였다. 내가 토닥토닥 키보드 두드리는 소리도 그랬고, 그들이 속닥거리는 얘기 소리도 신경이 쓰였다. 끙끙대며 밤늦도록 이말 저말 1.5매 분량을 맞추었다. 다음날 퇴근하고 다시 커피숍을 찾았다. 어제 써둔 글에 꽂혀 다음 글로 진행되지 않았다. 어제는 분명 주제와 적합하다고 쓴 글인데 내용을 바꾸고 싶었다. 고쳐 썼다. 고치고 나면 또 후회된다. 어제 글이 더 나아 보였다. 하룻저녁을 진척 없이 보냈다.

그렇게 글쓰기에 온 정신이 팔린 상태였을 때, 하필이면 두 아들이 대학교 2학기 개강을 맞아 서울로 살림을 내주어야 했다. 집안에 챙겨갈 물건들이 수북이 쌓였다. 짐 꾸리는 일은 아들에게 맡겼다. 나는 부엌살림만 대충 챙겼다. 글쓰기를 중단하고 서울로 향했다. 하루 정도 글 안 써도 되겠지 안일한 생각을 가졌다. "오늘 자정까지 초고 세 꼭지 제출"이라는 단톡이 올라왔다. 아, 이게 무슨 일이야. 겨우 두 꼭지 썼고 내용에 자신도 없었다. 한 꼭지 더 쓸 시간이 없었다. 서울 가는 길이라고 사정을 알렸다. 그런데 이유 달지 말고 제출하란다. 정신이 번쩍 들었다. OT 때 공저 쓰는 동안은 글쓰기가 무엇보다 최우선이어야 한다는 말이 떠올랐다. 공저 쓴다는 게 장난 아니었구나. 휴게소에 잠시 들르는 시간조차 마음이 급했다.

서울 광진구 화양동 원룸에 짐을 내리고 남편과 아들에게 집 정리를 맡겼다. 근처 커피숍에서 아이스 아메리카노 한 잔 시켜두고 노트북을 두드렸다. 주변 사람들의 시선도 아랑곳없었다. 문 닫을 때까지 끙끙거렸다. 큰아들이 걱정됐는지 나를 찾아왔다. 자기도 할 일이 있다며 밤 11시까지 하는 커피숍으로 자리를 옮겼다. 세 꼭지를 완성하여 단톡에 올렸다.

다음날 이것저것 살 것도 있고 건국대 근처 롯데백화점으로 갔다. 아점으로 밥 먹으려고 식당부터 갔다. 소고기 샤부샤부를 시켰다. 음식이 막 나오기 시작하고 반찬을 한 개 집어 드는데 남편 핸드폰이 울렸다. 심각한 대화가 오고 갔다. 남편 표정과 나오는 음식을 번갈아 쳐다보며 숟가락을 내려놓았다. 병원에 입원해 계시던 시아버지가 위독하다는 전화다. 이것저것 두 아들에게 일 처리를 맡기고 부랴부랴 창원으로 내려왔다. 공저, 포기할까도 싶었다. '글을 써야 하는데'라는 말이 맴돈다. 시아버지는 위중한 병환에도 중환자실에서 전전긍긍하며 며칠을 버텨주셨다. 우여곡절 끝에 초고 마감 일자에 다섯 꼭지를 써서 제출했다. 다급하게 쓴 글이라 마음에 들지는 않았다.

며칠 후 1차 퇴고 안내 문자가 왔다. 초고를 정신없이 썼기에 제대로 퇴고하는 법을 배우고 싶었다. 하지만, 나는 시아버지 장례를 치러야 했기에 참여하지 못했다. 늦게나마 공저 작가의 도움으로 퇴고를 할 수 있었다. 1차 퇴고의 핵심은 집필한 원고를 보고 메시지를 찾는 작업이었다. 쓴 글을 읽었다. 본인 경험을 쓰라고 했기에, 지극히 개인적인 일을 많이 썼다. 독자에게 무슨 도움이 될까 고민되었다. 일반적인 내용으로 바꾸고 싶었다. 손대기 시작하니 끝이 없었다. 두 꼭지 내용을 통째로 날리고 다시 썼다. 초고를 다급하게 쓰기도 했지만 메시지와 내용이 맞지 않다고 판단했다. 내용을 고치느라 먼저 할 메시지에 집중하지 못했다. 2차 퇴고 때는 메시지에 맞게 전체적인 글 흐름을 다듬고 교정하는 일이었다. 온갖 고난 속에서 1.5매 쓴 글이다. 거듭 잘라내고 바꾸느라 애쓴 글들이 다 잘려 나갔다.

내가 정한 주제로 1.5매 분량 채우기 쉽지 않았다. 처음에 쓰고자 한 주제가 있었다. 메시지에 맞게 의미와 가치를 끄집어내지 못했다. 막히면 내용을 바꾸었다. 평상시 감정의 변화와 생각의 흐름을 세밀하게 바라보고, 글로 표현하는 연습을 했더라면 수월했을 것이다. 글쓰기 강사가 강조한 일기 쓰기와 모닝저널이 대표적인 예다. 내가 경험한 일에 대한 의미와 가치는 그 자체가 하나의 독

사는 게 글쓰기입니다

자적인 세계다. 그것을 어떻게 부여하느냐는 작가의 몫이다.

　SNS에 올라온 다른 사람의 삶을 부러워했다. 막상 내가 한 경험이나 생각은 별것 아닌 것으로 간과했다. 놓치고 지나치는 경우가 허다하다. 글도 그랬다. 다른 작가의 글을 보면 작은 일화도 완성도 높고 글감이 탄탄했다. 아마도 그들은 자기 경험을 소중히 생각하고 의미를 부여하고 구체적으로 표현했기 때문이 아닐까. 반복되는 일상이지만 그 속에서 한 가지 소재를 찾아 글로 적어 보자. 그냥 지나칠 수 있었던 오늘을 풍성하고 가치 있게 만들 수 있다.

10

변신은 무죄!

정은주

왜지? 분명 수업시간인데 운다. 사람들이. 마지막에는 웃는다. 게다가 속이 시원하다고 한다. 2017년부터 성인 강의를 시작했다. 친정엄마가 안 계시고 시어머니는 고령이라 아이 둘 육아는 내 몫이었다. 가정적인 남편은 가정만 좋아했다. 집에 있는 것을 좋아할 뿐 육아나 살림은 나보다 못했다. 설거지하면 뒷사람이 한 번 더 해야 했다. 빨래하고 나면 세탁기에서 빨랫줄까지 경로를 알려 줄 정도로 빨래 한 두 개를 떨어뜨리는 사람이었다. 수업이 많은 영어 공부방도 운영하고 살림도 살아야 했다. 체력이 바닥나 학생들 수업에 집중 못 했다. 점점 학생이 줄었고, 아이를 더 잘 키우고 싶다고 선언한 뒤 공부방을 접었다. 후회했다. 살림도 육아도 영어 성적처럼 잘 나올 줄 알았다.

어른을 대상으로 평생교육을 시작했다. 남편이 아동 복지시설을 운영하고 있어서 프로포잘을 쓸 때가 많았다. 시설의 학생들은 하

사는 게 글쓰기입니다

나같이 착했고, 사연은 딱했다. 한 명 한 명이 가진 재능을 잘 표현했더니 후원 업체도 많이 생겼다. 남편의 짧은 운영 경력에 비해 다양한 사업이 연결되었다. 오랫동안 운영했던 복지시설에서 요청이 왔다. 처음에는 질투하다가 나중에는 방법을 알려달라고. 글쓰기 요령을 알려주었다. 어떻게 하면 첫 페이지 한 장으로 승부가 나는지, 글쓰기 안에 필요한 요소들은 무엇인지 짚어주었다. 처음에는 지원서류를 그대로 써줄 수 없느냐고 하던 사람들이 글쓰기 방법을 배우고 나서는 제안서에 대한 자신감이 생겼다고 했다. 그렇게 지인을 대상으로 글쓰기를 진행하다가 구청이나 보건소, 마을 공동체 등으로 강의가 들어왔다.

마침 아토피 자격증을 따게 되었고 수업하게 되었다. 처음에는 아토피에 대한 지식을 전했지만 점점 확장되었다. 아토피를 앓고 있는 아이의 부모들이 받는 스트레스와 상처가 크다는 것을 알게 되어서였다. 수업은 아토피 강좌이지만 어른들의 마음 읽기로 진행되었다. 엄마가 잘못해서 아이가 아토피로 고생한다는 것에서부터 다른 사람들의 시선이나 시댁의 말 등으로 상처받은 엄마들이 울었다. 처음에는 아이의 상태에서부터 시작한 이야기가 험담으로 이어지고, 결국에는 마음속 응어리로 이어졌다. 내가 결혼해서 남이 원하는 모습으로 살려고 했던 시절과 오버랩 되었다. 아토피 아이의 엄마들도 결혼 전에 무슨 직업을 가졌든, 어떤 점이 장점이었든 상관없이 아토피를 본인 책임으로 가져가고 있었다. 아이들은 간지러우니까 긁고, 엄마들은 마음을 긁어서 상처를 냈다. 피가 나는 줄 알면서도 멈추지 못하고.

지금 생각해보면 어떤 마음으로 시작했는지 모르겠지만 아토피 수업에 글쓰기를 넣었다. 앞에 서서 두 시간 열강하는 강의는 없었다. 학습자인 엄마들이 개인적으로 포스트잇에 쓰고, 조별로 모여 전지에 쓰고 이야기하고 발표하도록 진행되었다. 거의 모든 수업 속에 활동 시간이 포함되어 있었다. 처음에는 울면서 이야기하던 엄마들이 회차가 진행될수록 밝아졌다.

새 강의를 맡을 때마다 첫 번째 준비물은 A4 종이다. 이름도 적고 아이디어도 적고, 소감도 적는 용도다. 엄마들은 처음에는 이름을 적고 발표하는 것도 두려워서 종이를 쥐고 파르르 떨면서 본인 소개를 한다. 하지만 발표가 끝나면 터질 것 같은 심장이 바람 빠지는 풍선처럼 시원하다고 좋아했다. 최근에는 자기소개는 잘 하지만 글을 써 보라고 하면 다들 의자를 뒤로 빼고 앉는다. 글쓰기는 타고나야 하는 것 아니냐며 자신은 원래 말은 좀 하지만 글은 못 쓴다며, 하얀 종이가 두렵다고 했다. 이른바 '백지의 공포'다.

방법을 바꿨다. 주제만 던져주고 적는 식으로 진행했다. 이건 뭐 장원급제도 아니고, 너무 일방적이었다는 생각이 들어 반성했다. 바뀐 방식은 '문장 치환법'이다. 책이나 신문에서 문장을 따와서 거기의 단어나 동사를 삭제했다. 그러면 사람들이 각자의 생각을 넣었다. 방법은 간단한데 효과가 좋았다. 종이를 받아 든 사람도 부담 없고, 예상치 못한 명언이 나와 사람들의 감탄을 받기도 한다. 글을 적은 본인이 스스로 미리 감탄하기도 한다.

사는 게 글쓰기입니다

작가인 나도 글을 쓰려면 막막할 때가 많다. 그러다 삼천포로 빠져서 허우적대다가 분량은 채웠다고 안심하기도 한다. 그런데 연습이 안 된 사람들에게 종이를 내미는 건 '여기 당신의 수명을 줄여줄 게 있소~' 하는 것 같다.

문장 치환법을 사용하기 위해서 일단은 글을 많이 읽는다. 요즘은 종이 신문을 받아보는 사람이 많지 않은데도, 나는 신문을 보고 있다. 사각거리는 종이 소리가 좋아서 사설이나 칼럼을 펼친다. '어머, 저건 사야 해'가 아니라 '저건 줄 그어야 해'하는 문장이 나오면 가위로 사각사각 잘라서 스크랩 공책에 딱풀로 붙여둔다. 이런 과정들은 귀찮기도 하지만 마치 하나의 문장 수집을 위한 의식처럼 느껴진다. 형광펜으로 눈여겨 본 문장에 줄을 긋고 공책에 '어떤 상황에 쓰면 좋겠다'라는 코멘트도 남겨둔다. 그러면 다음 수업 때 그 공책을 뒤적이다 문장 하나를 끄집어내서 수업시간에 가져간다.

이런 식으로 문장을 모아두니 긴 글 속에 달랑 한 두 줄만 있는 것도 있다. 전체 맥락에서 이해해야 해서 버리지도 못하고 큰 신문을 오려 붙여두기도 한다. 또 긴 글을 쓸 때 비록 가지고 온 문장이 딱 한 줄, 아니 딱 한 단어라 해도 내 눈에는 그 부분만 빛나 보인다. 어떤 때는 한 문장 때문에 글 하나를 완성하기도 한다. 마치 벽에 난 구멍 사이로 보이는 풍경으로 시작해 전체 그림을 보는 것처럼.

마음에 드는 문장을 보면 첫 번째는 글쓴이의 실력에 감탄하고,

두 번째는 그것을 발견한 나를 칭찬한다. 마지막으로는 그것을 멋지게 치환한 학습자에게 감동받는다. 표절 아니냐고 묻는 사람도 있다. '이 세상에 새로운 것은 없습니다!'라고 대답한다. 자신만의 단어로 문장을 바꾸고 나면 표절이 아니라 탄생이 된다는 걸 알기 때문이다. 발표할 때마다, 사람들이 쓴 단어를 보면 그 사람의 인생관과 삶이 담겨 있다. 왜 그 단어를 선택했느냐고 물어보면 알 수 있다. 어떻게 살아왔으며 지금 어떤 상황이고 무엇이 걱정인지를 이야기한다. 그렇게 해서 눈에 띄고 머리에 떠오른 단어 속에 삶의 애환이 녹아 있다. 글을 쓰면서 생각하고 이야기하고 울게 된다. 그 과정을 거친 후에는 속이 시원하다며 슬픔이 사라지는 과정을 경험하게 된다. 내 수업에만 오면 울게 된다고 말하는 것이다.

글쓰기가 두려운 건 나도 마찬가지다. 달까닥달까닥 키보드 소리는 ASMR이다. 문장 치환법으로 멋진 척을 할 뿐이다. 잊지 말아야 할 것은 무엇보다도 멋진 문장을 찾는 것, 그것을 우선순위로 두어야 한다. 오늘도 책을 읽는다. 독서를 할수록 멋진 문장을 만나고 겸손해진다. 잘 쓰기 위해서 많이 읽고 찾아내는 과정이 공부다.

A4 종이는 인생이다. 지금 어떤 글을 적어야 할지 모르겠다면 잘 써진 문장을 필사하자. 그대로 적어도 되고, 단어를 바꿔도 된다. 새로운 인생이 나올 것이다. 가로로 긋느냐, 세로로 긋느냐에 따라 모음이 '글'을 만들기도 하고 '길'을 만들기도 하니까.

사는 게 글쓰기입니다

11

인류 최후의 보루, '글 쓰는 습관'

— 정인구

"생존에 필요한 가장 중요한 것은 쌀이 아니라 글 쓰는 습관입니다."

만약 지구의 종말이 다가온다면, 살아남는 사람 중 절반은 '글 쓰는 사람'들일 것입니다. 왜냐하면 글 쓰는 사람은 어떠한 환경에도 극복할 수 있는 내공을 갖게 되기 때문이지요. '글 쓰는 습관'은 인간이 가져야 할 처음이자 마지막 습관입니다.

책 한 꼭지 1.5매 분량의 글을 쓰는 게 힘듭니다. 분량 채우기 힘든 이유는 글쓰기 습관이 되지 않아서입니다. 제가 학교 다닐 때만 해도 글 쓰는 법에 대한 과목이 없었습니다. 가끔 책 읽고 독후감 써오는 숙제가 있었지만 초등학교인지, 중학교 때인지, 고등학교 때인지 생각나지 않습니다. 유일하게 기억나는 것은 방학 숙제 일기 쓰기가 전부였습니다. 그것도 방학이 끝나기 하루 전, 한꺼번에 몰아서 일기 쓰느라 힘들었습니다. '오늘은 영찬이와 함께 놀았다. 참 재미있었다.', '오늘은 다운이와 놀았다. 참 재미있었다.' 내일, 모레 내용도 똑같고 사람만 바뀌었습니다. 이게 글쓰기 전부였습니다. 글쓰기에 저만큼 관심 없는 사람은 아마 없을 것입니다.

책 쓰기 수업을 듣고, 처음 글을 쓸 때 어떻게 써야 하는지는 몰랐습니다. 글을 다 써 놓고 읽어보면 내가 써 놓고도 무슨 이야기인지 몰라 힘이 빠졌습니다. 글쓰기 코치 조언은 초고는 써 놓고 절대 읽지 말고 다음 글을 이어가라고 하는데, 어디 사람 마음이 그렇습니까? 자꾸 읽게 됩니다. 어떤 때는 깜빡거리는 모니터 커서만 보고 있다가 노트북을 덮은 경우도 한두 번이 아니었습니다. 2018년 제가 처음 책 쓰기를 배울 때는 한 꼭지 분량이 2.5매였습니다. 지금보다 A4 한 장이 더 많았지요. 분량 채우려고 안 돌아가는 머리 굴리다가 머리카락 다 빠지는 줄 알았습니다.

한 꼭지 쓰는 게 만만치 않습니다. 초보 작가의 경우는 더욱 그렇지요. 그런 연유로 책 한 권 출간한 후 한동안 글을 쓰지 않았습니다. 쓰지 않으니, 나한테 죄짓는 기분이 들었지요. 이은대 작가 강의 들을 때마다 '정인구 작가는 강의만 듣고 글은 안 쓴다고' 나무라는 소리가 들리는 듯했습니다. 그래서 우선 글 쓰는 습관부터 만들기로 했습니다. 무슨 일이든 습관을 들이면 지속할 수 있기 때문이지요. 글 쓰는 습관 들이는 방법 3가지를 함께 공유하겠습니다.

사는 게 글쓰기입니다

첫 번째, 일기 쓰기입니다.

제가 진행하는 '아주특별한아침만들기'(미라클 모닝) 모임 진행 목차에 '15분 모닝 저널'(아침 일기) 시간을 넣었습니다. 처음에는 세 줄 감사 일기 쓰기부터 시작했습니다. 지속하려면 쉬워야겠다는 생각이었지요. 처음 얼마간은 감사 일기 쓰는 게 쉬웠습니다. 시간이 지나자, 어제 감사했던 게 오늘 또 감사하고, 또 내일이 되면 똑같거나 비슷한 내용이 반복되었습니다. 감사 일기가 숙제처럼 느껴지고 스트레스가 쌓여 그만두었습니다. 다음에는 '수고 일기'로 주제를 바꾸었습니다. '인구야 오늘 하루 돈 번다고 수고했다'. '인구야 오늘 운동한다고 고생했다'. '인구야 오늘 상사 비위 맞춘다고 수고했다'. 수고 일기도 반복되니 감사 일기와 비슷한 패턴으로 진행되었습니다. 그러다 손바닥 크기 메모 노트에 일기를 썼습니다. 몇 줄 안 써도 되고 일기 쓰는 습관 잡는 데도 유용합니다. 작은 노트에 일기가 차곡차곡 쌓이니 기분이 좋아집니다. 작은 성공 경험에 자긍심도 올라갑니다. 일기 습관이 생겼습니다. 지금은 A5 용지에 일기를 쓰고 있습니다.

두 번째, 손안에 작은 기적, 메모 수첩 활용하기입니다.

'둔필승총(鈍筆勝聰)'이란 '둔한 기록이 총명한 머리보다 낫다'라는 뜻으로 다산 정약용이 한 말입니다. 단순히 기록하는 것이 기억보다 나은 것이라는 표면적인 의미 외에도 기록하면 누구나 성과를 낼 수 있다는 의미입니다. 아인슈타인은 만년필과 종이, 휴지

통 이 세 가지만 있으면 어디든지 연구실이라고 했고 에디슨은 3,400권의 메모 노트를 남겼습니다. 성공한 사람들은 모두 메모광이었습니다.

내 손안에 쏙 들어오는 메모 수첩을 활용하길 권합니다. 요즘 스마트폰, 아이패드, 바인더 등 메모 방법이 다양하지만 딱 손안에 들어오는 메모 수첩이 최고입니다. 휴대가 간편하고 언제 어디서든 메모할 수 있습니다. 일상에서 보고, 느끼고 듣는 모든 순간의 감정을 메모하면 그때 상황을 생생히 기억할 수 있어서 글감으로 더없이 좋습니다. 특히, 여행하는 동안 즐겁고 행복했던 순간의 감정을 잊지 않으려면 메모가 필수입니다. 여행 후 글 쓸 때 참고하려니 생각나지 않아 안타까울 때가 있습니다. 여행 중 메모 수첩에 기록하기 힘들 때는 네이버 '클로바 노트' 앱을 사용하면 좋습니다. 휴대전화로 풍경을 찍고, 말로 녹음하면 글과 말이 동시에 기록됩니다. 컴퓨터와도 연동되어 편리합니다. 메모할 때 번호를(①, ②, ③…⑩) 매기세요. 번호를 매기면 번호를 채우고 싶은 마음이 들고 메모를 풍성하게 채울 수 있습니다.

세 번째, 독서와 독서 노트 작성하기입니다.

저는 독서 노트를 작성하지 않고 책 아래쪽에 메모 형식을 깨달은 것, 적용할 것을 메모했습니다. 그런데 글을 쓰려면 어느 곳에 있는지 찾을 수가 없었습니다. 이은대 작가 글쓰기 수업을 듣고 지금은 줄거리 독서에서 '문장 독서'로 독서 방법을 바꾸었습니다.

① 책을 읽고 마음에 드는 문장을 독서 노트에 그대로 옮겨 적습니다. 이를 초록이라고 합니다. ② 초록을 참고하여 생각이나 경험, 키워드를 메모합니다. ③ ①과 ②를 토대로 문장 독서의 꽃 '나의 어록'을 만듭니다. 이를 바탕으로 한편의 글을 쓰면 됩니다. 독서 노트에 작성한 어록 40개만 있으면 한 권의 책을 쓸 수 있습니다. 6년간 책을 읽었지만 제대로 된 독서를 하지 못했습니다. 줄거리 독서만으로는 글 쓰는 실력이 늘지 않습니다. 독서 노트는 작가에게 보물창고입니다. 글감은 물론 강의안 작성, SNS 콘텐츠 제작 등 유용하게 활용할 수 있습니다.

"생존에 필요한 가장 중요한 것은 쌀이 아니라 글 쓰는 습관입니다."

글 쓰는 능력은 SNS 글이든 기획서든 보고서든, 심지어 수능 시험에 이르기까지 모든 상황에서 두각을 나타내는 데 도움을 줍니다. 에베레스트 정상에 도달하려면 작은 산부터 오릅니다. 서울에서 부산까지 간다면, 앞을 밝히는 헤드라이트만 따라가도 도착이 보장됩니다. 한 번에 많은 것을 하려고 하면 어려울 수 있습니다. 일기 쓰기, 메모 작성, 독서 노트 작성은 글 쓰는 습관을 형성하는 데 유용합니다. 글쓰기 습관은 나를 성장시키고 어떠한 환경도 극복할 수 있는 가장 효과적인 수단입니다.

12

쓰는 사람만 채운다

최주선

처음 글 쓸 때는 규격이고 뭐고 없었다. 블로그나 SNS에서는 분량 신경도 안 썼다. 어느 날, 블로그 포스팅은 1,000자에서 1,500자 정도는 맞춰야 좋다는 말을 들었다. 그렇게 해야 한다고 하니 1,500자 내외는 맞춰볼까 싶었다. 직접 수 세기가 힘들어 글자 수 세어주는 웹사이트를 이용했다. 1,000자를 겨우 맞추거나 세 글자에서 다섯 글자가 모자라 채워 넣는 날도 있었다. 이렇게 쓰는 것도 제법 길게 쓰는 줄 알았다. 분량이 궁금해서 한글 파일에 붙여 넣었다. 글자 1,000자면 A4용지 절반 정도(20줄) 된다. 책 쓰기 강의를 듣고 처음으로 한 꼭지당 최소 1.5매를 채워야 한다는 말을 들었다. 블로그 1,000자 쓰기도 힘들었는데 A4용지 최소 1.5매라니 까마득했다. 할 말이 많을 때는 한 장 가까이는 어떻게든 썼다. 그래 봐야 고작 한 장 조금 넘겨 멈춘 날이 많았다. 마우스 스크롤을 아래로 내려 아래 분량이 얼마나 남았는지 확인하곤 했다.

대체 1.5매는 어떻게 채우는 걸까, 분량을 좀 채워 볼까 싶어 말을 풀어썼다. 분량은 늘었지만, 글이 점점 지저분해졌다. 같은 말을 되풀이하고 있었다. 분명 퇴고할 때 이 지저분한 문장을 다 지워야 한다. 길게 쓰려다 다 잘라내고 나면, 더 짧게 줄어든다. 한 꼭지 분량은 불필요한 단어와 중복을 걷어내고 나서 1.5매를 만들어야 한다. 이렇게 완성된 초고는 퇴고를 거쳐 출판사에 투고한다. 출판사에 보낸 원고를 처음 받아든 사람은 원고를 확인한다. 분량이 들쑥날쑥한 원고, 오·탈자가 많은 원고 등 손이 많이 가는 원고는 채택하지 않을 가능성이 크다. 내 글을 읽지도 않고 규격이나 모양새가 맘에 안 들어 탈락시키면 무척 억울할 것 같았다. 무슨 일이 있어도 분량은 꼭 채워야만 했다. 마음과 달리 분량 채우는 일은 만만치 않았다. 그 탓에 쓰다가 중간에 도저히 머리가 안 돌아가서 파일을 닫아 놓은 채 며칠을 허비한 날도 있다. 물론, 글은 머리로 쓰는 게 아니라 손으로 쓰는 거다. 그러나 대체 무슨 말을 더 어떻게 이어 나가야 하는지가 막막했다.

글을 쓰기 시작한 뒤로 메모한다. 설거지하다가 생각나면 급하게 손의 물기를 닦고라도 쓴다. 청소하다 생각나면 청소기를 멈추고 얼른 휴대전화 메모장에 몇 글자 적어 넣는다. 산책하다가도, 운동하다가도, 책 읽거나 누군가와 대화하다가도 뭔가 생각나면 적어야 한다. 이렇게까지 하는 이유는 글감이 증발하는 경험을 여러 차례 해봤기 때문이다. 글감뿐 아니라, 한 꼭지를 쓰려고 할 때도 반드시 메모부터 시작해야 한다. 일명 '낙서, 끄적이기' 스케치 단계다. 이 단계가 바로 분량 채우기의 첫 단추다. 낙서도 2단계로 나누어서 한다. 첫 번째는 단어 나열이다. 쓰고자 하는 글의 핵심 단어를 나열한다. 그런 후 단어를 문장으로 늘여 적는다. 이제 그 문장에 살을 붙여 제대로 된 문장을 문단으로 채워 나간다.

초고 집필할 때는 손가락 끝에 모터를 달은 듯이 내달려야 한다. 잘 쓰고 못 쓰고가 없다. 일단 분량을 채우는 게 급선무다. 책을 쓸 때 좋은 말을 많이 쓰고 싶다. 근사한 말, 도전받는 말 등 누군가가 내 문장에 밑줄 그었으면 좋겠다는 생각으로 쓴다. 유명 강사의 명언, 베스트셀러 책의 문장, 공자, 맹자, 소크라테스, 예수님의 말씀까지 다 데려와서 써도 몇 줄이면 끝난다. 명언은 그저 인용에 불과하다. 나의 이야기가 아니다. 인용을 바탕으로 내 이야기를 써야 한다. 반드시 '내 경험'과 어떤 '변화'가 있었는지 써야 한다. 글의 가치와 의미도 그 안에 고스란히 담긴다. 대부분 사람은 책 읽을 때 아무 책이나 읽지 않는다. 책을 고를 때도 자기만의 기준이 있겠지만, 제목이나 표지에 끌려야 잡아든다. 내가 관심 있는 분야 혹은 듣고 싶은 누군가의 실패와 성공 이야기에 귀를 기울인다. 분량을 채우기 위해 좋은 경험 한 개와 좋지 않은 경험을 한 개씩 적었다. 이렇게 적었더니 뭔가 구조적으로도 대조되는 느낌이었다. 분량이 좀 적은 것 같아서 각각 세 개로 늘렸다. 경험이 늘어나니 할 말이 많아졌다. 그 경험은 나만 알고 있는 거니까 독자가 이해하기 수월하도록 좀 더 자세히 설명해야 했다.

사는 게 글쓰기입니다

분량을 늘리기 위한 두 번째 방법은 '보여주는 글쓰기'다. 내 경험을 쓸 때 어떻게 쓰면 좀 더 재미있고 이해하기 쉽도록 쓸까 한다면 이 방법이 딱이다. 설명하는 글은 지루하다. 가전제품이나 전자 기기 제품 사용 설명서를 보고 재밌다고 느끼는 사람은 드물 거다. 글 쓸 때는 독자가 쉽게 이해할 수 있도록 친절하게 쓰되 흥미로워야 한다. 책을 읽는 사람이 딱딱한 설명문을 한 권(약 200~300페이지)이나 읽고 싶을까? 나라면 서너 장 보기 전에 책을 덮고 말 거다. 책은 그다음 내용이 궁금해야 계속 읽어 나가게 된다. 흥미도 채워주고 이해도 잘 되는 책, 친절한 글은 '보여주는 글쓰기'가 최고다. 짧게 쓴 설명하는 글에 오감을 풀어냈다.

"춥고 피곤하다"라고 쓴 문장을 "눈이 저절로 감긴다. 흰 노트북 화면이 검은색과 흰색을 오가며 느리게 껌뻑이는 것 같다. 양말을 두 겹이나 신었는데도 동상 걸리겠다. 그냥 이대로 다 때려치우고 뜨끈한 전기장판이 깔린 침대로 쏙 들어가고 싶다."라고 바꿨다.

"배가 고팠다"를 지우고 "뱃속에서 천둥소리가 들렸다. 뭐 먹을 게 있나 가방을 뒤졌다. 평소 아이들 주려고 갖고 다니던 사탕 하나조차 없다. 구글 지도가 알려주는 곳까지 30분이나 걸린다. 그냥 제일 먼저 보이는 음식점에 들어가고 싶었다. 3인분도 너끈히 먹어 치울 수 있을 것 같았다."라고 바꿨다.

"남편이 얄미웠다"를 "요즘 따라 꼴도 보기 싫다. 코까지 골면서 자는 남편을 보니 속에서 천불이 난다. 가서 코를 꽉 비틀어 버릴까 싶었다. 생각만 한 게 아니라 고개 돌려주는 척 만지면서 코를 비틀어 버렸다."라고 바꿨다.

이렇게 쓰니 분량이 점점 늘어났다. 표현을 이렇게 바꿔볼까 저렇게 써 볼까 고민하니 글 쓰는 데 흥미가 붙었다. 오늘 내가 보고 들었던 내용과 겪었던 일을 사진 보듯 구체적으로 옮겨 적었다. 마치 누구라도 같이 상황을 보고 있는 것처럼 말이다. 이렇게 글을 쓰면 독자는 공감할 수 있게 되고 흥미도 높아진다. 어떤 설명을 덧붙이지 않아도 상상하게 된다. 보이는 라디오 같은 글이 되는 거다.

적어도 하루에 2편 이상의 짧고 긴 글을 쓴다. 블로그에 쓰고, 인스타그램에 올린다. 네이버 카페에도 적는다. 브런치 스토리에도 기록한다. 가장 길게 쓰는 플랫폼은 주로 브런치 스토리다. 어디에 쓰든 매일 일정한 분량을 쓰려고 애썼다. 직접 세 보진 않았지만, 약 60일가량 브런치 스토리에 글을 쓰다가 '내가 어느 정도의 분량을 쓰고 있는 걸까?' 갑자기 궁금해졌다. 글을 복사해서 한글 파일에 붙여넣기를 했더니 거의 2매에 가까웠다. 2매를 쓰려고 의도했던 게 아닌데 글의 흐름 타며 최대한 자세하게 쓰려고 하니 분량도 늘었다. 글쓰기 실력을 늘리고 싶다면 매일 쓰기를 추천한다. 처음부터 분량을 많이 쓰려고 하지 않아도 된다. 적어도 매일 쓰다 보면 글에도 점점 분량 근력이 늘어난다. 〈글로다짓기〉 운영을 시작하고 〈글로나짓기〉라는 열흘간의 글쓰기 재능기부를 했다. 열흘간 매일 주제에 맞추어 글을 써서 제출하면 글을 보고 첨삭 및

윤문을 해 주었다. 신기하게도 딱 열흘간의 글쓰기인데, 1일 차에 썼던 글과 10일 차에 썼던 글의 퀄리티는 달랐다. 단 10일이어도 매일 썼고, 쓸 때마다 첨삭해줬다. 회원은 첨삭을 받은 대로 글을 고쳤고, 문장은 짧아지고 글의 분량은 첫날보다 두 배가 되었다. 글쓰기는 매일 해야 는다. 책을 출간하고도 글 쓰지 않는 사람은 스스로 작가라고 말하기 부끄럽다. 매일 써야 작가다. 일단 쓰기 시작했다면 한 편을 마무리 지으려고 애쓰면 된다. 써 보면 안다. 써 본 사람만 말할 수 있다.

3장

어쩌다 작가

01

작가가 되셨군요

———————————————————————— 박정미

수업을 마치고 집에 돌아오는 길 현관문 앞에 작은 택배가 놓여 있습니다. 그걸 보자마자 가슴이 두근거렸습니다. 출판사에서 보낸 책이 도착했습니다. 택배를 주워 드는 손이 살짝 떨렸지만 일부러 태연한 척하며 집어 들고 현관문을 열고 들어왔습니다. 가방을 내려놓고 포장지를 뜯으려 하는데 마음같이 잘 뜯기지 않습니다. 칼을 가지고 와서 잘랐습니다. 보라색 표지가 모습을 드러냈습니다. 얼마 전 출간한 공저 『그 한마디가 나를 살렸다』 실물 책을 드디어 보게 되었습니다.

'숙모, 작가가 되셨군요! 축하합니다. 책 주문 완료.' 조카한테서 카톡이 왔습니다. SNS에 출간 소식을 올렸더니 그걸 본 조카가 연락해 왔습니다. 책 사진도 찍어서 나에게 보내주었습니다.

한동안 연락이 뜸하던 아는 분한테서 연락이 왔습니다. 잘 지내고 있냐며 안부를 묻습니다. 잘 지낸다는 답을 쓰고 그냥 보내려다 말고 고민했습니다. 출간 소식을 알려야 할지 말아야 할지요. 내용 끝부분에 '저 책 출간했어요.'라고 쓰고 책 표지 사진과 함께 카톡을 보냈습니다. 지인이 어떤 반응을 보일지 마음이 조마조마했습니다. 잠시 후 답변이 왔습니다. '조용하더니, 이런 결과물이 나올 줄이야. 사서 읽어 봐야겠어요.'라고 적혀 있었습니다. 그제야 후하고 안도하고, 입꼬리가 올라갔습니다.

책을 출간한 지 일주일 정도 되었습니다. 네이버 검색창에 책 제목을 치면 내가 쓴 책이 나옵니다. 인터넷 서점에 내 이름을 치면 책이 나옵니다. 카톡 프로필 사진을 책 표지 사진으로 설정했습니다.

얼마 전 시댁 형님 내외와 어머님이 집에 방문하셨을 때 조심스럽게 책을 내밀었습니다.

"동서 대단하네. 책을 쓰다니!"

"예 형님…. 열 명이 같이 쓴 책이라 제가 쓴 분량은 얼마 안 돼요."

"무슨 소리야, 일기도 몇 줄 쓰고 나면 쓸 말이 없어 못쓰는데 이렇게 글을 쓴다는 게 어디야!"

형님과 대화를 나누는 사이에 아주버님은 책의 앞뒤 표지와 날개에 저자 프로필까지 꼼꼼히 살펴봅니다. 마음이 또 조마조마해집니다. 어머님께는 책 표지에 있는 내 이름을 짚으며 보여드렸습니다. 안경을 치켜 올리고 유심히 보십니다.

"그래. 거기 있는 것 같네. 나는 눈이 나빠 잘 안 보인다."

다 같이 웃었습니다.

어릴 적 글쓰기를 몹시 부끄러워했습니다. 글짓기 시간이 오면 원고지 앞에서 막막했던 기억이 납니다. 수업 중 글을 써야 할 때는 누가 볼까 부끄러워서 손으로 원고지를 가리면서 썼던 기억도 있습니다. 문예반 활동을 하며 백일장에 나가 상을 척척 받아오던 친구가 있었습니다. 부러웠습니다. 어떻게 저렇게 글을 잘 쓸까 하는 생각에 어린 마음에도 '나와 참 다른 사람이구나' 하는 생각이 들었습니다.

대학 진학 시 과를 선택할 때도 그랬습니다. 국어국문과를 잠깐 생각해 보기도 했는데 나는 글을 못 쓰니까 국문과에 가는 것은 안 되겠다고 생각한 적 있습니다. 글쓰기에는 영 자신 없었습니다.

오래전 독서 모임에 잠깐 참여했습니다. 단체 서평 이벤트에 당첨되었다며 회원들에게 신간을 한 권씩 나눠주고 서평을 쓰게 한 적이 있습니다. 책은 거의 600여 페이지에 달하는 『우리와 당신들』이라는 두꺼운 책이었습니다. 그 책을 읽고 서평 한 편 쓰는 과제를 받고 무척 애먹었던 기억이 있습니다. 살아오면서 글쓰기는 나에게 늘 어렵고 부담되는 일이었습니다.

'어쩌다' 작가가 되었습니다. 아직은 부족합니다. 내 글을 누군가 앞에 내놓기가 부끄럽습니다. 내가 쓴 글이 책에 실리고 그 글을

사는 게 글쓰기입니다

독자들이 읽는다고 생각하니 얼굴이 화끈거리기도 합니다. 자꾸만 '잘 못 썼는데 어쩌지?' 하는 생각이 올라옵니다. 하지만 이제 책으로 되어 이미 나왔기 때문에 더 이상 걱정하는 것은 의미가 없습니다. 지나간 일입니다. 내 손을 떠났습니다. 어찌할 수 없는 일로 전전긍긍하는 것은 어리석은 일이겠지요. 내가 쓴 글로 도움을 받는 사람도 있고 그렇지 않은 사람도 있을 겁니다. 모두에게 인정받는다는 욕심을 내려놓으려고 노력하고 있습니다. 아직도 많이 떨리고 두렵지만 누군가에게 제 글이 읽힌다고 생각하니 좀 더 정성을 담아 잘 쓸 걸 하는 후회가 들기는 합니다.

얼마 전 블로그에 댓글 하나가 달렸습니다. 무려 3년도 더 전인 2020년 5월 31일에 쓴 글이었습니다. 코로나 시기 집에 오래 머물면서 블로그에 글을 썼었지요. 제가 하는 일과 관련된 초등학생이 한자 공부를 하면 좋은 점에 대해 글을 썼었습니다. 그 글을 보고 인근 도서관 평생교육 담당자가 연락해 왔습니다. 한자 수업을 해줄 수 있느냐고요. 3년 전에 쓴 글을 보고 연락이 왔습니다. 강의하기로 했습니다. 글을 썼기에 가능한 일입니다. 내가 가진 지식과 경험을 타인과 나눌 수 있습니다. 내가 쓴 글로 연결이 되었습니다. 글을 쓰는 것만으로 누군가를 직접적으로 도울 기회가 되었습니다.

이제 막 운전 면허증을 딴 초보 운전자처럼 저는 초보 작가가 되었습니다. 운전 연습을 한다고 차를 처음 끌고 도로에 나갔을 때 기억이 납니다. 양손으로는 운전대를 꽉 쥐고 이마에서는 땀이 줄 줄 흘렀습니다. 당시 겨우 첫돌이 지난 아들은 카시트에 앉아 울고 불고 난리가 났었지요. 집에서 친정까지 몇 분 걸리지 않는 거리가 몇 시간처럼 느껴졌습니다. 첫날 연습을 하고, 다음 날 또 연습했 습니다. 매일 운전 연습을 거듭할수록 실력이 좋아졌습니다. 지금 은 두려움 없이 차를 척척 몰고 가고 싶은 곳 어디든 갈 수 있습니 다. 글쓰기도 그러하리라고 생각합니다. 처음에는 서툴지만, 반복 하다 보면 분명 좋아질 것이라 믿습니다.

사는 게 글쓰기입니다

02

삶과 책이 일치되게

— 백란현

시·에세이 한 편을 출간했다. 『어쩌다 작가』라고 책 제목을 붙였다. 경남 지역 초등학생 다섯 명과 책쓰기 쌍방향 수업을 30시간 진행한 결과물이었다.

수업 첫날, 학생들에게 작가가 되고 싶은 이유는 무엇인지 질문했다. "글 쓰는 걸 좋아해서요."라는 대답이 신선했다. 20년째 교사로 일하는 동안 글쓰기를 좋아하는 초등학생은 처음 만났다. '좋아한다'는 단순한 단어에 힘을 느꼈다. 나처럼 그들의 부모도 글 쓰는 사람일까 궁금했다. 어린이 작가들과 시와 에세이를 쓰면서 소감을 들은 적 있다. "매일 선생님과 함께 글을 쓰다 보니 작가가 되었어요. 작가가 될지 몰랐는데 신기해요."라고 했다. "우리 모두 어쩌다 작가 되었네."

쓰는 게 좋아서 작가가 된 아이들은, 종강했지만 오늘도 썼다고 자랑하는 문자를 내게 보내온다. 기특하다. 처음 대답처럼, 이들이 쓰는 걸 좋아한다는 점은 문자를 통해 증명되었다. 초등 5학년으로서 출간한 경험 덕분에 어린이 작가들은 계속 글 쓰는 작가가 될 확률이 높다.

나는 '어쩌다' 작가가 되었을까. 책의 영향이 컸다. 나와 직접적인 친분은 없었지만 평소 책 구입을 좋아했기 때문에 교사들의 출간 소식을 자주 접했다. 나도 책 내고 싶다는 마음이 생겼고 내 경험을 한 권에 풀어 놓았다. 책 덕분에 독자를 만나게 되었다. 독자 중에서는 내게 책의 한 부분을 언급하면서 어떻게 신규교사 시절에 긍정적인 마음으로 일을 했었냐고 대단하다는 이야기도 들었다. 책을 쓴 덕분에 긍정적으로 살아왔다는 것도 확인하게 되었다. 책의 내용으로 쓰지 않았던 지나간 삶도 이제는 긍정적으로 재해석하여 의미를 부여할 수 있는 작가가 되었다. 내 삶에 감사하게 되었다. 내 경험이 가치 있다는 걸 안 덕분이다. 『조금 다른 인생을 위한 프로젝트』라는 제목으로 출간했으니 앞으로도 어제와는 조금 다르게 일상 생활하면서 다른 사람을 돕는 글도 써야 한다.

『교사의 일상과 성장 이야기』로 작가로서 처음으로 인터넷 서점에 이름을 올렸다. 교사로 살다 보면 동료에게 넋두리할 수밖에 없는 속상한 일도 겪는다. 교사 공동체에서 서로 위로도 주고받기를 바랐다. 서로의 교류에 힘입어 학생들 가르칠 때 힘내자는 취지로 집필했다. 처음 같이 책 쓰자고 제안한 대표 저자 선생님에게 고마웠다. 대표 저자와 함께라면 나도 작가 타이틀을 달 수 있겠다는 기대가 생겼다. 비록 핵심 독자를 교사로 잡긴 했지만 만약 이 책을 우리 반 아이들이 읽는다면 내 마음이 무거울 것 같다. 넋두리라는 단어가 제목이 들어가긴 했지만 지금 생각하면 내 글에 독자를 위한 메시지도 더 넣었어야 했다는 아쉬움도 남는다.

첫 책을 썼던 '초보' 작가로 일상을 살았을 때는 내 감정을 그대로 표출하는 것이 작가로서 권리쯤으로 여겼던 것 같다. 그것이 바로 솔직한 글이라고 생각했다. 일부는 맞고 일부는 틀리다. 있었던 일 그대로 적었기 때문에 책을 읽는 교사 독자들과 비슷한 경험을 나눌 수 있는 공감대를 형성했다. 그러나 내가 독자로서 내 글을 정독한다면 그래서 어떻게 하라는 거냐고 물을 수도 있다. 부록 페이지에 추천 도서랑 질문지를 넣어두어 교사 모임에 활용하도록 정성 들였지만 공저자 한 명 분량마다 일곱 꼭지를 다 읽어야 나오는 페이지다.

3월 2일 새 학기 첫날. 네이버 창에 '백란현'을 검색한다. '교사, 작가'로 되어 있고 출간 책이 나열되어 있다. 학생들 앞에 작가라고 밝힌다. 그리고 작가 만났으니 1년간 함께 읽고 쓰자고 제안한다. 작가 담임을 처음 만난 학생들은 호기심 가득한 눈으로 나를 바라보다가 곧 실망한다. 첫날부터 시를 쓰라고 시켰기 때문이다. 아이들은 아무래도 체육 좋아하는 선생님을 선호할 터다. 어쩔 수 없다. 나의 개인 저서에서 매일 읽고 쓰는 삶을 아이들과 함께하기로 적어두었기 때문이다. 독자들에게 '읽고 쓰는 삶'을 함께 하자고 했는데 내가 안 하면 작가로서 약속을 지키지 않게 된다. 학교에서 반 학생들과 함께 읽고 쓰다 보니 나 혼자 실천할 때보다는 꾸준히 진행되었다. 아이들 앞에 작가 삶을 보여준다. 말싸움하는 아이가 있더라도 당황하지 않고 그들의 말과 표정을 관찰한다. 그리고 질문한다. 왜 화가 났는지, 무슨 일이 있었는지. 그리고 그들의 대답을 기록한다. 기록하는 모습을 보고 아이들은 잠시 말을 멈춘다. 서로서로 속상했겠다고, 속상한 내용 계속 말하라고. 너희들 덕분에 선생님은 오늘 쓸거리가 생겼다고…….

네이버 인물에 출간 저서를 등록할 때마다 책임감도 생긴다. 내가 가르친 학생들에게도 내 책 읽어보라고 권할 수 있도록 정성들여 써야겠다. 교보문고에 들른 고3 제자가 카톡으로 선생님 책 찾아봤다고 사진 찍어 보내왔다. 공부로 바쁠 텐데 시간을 쪼개어 내 책을 확인하는 정성에 감사하다. 제자에게 삶과 글로 본보기가 되고 싶다. 책대로 살고, 삶을 책에 담아야 한다.

첫 공저 출간 이후로 힘들다고 징징거리는 내용은 가급적 쓰지 않으려고 노력하고 있다. 힘들다는 내용이 들어간다면 내용에 맞도록 독자를 위한 메시지도 참하게 넣기로 마음먹었다. 오직 독자를 위한 집필이어야 한다.

실제로 힘이 드는데 어떻게 티 내지 않을 수 있는가 궁금해할 수도 있다. 일상에서 받는 스트레스는 네이버 메모장에 마구 갈겨

둔다. 인간관계에서 생기는 서운함을 상대방도 알게 해주고 싶어 작성한 이메일은 발송하지 않거나 발송취소를 누른다. 나는 잠시 후련해지겠지만 상대방이 감정 쏟아부은 이메일을 읽는다면 서로 마음이 무거워질 터다. 감정을 거름종이 없이 그대로 표출하는 것은 상대를 위한 배려가 될 수 없다. 가까웠던 사이가 멀어질 수 있다. 내가 상대방을 소중히 여기는 마음만큼 감정도 절제하여 전해야 된다는 것을, 작가로 글을 쓰면서 알게 되었다.

『쓰면 달라진다』 유튜브 라이브 인터뷰에서 글쓰기 전후 달라진 점은 무엇이냐는 질문을 받았다. 말수가 줄었다고 답했다. 교사인 내가 말수 줄었다는 말에 웃음소리부터 들리는 듯했다. 말 부분에서 작가 '필터'가 생겼다. 상대방의 말을 듣고 관찰하면서 그 사람의 진심이 무엇인지, 나는 어떤 말을 해주어야 할까 잠시 멈추어 생각한다. 그동안 써왔던 책 제목과 내용처럼, 원고를 쓰는 시간이 쌓인 만큼 나의 삶도 긍정적인 생각으로 채우고 있다.

아이 셋 낳기 전까지 작가가 될 것이라고 생각한 적 없었다. 교대 시절 똑똑한 동기들 바라보면서 책을 구입하기 시작했다. 머릿속에 지식을 가득 넣지는 못하지만 내 주변에 책이 있다면 언제나 펼칠 수 있겠다는 마음으로 책 모으는 사람이 되었다. 소장한 책 제목을 언급하면서 알고 있는 척을 할 수 있다고 믿었다.

지금은 작가가 되어 내 경험을 쓴다. 단 한 명의 독자가 읽더라도 나의 경험과 살아낸 삶을 쓰고 있다. 내가 쓴 글 덕분에 다시 시작하게 되었고 용기를 얻었다는 말을 전해 듣는다면 책 쓴 목적을 이룬 것이다.

앞으로 세상에 내어놓을 책은 많다. 오늘의 삶 일부가 미래의 독자를 만난다. 쓰기 위해 내 삶을 점검한다. 하루를 살아가면서 책에 어떤 삶을 담을 것인지 생각한다. 독자를 향한 마음 덕분에, 작가로 살고 있는 오늘만 생각해도 쓸거리 넘친다. 삶과 책이 일치되게 살아간다.

잘 살아야 잘 쓴다

서린

"출간을 축하합니다."

3년 가까이 글쓰기, 책 쓰기 공부하는 카톡 오픈방에 올라오는 책 출간 소식에 늘 기쁜 마음으로 축하했습니다. 책 출간하면 어떤 기분일까? 예비 작가 말고 책을 펴낸 작가, 진짜 작가가 되는 순간 기분이 어떨까? 늘 부러웠고 궁금했고 나도 빨리 책을 내고 싶었습니다.

작가는 매일 글을 쓰는 사람입니다. 맞는 말이지요. 엄마는 매일 육아하는 사람이고, 회사원은 매일 회사 다니는 사람입니다. 운동선수는 매일 운동을 하고, 가수는 매일 노래를 부릅니다. 각자의 자리에서 본연의 업무를 소홀히 하면 안 되겠지요. 작가도 마찬가지입니다. 글을 쓰고 작가가 되고 싶다면 매일 글을 쓰는 것은 당연한 일입니다. 그것이 작가 본연의 일이니까요. 3년 남짓 되는 시간, 오롯이 책을 읽고 글공부했습니다. 책을 사랑하고 글을 쓰는 작가들과 함께하다 보니 저절로 글을 쓰고 책을 출간하게 되었습니다. 어쩌다 작가가 되었지요. 작가의 인생 살기로 마음먹고 라이팅 코치가 되겠다고 결심했습니다. 결단한 순간, 나의 모든 것이 달라졌습니다. 눈빛부터 행동 하나하나 나는 이미 작가가 되어 있었습니다.

"공저 진행합니다. 잘 생각하시고 참여하고 싶은 분은 신청하세요." 매주 목요일 9시에 진행되는 문장 수업이 끝나갈 때쯤 이은대 사부님이 채팅창에 공저 신청서 공지를 올려주었습니다. 신청서가 올라오자마자 1초의 망설임도 없이 신청서를 작성하고 제출 버튼을 눌렀지요. 나는 작가다. 매일 글을 쓰는 작가다. 이 말을 되뇌면서요.

신청서를 제출했다고 무조건 공저에 참여할 수 있는 건 아니었습니다. 많은 경쟁률을 뚫고 선정된 사람만이 공저 프로젝트에 참여할 수 있었지요. 마음속으로 간절히 바라고 원했습니다. 이제나 저제나 선정 소식만 기다리고 있었지요. 하루가 지나고 삼 일이 지났는데도 아무 소식이 없었습니다. 희망을 놓지 않고 기다렸지요. 드디어 문자가 왔습니다. 떨리는 순간입니다. '자이언트 공저 10기 선발된 작가 여러분, 진심으로 환영합니다! 아래 링크 오픈 채팅방으로 실명 입장해주시기 바랍니다.' 드디어 선정되었습니다.

"예스! 예스! 예스!" 간절히 원하면 이루어진다고 했던가요. 문자가 담긴 핸드폰을 꼭 쥐고는 펄쩍펄쩍 뛰었습니다. 한달음에 오픈

사는 게 글쓰기입니다

채팅방으로 뛰어 들어갔지요. 익숙한 이름도 있었고 생소한 이름도 보였습니다. 동기 작가들입니다. 반가웠습니다. 6월 4일 드디어 공저 10기가 위촉되었습니다. 줌에 공저 작가들이 모였습니다. 처음이라 긴장되고 떨렸지요. 두려운 떨림이 아니라 설레는 떨림이었습니다. 이은대 사부님이 축하와 환영 인사를 해주었습니다. 그러고 바로 주제와 일정 안내받았습니다. 1주일 만에 초고를 완성하는 빡빡한 일정이었습니다. 짧은 시간이지만 잘 할 수 있을 것 같았습니다. 무조건 해 내겠다고 다짐하니 자신감이 생겼습니다. 초고부터 1차 퇴고, 2차 퇴고, 짝꿍 퇴고, 마지막 탈고 과정까지 열심히 했습니다. 누가 그랬지요. 출간의 고통은 출산의 고통과 같다고. 힘들었지만 드디어 7월 4일 출간 계약하고, 8월 4일 발매가 시작되었습니다. 이미 아이가 넷이니 이번에 다섯째를 낳은 셈이네요. 두 달 만에 이루어낸 성과입니다. 그렇게 저는 어쩌다 작가가 되었습니다.

많은 사람이 축하해 주었습니다. 가장 먼저 가족의 축하를 받았지요. 그리고 자이언트 식구들의 축하가 이어졌습니다. 기뻤습니다. 공저 참여의 경험으로 성과도 내고 '나도 할 수 있다'라는 자신감을 갖게 되어 뿌듯했습니다. 주변 지인들에게도 책 출간 소식을 알렸지요. 모두 내 일처럼 기뻐해 주고 축하해 주었습니다. 지인 중에 작가가 있다는 것이 믿어지지 않는다며 과하게 놀라는 이도 있었습니다. 하나같이 대단하다고 했습니다.

내 이름이 쓰여 있는 책이 출간되고 이제 네이버에 인물등록을 할 수 있다는 사실만으로도 기분이 좋았습니다. 작가가 되면 삶이 크게 달라질 거라 생각한 적이 있습니다. 바로 보장되는 성공의 가속 페달을 밟고 고속도로를 달릴 것만 같았지요. 현실은 그렇지 않습니다. 어제와 크게 다르지 않았습니다. 달라질 이유도 없고요. 단지 독자를 생각하며 책 쓰는 과정이 즐거웠고, 책이 출간되는 게 기뻤습니다. 서점에서 만난 내 책이 반가웠고, 도움이 되었다는 독자의 말이 감사했습니다. 행복했습니다. 그것이 작가가 되고 글을 쓰는 이유입니다. 다시 담대하게 그리고 묵묵히 개인 저서와 공저 두 번째 책을 써 내려 갑니다. 그게 바로 작가의 삶입니다. 자신의 이야기를 쓰는 작가, 자신의 이야기를 하는 강연가, 제가 걸어가는 길입니다. 작가는 글로 소통하는 사람이지요. 오늘도 독자만 생각하며 글을 씁니다.

글을 아무렇게나 막 써도 누가 뭐라고 할 이유 없고 상처받을 일 하나 없습니다. 그게 초보 작가의 특권이라 했습니다. 책을 하나 내고 나니 이젠 그 특권도 누리지 못할 것 같습니다. 독자를 위한 글, 내 글을 읽고 도움이 될 독자들을 위해 더 잘 써야겠다는 책임감과 의무감이 들었습니다. 작가는 글로 삶을 보여주는 사람입니다. 지금껏 잘 살아왔지만 앞으로 더 잘 살아야 합니다. 넓은 집에 비싼 차를 몰고 다니는 그런 호화롭고 멋진 삶을 살아가라는 게 아닙니다. 사람으로서 도리를 다하고 본질에 충실하며 남을 위해 살아가는 그런 인생 말입니다.

　이은대 사부님이 말씀하셨습니다. 인생 잘 살아야 글을 잘 쓰고, 글을 잘 쓰면 인생 잘 산 거라고 말이죠. 인생을 잘 살아야 한다는 건 모든 사람에게 적용되는 말입니다. 한 번뿐인 인생이니 잘 사는 게 마땅하지요. 그러나 작가는 그보다도 더 잘 살아야 합니다. 나의 글이, 나의 이야기가 누군가에게는 큰 힘이 되고, 다시 일어설 수 있는 동기부여가 될 테니 말입니다. '오늘 딱! 한 사람만 돕자.' 그런 마음으로 글을 씁니다. 나의 글로 누군가의 삶이 변화하고 성장하면 좋겠습니다. 글로, 책으로 세상을 이롭게 하는 선한 영향력을 발휘하는 작가가 되겠다고 다짐해 봅니다. 작가의 삶은 최고의 선택이었습니다.

04

송주하 작가입니다

송주하

    글쓰기 특강을 듣고 작가가 되어야겠다고 결심했습니다. 창원에 있는 모임 공간에서 첫 수업을 들었습니다. 딱 한 번이요. 코로나의 확산세가 심상치 않았습니다. 대구에 있던 한 종교단체에서 기하급수적으로 감염자가 나오던 시기였습니다. 더는 오프라인으로 수업을 진행하기 힘들었던 터라 잠정 중단하게 되었습니다. 당황스러웠습니다. 잠깐이면 될 줄 알았는데, 처음 듣는 바이러스는 우리의 삶에 많은 변화를 가져왔습니다.

    시작도 해보기 전에 끝이 나버린 셈입니다. 언제 시작할지 기약이 없었습니다. 글 쓰는 일이 촌각을 다투는 일이 아니다 보니, 자연스럽게 관심 밖으로 밀려나게 되었습니다. 한참 잊고 지냈습니다. 무려 8개월 동안 말이지요. 그 사이 다리 치료를 받는 일이 생겼습니다. 일주일 정도 반강제로 쉬게 되었습니다. 여유가 많아지니까, 이런저런 생각이 들었습니다. 그때 글쓰기 강의도 떠올랐고요. 등록만 해놓고 손 놓고 있었습니다. 그사이 글쓰기 강의는 온라인으로 바뀌어 있었습니다. 역시 사람은 환경에 적응하는 존재구나 하고 느꼈습니다. 줌으로 수업을 들었습니다. 두 달 정도 수업을 듣고, 글을 써봐야겠다는 생각이 들었습니다. 뭐든 생각만 가지고는 변화를 만들어낼 수 없으니까요. '백번의 생각보다는 한 번의 실행'이라는 좌우명을 가지고 있습니다. 무언가를 시작할 때 도움이 됩니다.

마침 새해가 되었습니다. 뭐든 새해에는 계획을 많이 세웁니다. 그중 하나가 글쓰기였습니다. 새해 첫날부터 초고를 쓰기 시작했습니다. 시작이 어려운 법입니다. 썼던 걸 몇 번이나 지우고 다시 썼습니다. 요령도 없었지만, 걱정이 많이 됐습니다. 누군가 비웃지는 않을까. 이렇게 평범한 이야기를 누가 읽어줄까. 온갖 생각들이 머리를 어지럽게 합니다.

1꼭지에서 한참을 망설였습니다. 그때 글쓰기 선생님이 그러더군요. 아무 일도 일어나지 않는다고요. 지금 걱정하는 모든 일이 기우라는 겁니다. 행여라도 문제가 되는 초고를 썼다고 해도, 글을 수정하는 퇴고 과정이 있으니 걱정하지 말라고 합니다. 하나같이 맞는 말이었습니다. 일단 쓰고 나중에 고치면 되는데, 저 혼자서 검열하고 있었던 겁니다. 스승님의 말에 힘을 받아 다시 초고를 쓰기 시작했습니다. 3~4개월 정도 글 쓰는 일에만 매달렸습니다.

집중력이 중요하다고 느꼈습니다. 책상에 오래 앉아 있는다고 되

는 게 아닙니다. 얼마나 하는 일에 몰입하느냐가 관건입니다. 이것
역시 마음먹기에 따라 달라집니다. 조금은 간절함이 있어야 하는
일입니다. 스스로 마음을 다잡는 각오도 필요하고요. 주어진 하루
는 누구에게나 공평하니까, 몰입에 따라 결과가 달라진다고 생각
합니다.

　초고가 완성되던 날, 드디어 해냈다는 생각이 들더군요. 하지만
좋은 건 잠시였습니다. 무시무시한 퇴고가 남아 있었습니다. 그냥
막 쓴 게 초고라고 말씀드렸지요. 그 글을 다시 보는데 심란해집니
다. 내가 이렇게 글을 못 썼나 싶습니다. 기본적인 어휘도 틀리게
써 놓은 걸 보면서 스스로 실망하기도 했고요. 무려 40꼭지나 됩
니다. 글을 고치면서 다듬는 일이 예삿일이 아니었습니다. 나중에
는 눈이 빠질 듯 아프더라고요. 근데 이게 한 번에 끝나는 게 아닙
니다. 2차 퇴고를 다시 해야 합니다. 지난한 시간입니다. 고친 게
오히려 이상하다고 느껴질 때는 기운이 빠지기도 합니다. 더 좋은
아이디어가 안 나올 때도 마찬가지고요. 그러다가 탈고합니다. 탈
고는 완벽해서 끝내는 게 아니라고 했습니다. 그냥 멈추는 겁니다.
고치는 일은 끝이 없습니다. 이 정도로 만족하고 마무리하는 거지
요. 그다음 출판사에 원고를 보냈습니다. 이걸 투고라고 합니다.
생소한 단어를 쓰고 있으니, 괜히 벌써 작가가 된 듯한 기분이 듭
니다. 사람이 멈출 때를 안다는 게 중요하더라고요. 우리는 보통
완벽한 걸 바랍니다. 하지만 어떤 일이든 부족한 부분이 있게 마련

입니다. 대충하는 것과는 다른 이야기입니다. 할 수 있는 만큼은 애쓰고, 조금 모자랄 수 있다고 인정해야 한다는 의미입니다. 사람이 어떻게 완벽할 수 있겠습니까. 조금씩 채워가는 거지요. 그런 마음으로 탈고했습니다.

오래 걸렸습니다. 출간 계약이 될 때까지요. 살면서 거절을 그렇게 많이 당해보기는 처음입니다. 결이 안 맞다. 검토해봤지만 출간까지는 조금 무리가 있다. 우리 출판사는 과학을 전문으로 하는 곳이다. 갖가지 거절 메일들이 도착합니다. 정중하게 보내면 그나마 나은 편입니다. 뼈 때리는 말을 하면서 거절하는 출판사도 있습니다. 어디가 부족하다고 콕 집어주면서 말이지요. 한두 번이야 그럴 수 있다고 넘길 수 있습니다. 하지만 이게 계속되니까 기운이 저절로 빠집니다. 공들여 쓴 원고가 세상에 빛도 못 보는 건 아닌가 하고 걱정이 됩니다. 심기일전해서 다른 출판사에도 메일을 보냅니다. 차라리 거절 메일이 올 때가 좋았다 싶을 때도 있습니다. 아예 답장조차 안 하는 곳도 많았거든요. 혼자 마음의 상처를 수없이 받았습니다. 내 글의 현주소를 안 듯한 기분이 들었습니다.

다 포기해야 하나 싶을 때, 기적처럼 한 출판사가 나타났습니다. 뭐라 뭐라 계약 조건을 말합니다. 들리지 않습니다. 금액이 어떻든 이익이 몇 퍼센트든, 저에겐 아무 상관이 없었습니다. 오로지 출간해준다는 것만으로도 감사가 넘쳤거든요. 아무것도 따지지 않고 출판사에서 시키는 대로 했습니다.

예상보다 조금 길어졌지만, 2022년 2월에 첫 책이 나왔습니다. 드디어 '작가'가 되었습니다. 인터넷에 제 이름이 뜹니다. 눈을 비벼서 다시 확인했습니다. 송주하가 확실합니다. 네이버에 검색했을 때 내 이름이 뜬다는 사실이 믿어지지 않았습니다. 입꼬리가 계속 씰룩거립니다. 신기해서 바로 주문했습니다. 서점에 가봤습니다. 검색하니까 제 책이 있습니다. 서점 어딘가에 내 책이 있다고 생각하니까 기분이 묘합니다. 소비자 신분에서 생산자 신분으로 바뀐 겁니다. 서점에 있는 사람들에게 내가 쓴 책이라고 얼마나 소리치고 싶었는지 모릅니다. 책이 바닥 쪽에 진열되어 있습니다. 슬그머니 집어 잘 보이는 곳에 꽂아두었습니다. 자식 같다는 말이 이해됐거든요. 우리 아이만 소외되고 있는 것 같아 신경 쓰였습니다. 많은 사람이 좋아해 주면 좋겠다고 하면서 옷으로 표지를 닦았습니다.

첫 책을 출간하고, 바로 공저를 쓰게 되었습니다. 그 뒤로는 경험을 쌓는다는 마음으로 전자책도 한 권 쓰게 됐고요. 일 년 뒤에 다시 개인 저서를 출간했습니다. 그 뒤로 공저 한 권을 더 쓰게 됐습니다. 어느덧 매일 쓰는 삶을 살고 있습니다. 쓴 만큼 결과물이 나오고 있고요.

첫 책은 오로지 작가가 되겠다는 일념으로만 달렸습니다. 글 쓰는 시간이 늘어나고, 책의 권수가 늘어나면서 생각이 조금씩 달라졌습니다. 내 이익만 생각하면서 글을 쓰는 건 의미가 없더라고요.

사는 게 글쓰기입니다

책이 진짜 가치가 있으려면, 독자에게 하나라도 도움이 되어야 합니다. 누군가를 변화시키는 일을 책이 해낸다면, 그보다 더 귀한 일은 없습니다. 물론 아직도 쓰다 보면 가치는 잊어버리고, 쓰는 행위에만 집중할 때도 많습니다. 그럴 때는 다시 본질을 생각해 보려고 애쓰기도 합니다. 이왕이면 나의 글이 누군가의 마음에 닿아, 위로가 되었으면 좋겠습니다.

오늘도 글을 씁니다. 마음을 전달할 때는 방법도 중요하니까요. 내가 가진 생각을 온전히 다 표현할 수는 없습니다. 글도 연습해야 더 원활하게 소통할 수 있다고 여깁니다. 그러기 위해서는 매일 연습하는 게 최선이겠지요. 작가입니다. 작가는 명사가 아니라 동사라는 글쓰기 스승님의 말을 기억합니다. 작가는 책을 낸 사람이 아니라, 매일 글을 쓰는 사람이라는 의미입니다. 그 말을 나침반 삼아 꾸준히 나아가고 있습니다.

05

글에는 氣가 있다

─────────────────────────────── 이은설

'내가 작가라고? 어쨌든 공저지만 책을 냈잖아.'

공저를 다섯 권 냈지만, 작가라는 실감은 나지 않는다. 6년 전 서울 와서 영등포 50플러스 센터에서 글쓰기를 배운 적이 있다. 그때 나는 글을 겨우 몇 꼭지 내고 공저를 출간했다. 이미 본인의 책을 몇 권씩 출간해야 작가로 보였다. 사람도 격이 있듯이 작가도 격이 있다는 생각이 든다. 세상 사람들에게 영향력을 행사하는 작가들 소위 거장들이다. 작가라는 거창한 타이틀보다는 그냥 글을 쓰고 싶을 때, 내가 전하고 싶은 말이 있을 때, 끄적거리는 정도로 나를 표현하고 싶었다. 그날 하루 있었던 일을 일기로 쓰고, 블로그에 매일 한 꼭지 글 쓰는 작가가 되고 싶었다.

살아가면서 누굴 만나느냐에 따라 인생이 좌우된다고 생각한다. 요양보호사를 하며 많은 사람을 만났다. 방문 요양보호사를 할 때

다양한 사람을 만날 수 있었다. 방문 요양에서는 요양보호사를 인격적으로 대우하는 분을 만나고 싶다는 바람은 늘 가지고 있었다. 간절하면 이루어진다는 사실을 한 번 더 체험하게 되었다. 첫날은 센터장과 함께 인사만 드리고 왔다. 이튿날 출근해서 그 댁 상황을 파악했다. 그리고 내가 도울 수 있는 부분을 확인했다. 할아버지는 인지가 좋은 편이고 보호자인 며느리는 항상 바빴다. 뭔가 작은 보탬이라도 되어 드리고 싶었다. 요양보호사의 역할에 대해 알고 있는 분이었다. 특별히 요구하는 것은 없었다. 할아버지 점심상만 봐주면 된다고 했다. 바빠도 낮에 점심메뉴를 가르쳐 주고 알려 주었다. 나를 만나지 못하면 전화로 소통하면서 할아버지 점심 준비에 불편함이 없도록 해주었다. 집 안에 청소기를 돌리는데 할아버지 방만 돌릴 수 없었다. 청소기를 든 김에 주방과 거실도 함께 청소했다. 한 달에 한두 번만 청소한다고 했다. 눈에 보이는 곳은 전부 닦았다. 할아버지 방 목욕탕 유리를 닦을 땐 안방 목욕탕 유리도 함께 닦았다. 할아버지 방 유리 창틀을 닦으면 세탁기 두는 베란다 창틀도 닦았다. 할아버지 케어가 끝나면 보호자 손이 닿지 않는 구석구석을 청소했다. 집은 나날이 깨끗해졌다. 할아버지도 아줌마 덕에 집이 반짝거린다고 하시며 표정이 환해졌다. 할아버지와 보호자가 좋아하니 신이 났다. 소파의 묵은 때를 지우기 위해 왁스를 사용했다. 스프레이로 된 왁스는 소파를 반짝반짝 광이 나도록 했지만, 바닥을 미끄럽게 했다. 손녀들이 와서 바닥에 미끄럼을 타고 놀았다고 했다. 비누로 몇 번이나 바닥을 닦아내니

미끄럽지 않았다. 하루에 많은 일을 한꺼번에 하지 못하지만 조금씩 청소했다. 보호자는 내가 하지 못하는 일을 해 줘서 고맙다고 했다. 시간이 남으면 소파에 앉아서 책 읽으라고 말했다. 감사했지만 내가 이런 대우를 받아도 되나 하는 생각마저 들었다. 어떤 날은 할 일 다 했으면 어서 퇴근하라고 했다. 이때는 공단 근무가 아니라, 비급여로 본인 부담하는 시간이었다. 돈을 들여 사람을 고용하고 30분이나 한 시간 미리 퇴근하라고 할 때는 내가 빚진 느낌이 들었다. 감기 기운으로 병원에 다녀오던 날은 오늘 할 일 다 했으면 빨리 들어가서 쉬라고 했다. 얼마나 감사했는지 모른다. 진수성찬보다 목마를 때 물 한 모금이 귀하다고 생각하며 퇴근했다. 나는 보호자님께 입은 은혜를 어떻게 갚아야 하나 생각했다.

할아버지 반찬을 하면서 조금 넉넉하게 했다. 남은 것을 드시고 맛있었다 했다. 다음에는 좀 많이 해달라고 하기도 했다. 냉장고에는 재료가 넉넉하게 있고 양념이 늘 준비되어 있어서 어렵거나 힘들지 않았다. 특별한 재주나 솜씨가 아니라 마음이 편안한 상태에서 음식을 만들 수 있어서 정성을 기울일 수 있었던 것 같다. 생선조림을 했는데 엄마가 만든 맛과 어쩜 이렇게 똑같으냐고 말도 안 된다면서 아이들과 맛있게 잘 먹었다고 했다. 어쩌다 보호자가 집에 있는 날은 식구들 반찬을 만들었다. 내가 블로그 하는 것을 알고 사진 찍고 글을 쓰라고 했다. 포스팅할 글감이 풍성했다. 그뿐만 아니다. 집에서 하기 귀찮은 머리 염색을 두 번이나 함께 할 수

사는 게 글쓰기입니다

있었다. 보호자는 내가 염색하는데 같이 하자고 했다. 친구처럼 이렇게 하면서 노는 거지요. 의자에 앉으라 하고는 내 머리 염색을 다 하고 본인 염색을 했다. 농장에서 재배한 농산물을 나눠 주시기도 하고 반찬을 만들어 담아 주시기도 했다.

내가 처음이자 마지막으로 다시는 만날 수 없는 귀한 분을 만난 것 같았다. 사정상 그 댁을 7월 말로 그만두게 되었다. 선생님 같은 사람을 못 만날 것 같다고 했다. 나는 사모님 같으신 분을 만난 것이 복 받은 일이라고 했다. 잡고 싶지만, 더 나은 곳으로 가시니 잡을 수가 없다며 아쉬워했다 서로가 헤어질 때 아쉬운 사람으로 남을 수 있다는 것은 서로에게 감사한 일이다. 끝이 좋아야 모든 게 좋다고 한다. 석 달 정도 근무했다. 그동안 근무 시간도 자유롭게 할애해 주었다. 할아버지 점심만 차려 드리면 되니까 오전이나 오후에 편한 대로 근무하라는 배려까지 아끼지 않았다. 살아가면서 좋은 분을 만나는 것은 복 받은 일이다. 나는 복 받은 사람이라 생각했다.

좋은 기운으로 보호자에 관한 내용을 블로그에 썼다. 기분이 좋았다. 물론 좋은 내용 좋은 이야기를 쓰니 당연하다 생각할 수도 있다. 좋은 마음으로 글을 쓰니 우선 내가 행복했다. 나를 행복하게 만들어 준 분을 생각하니 저절로 감사한 마음이 생겼다. 코로나에 걸려 출근을 할 수 없었다. 자가 격리가 권고 사항이지만, 외출하지 않고 집에서 글을 포스팅했다. 그냥 내가 좋아서 있는 그대로 솔직하게 올렸다. 이심전심이 통했을까. 포스팅했다는 소리도 하지 않았는데, 블로그에 댓글이 달렸다. 부족한 사람 좋게 평가해 주어서 고맙다고 했다. 좋은 생각을 하면 좋은 기운이 생기는 것을 체험했다. 평소에 행복한 마음으로 근무할 수 있었다. 당연히 글도 행복한 마음으로 썼다. 글을 본 이웃들이 댓글을 달았다. 답글을 쓰면서 역시 글에도 기운이 있다는 것을 느꼈다.

작가는 타인과 세상을 위해 글을 쓰는 사람이다. 아직은 세상을 위해 거창한 글을 쓸 줄 모른다. 나의 소소한 일상을 매일 일기장과 블로그에 쓰면서 하루를 마무리하는 정도다. 다이어리를 쓴 지는 19년이 되었고 한쪽 일기를 쓴 지는 일 년 반 정도 되었다. 매일 렉처 독서법을 포스팅한 지는 161일이 되었다. 하루아침에 이루어지는 일은 아무것도 없다. 성공하기 위한 조건은 시작하고 계속하고 끝까지 하는 것이라 했다. 사람을 향해 좋은 생각을 하고 좋은 글을 쓰면 세상을 이롭게 하지만 궁극적으로 나를 이롭게 한다. 글쓰기 선생님은 잘 쓰기 위해서 잘 살아야 한다고 말씀하셨다. 돌아보니 잘 살고 나니 잘 쓸 수 있었다. 문득 글쓰기는 인생이라는 생각이 든다. 처음에는 당연히 어렵고 힘든 길이다. 인생 또한 쉬운 일이 있을까. 법륜 스님은 말씀하셨다. "배가 고픈 사람은 배부른 사람이 보살펴야 하고 병든 사람은 건강한 사람이 돌봐야 합니다. 배우지 못한 사람은 배운 사람들이 돌봐야 합니다. 우리 사는 삶에는 특별한 의미가 없습니다. 인생은 의미가 있어야만 사

사는 게 글쓰기입니다

는 게 아닙니다. 그냥 사는 것입니다. 우리 인생은 길가에 핀 한 포기 풀꽃과 같습니다. 길가의 풀처럼 그냥 살면 됩니다."

　세상 사는 일 모두가 어렵고 힘들다고 한다. 세상살이 힘든 일 글로 녹이고 힘들어하는 그 사람들에게 작은 위로가 되었으면 좋겠다. 아기가 태어날 때 세상 살아갈 준비 다 하고 태어난 것 아니지 않습니까. 글쓰기 선생님의 힘찬 목소리가 들리는 듯하다.
　잘 살아야 잘 쓸 수 있다. 잘 사는 모습, 잘 쓰는 모습이 담긴 글. 눈에 보이지 않는 소중한 기운을 전하는 그런 작가가 되고 싶다.

06

작가의 향기

— 이은정

뇌종양 진단받고, 딱 3일 동안 먹먹했습니다. 깊은 생각 끝에 결심했지요. 만일 내가 사막 한가운데 서 있다면, 그 때문에 어디로 갈지 단서조차 찾을 수 없다면, 또는 그 자리에 계속 서 있을 수도 어디론가 향할 수도 없다면, 어떻게 해야 할까. 신이 있다면 내게 준 선물이야. 그동안의 업적을 글로 남기고 죽자고 다짐했지요. 내가 가야 할 길이 어디인지, 어디로 향하는지 찾고 싶었거든요. 배낭 메고 훌쩍 여행을 떠날 수도 있었지만, 단연코 책을 쓰기로 했습니다. 막막한 현실 앞에서, 방향을 짐작조차 하지 못해 헤매고 싶지 않았거든요. 먼저 어떤 주제로 책을 쓸지 고민했습니다.

'나와 비슷한 상황에 있는 사람들을 위해 내 이야기와 그동안의 경험을 글로 엮어내자. 그들에게 도움이 될 수 있다면 까짓거 다 나눠주지 뭐.' 집필을 시작했습니다. 내 이야기를 쓴다는 것이 만만한 일은 아니었어요. 차라리 걷는 것이 쉬웠죠. 책 쓰면서 알게 되었습니다. 난 어디서 걸어왔고, 지금 어디에 서 있으며, 이제 어디로 걸어가야 할지를. 쓰면서 현재를 점검합니다. 앞으로 삶의 방향에 대해 성찰도 하고요. 과거와 현재와 미래는 각각 다른 시간개념이 아닙니다. 맞아요. 하나의 선상에 있지요. 그 큰 세 점을 잇는 것이 삶이죠. 글쓰기란 그 세 점을 이어 가야 할 목적지로 안전하게 인도하는 안내자이자 나침반이었습니다.

작금의 현실에서 글쓰기가 북한산 둘레길 걷기보다 수월한 건 결코 아니었어요. 북한산 둘레길은 걸으면 걸을수록 목적지에 가까워지죠. 그러나 글쓰기는 쓰면 쓸수록 산 넘어 산이었습니다. 일단 쓰기로 마음먹고 목차를 기획했지요. 일단 써 내려갔죠. 논문이나 보고서를 쓰는 건 그나마 쓰겠는데, 내 이야기는 답이 없었지요. 한 줄 쓸 때마다 '괜히 시작한 것은 아닌가?'라는 후회와 갈수록 어려워지는 과정에 그만둘까도 했지요. 순간순간 해결해야 할 어려움이 이렇게 많은 줄 몰랐거든요. 하지만 일단 시작했으니 끝내기로 마음을 고쳐잡고 매듭 짓기로 했습니다. 모든 기운을 모았습니다. 종양도 안아주기로 했기에 문제 될 게 없었지요. 드디어 2017년 가을. 첫 개인 저서를 출간했습니다. 투병 중이라 출간의 기쁨은 말로는 다 표현할 수 없었습니다.

친구가 사서로 있는 김해에 내려가 도서관 투어를 진행했습니다. 저자특강과 함께 책을 안내했죠. 삼삼오오 모여 강의를 들은 후, 책을 들고 줄을 섭니다. "작가님! 사인해주세요!" 그동안 들었던 교수님, 선생님, 박사님, 코치님, 도반님이라 불리던 호칭이, 이제 '작가님'으로 바뀌는 순간이었죠. 그때까지만 해도 듣기 좋은 말이었습니다. 그 후 제주에서의 저자사인회를 마치고, 광화문에서 지인들을 초대해 출간기념회를 했습니다. 일본 국제 걷기대회에 참가했을 때 만난 주무관이 달려와 축하해줍니다. "박사님! 이제 작가님이라고 부를게요!" 아! 순간, 얼굴이 발그스레해집니다. 입꼬리는 올라가고 눈꼬리는 내려와 마치 하회탈 같습니다. 온몸에 전기가 통하는 것처럼 바르르 떨리기까지 했지요. 내 안에 작가의 향기가 나는 그날을 잊을 수가 없습니다.

매일 글을 씁니다. 내 글을 기다리는 한 사람의 독자를 위해서! 읽고 쓰는 삶을 살겠다고 결정했죠. 어떤 글을 쓸지를 매 순간 고민하고 연구하고 궁리합니다. 매일 루틴으로 장착한 습관이 있습니다. 글쓰기 습관이 작가의 수명을 좌우하니까요. 첫째, 매일 일기를 씁니다. 특히, 일어나자마자 일기를 씁니다. 정해진 분량을 채우죠. 하루의 시작이 달콤합니다. 둘째, 매일 한 줄이라도 책을 읽고 독서 노트를 씁니다. 쓰는 방법은 다양합니다. 어록 노트, 칼럼 노트, 메모 노트, 필사 노트, 생각 노트 등등. 나만의 보물 창고랍니다. 셋째, 매일 블로그에 한 편의 글을 탑재합니다. 글쓰기에 관하여 사람들에게 하고 싶은 말과 개인적으로 오랜 세월 나의 멘탈

사는 게 글쓰기입니다

을 관리해준 명상에 관한 내용을 중심으로 게시하죠. SNS 시대에 내가 선택한 유일한 소통의 도구죠. 차츰 다양한 포털을 활용할 계획입니다. 세상의 흐름에 맞게요. 작가는 세상의 변화를 읽을 줄 아는 혜안을 가진 사람이라고 생각하거든요. 지금이라는 세상은 초경쟁 시대입니다. 남보다 잘 쓰는 작가가 아니라 남과는 전혀 다른 '나다운 작가'가 되고자 합니다. 궁극엔 이 세상에 둘도 없는 근원(오리진)으로서 나를 창조하는 작가이기를 소망합니다. 매일 글을 쓰면서 내 삶을 따뜻한 눈으로 돌아봅니다. 막막했던 과거와 현재의 고통에서 벗어나게 되었고, 미래를 향해 나아갈 수 있는 용기가 생겼지요. '작가'로서의 삶이 기대됩니다. 가슴 저편에서 아련하게 소리가 들립니다. 바로 나의 진군을 알리는 북소리!

'나다운 작가'로서의 소임을 다하기 위해 세 가지 '미'의 원칙을 세웠습니다. 흥미, 재미, 의미입니다.

첫째, 사람들이 독서와 글쓰기에 흥미를 갖게 하는 방법을 고민합니다. 물론 책이 재미있으면 제일 좋지만, 다양한 분야의 책을 읽기 때문에 장담할 수는 없습니다. 다만, 만나는 사람들에게 적어도 독서에 대한 기대감을 주기 위해 꾸준히 탐구하고 시도하고자 합니다. 독서와 글쓰기에 흥미를 느낄 수 있도록 돕기 위해 개인적으로도 공부를 지속해야겠지요.

둘째, 독서나 글쓰기는 재미있어야 합니다. 재미는 내가 유머를 구사한다고 생기는 게 아니지요. 듣고 보기만 하는 글은 지루합니다. 그들이 참여할 수 있도록 동기부여를 해야겠죠. 온라인에서의 활동은 제약이 따릅니다. 안 되면 되게 해야겠지요. 함께 독서하고, 나누고, 글을 쓰도록 격려하는 일이 작가로서의 소임이니까요. 직접 참여하는 즐거움을 경험하게 도와야겠지요. 책을 읽고 글을 쓰는 동안 새로운 관심과 흥미를 발견할 수 있도록 말이지요. 내 가슴 속에 짓이겨진 채 널브러진 나의 스토리가 얼마나 아름답고 고귀한지.

셋째, 독서와 글쓰기에 의미를 부여하는 것입니다. 그저 자기 계발로 끝나게 두지 않는 거죠. 사람들에게 더 큰 의미와 가치를 갖도록 자기 삶과 연결하여 배움의 순간이 되도록 도우려고요. 아무래도 나의 삶에 적용하는 과정을 거치면 읽고 쓰는 삶의 의미와 가치가 사람들의 마음에 더 오래 기억될 수 있으니까요. 좁은 목표에 갇혀 있던 삶에서 무한한 가능성의 삶으로 전환할 수도 있음을 몸소 보여주리라 다짐합니다.

인간은 태어날 때 재능이 적힌 돌멩이 하나를 쥐고 나온다고 합니다. 살아가면서 주먹을 펴는 순간, 손에 쥐고 있던 돌멩이를 놓아버리거나 놓쳐버리죠. 선물인 줄도 모르고요. 나중에야 이 선물을 찾느라 평생을 헤매는 사람들이 많다는 우화입니다. 나에게 주어졌던 선물을 찾아내는 것이 어쩌면 일생일대의 과제라는 의미겠지요. 나다운 작가가 된다는 것은 이처럼 본래의 모습을 알아가는 것, 혹은 본래의 모습을 찾아내는 것이지요. 나를 찾기 위해 시도

사는 게 글쓰기입니다

해 볼 방법은 많습니다. 저라면, 단연코 글쓰기죠. 글쓰기는 생각했던 것보다 훨씬 많은 선물로 내 모습을 찾아주었으니까요.

07

6월 23일 천안 교보문고

이현주

비상금을 털었다. 거금 이백만 원, 통장이 텅장(텅 빈 통장)이 되는 순간이었다. 2022년 10월과 11월, 두 번의 무료 특강을 들었다. 결심은 단단했지만 여전히 '나'를 믿지 못했다. 결제하는 순간에도 의심병이 돋았다. 오백 명이 넘는 많은 사람이 작가가 됐다고 했다. 쓴다면 무조건 출간된다고. '쓴다면'이라는 단어가 마음에 걸렸지만 하고 싶었다. 일단 저질러 보는 거다. 두 눈 딱 감고 결제 버튼을 눌렀다. 2022년 12월 자이언트 북 컨설팅 책 쓰기 정규과정에 등록했다.

온라인 강의실, 화면을 가득 채운 사람들. 책 쓰기에 이렇게 관심이 많다니. 몇 명 없을까 봐 걱정했는데 쓸데없는 생각이었다. 자세를 바로 하고 강사의 말 한마디, 한마디에 집중했다. '어떻게 하면 빨리 작가가 될 수 있을까?' 머릿속엔 온통 그 생각뿐이었다.

글 잘 쓰는 실력? 생각하지 않았다. 오로지 출간하고 싶은 욕심만 컸다. 마음이 조급했다. 스스로 계획하고 집중하는 것에 약하다. 아무래도 혼자서 하는 건 무리가 있었다. 2016년 처음 책을 읽을 때도 그랬다. 습관을 만들고자 독서 모임에 참여했다. 읽을 수밖에 없는 상황을 만드는 것. 글쓰기도 그래야 할 것 같았다.

한 주제로 여럿이 함께 쓰고 책을 출간하는 '공저' 궁금했다. 참여하고 싶었다. 개인 저서를 쓰기 전, 공저로 초고부터 퇴고, 출간까지 경험하고 싶었다. 기다리던 공저 모집 안내가 나온 순간, 망설이지 않고 신청서를 제출했다.

며칠 후 '자이언트 공저 8기'에 선정됐다는 문자를 받았다. 웃음이 나오는 걸 감출 수 없었다. 2월 11일 공저 8기 오리엔테이션. 책의 주제와 제목, 목차에 관한 이야기, 전체 일정도 안내받았다. 작성 방법과 글쓰기 주의사항에 대해서도 꼼꼼하게 메모했다. 설명을 들을수록 설레기도 했지만, 자신감도 떨어졌다. 공저로 한배를 타게 된 9명의 작가를 바라봤다. '끝까지 잘할 수 있을까?'란 질문을 했다. '잘'이란 물음에 자신 있게 대답하기 어려웠지만 다른 사람들이 했다면 나도 할 수 있다고 파이팅을 외쳤다. 60여 명의 지원자 중 선정된 10명. 그중에 한 사람, 세상에 그냥 일어나는 일은 없다는 말처럼 내가 선정된 것에는 분명 이유와 의미가 있을 거라고 생각했다. 쓸 수밖에 없는 글, 책 쓰기가 시작됐다.

단체 카톡에 십 분이 멀다 하고 글이 올라왔다. 잘해보자, 할 수 있다, 함께해서 다행이다, 같이 하니 좋다 등등. 응원의 말들 나도 썼다. 스치면 인연이라는데 한 팀이 되었으니 얼마나 대단한 인연인가. 누군가가 나를 지지하고 응원해 준다는 느낌, 글을 읽을 때마다 미소를 지었다.

1인당 다섯 꼭지의 글을 쓰면 된다. A4 용지로 따지면 단면으로 최대 10장이다. 책 쓰기 강의에서 배운 그대로 썼다. 다른 방법은 몰랐다. 그저 배우고 익히고 연습한 대로 썼다. 할 수 없을 것 같았던 글쓰기, 한 줄 한 줄 쓰고 있었다. 함께하니 가능했다. 분량을 채우기 위해 마구잡이로 쓴 초고를 읽을 때는 눈을 반쯤 뜨고 곁눈질로 봤다. 부끄러웠다. 한 번, 두 번 고치고 다듬는 과정을 거치면서 왜 '퇴고'가 글쓰기의 꽃인지 깨달았다. 최종 짝꿍 퇴고를 마쳤을 때는 내가 쓴 글이 조금씩 빛을 내기 시작하는 것처럼 느껴졌다. 출판사에 원고를 보내기 전 마지막으로 읽었다. 흩어지는 모래알이 바닷물을 만나 단단해지는 느낌. '잘했다! 결국 해 냈구나' 뿌듯했다.

5월 2일 KTX를 타고 난생처음 대구에 갔다. 10명의 작가가 모여 출간 계약을 했다. 설렘과 기쁨, 서로에 대한 감사함, 종일 웃었다. 잠들기 전까지 핸드폰이 반짝였다. 자이언트 북 컨설팅을 만나고 6개월 만에 일어난 일이다.

내 책이 세상에 나온다는 기대. 매일 흥분의 도가니였다. 아침부터 밤까지 이어지는 즐거운 수다. 공저에 함께한 작가들, 직접 만나고 오니 더 끈끈해졌다. 관계에 능숙하지 않았다. 낯가림도 있어 만나는 사람도 손에 꼽는다. 그런데 대구에 다녀오고 만남과 관계에 관한 생각이 조금 바뀌었다. 같은 꿈을 향해 함께 나아가는 사람들, 공동저서는 그야말로 신세계였다.

드디어 『오늘이 전부인 것처럼』이 세상에 나왔다. 미친 듯 소리치고 싶었다. '내가 썼어! 내 책이야!' 그럼에도 맘껏 표현하지 못했다. 다들 쓰는 책, 유난하다고 할 것 같았다. 최대한 조용히, 아무렇지 않은 듯 담담히 말했다.

'나 책 썼어! 내 책이야.'

책을 출간했다는 말에 주변 사람들이 놀라워했다. 독서 모임에 갈 때부터 알아봤다는 말, 가장 많이 들었다. 살면서 이렇게 많은 축하와 칭찬을 받아 본 적이 있었나 싶을 정도로 좋았다.

일상이 변했다. 어색해 제대로 말하지 못했던 '작가'라는 호칭, 조금씩 익숙해졌다. 누군가가 나를 소개하면서 '작가'라고 할 때, 한편으론 부끄러웠다. 그런데도 속마음은 '그렇지 난 작가지'라고 생각하며 소리 없이 웃었다.

친정 아빠에게서 전화가 왔다. 떨리는 목소리로 '내 딸 자랑스럽다'고 하신다. 처음이다. 내 기억에 아빠는 늘 혼내고 탓하고 윽박지르는 사람이다. 그런데 울먹이는 목소리로 고맙다, 자랑스럽다고 하신다. 덩달아 눈물이 났다. 나이가 들어가면서, 심리공부를 하면서 '아빠도 어쩔 수 없었겠다'란 생각. 이해하려고 노력했다. 그래도 아픈 건 아픈 거였다. 그런 아빠에게 듣는 칭찬, 낯설지만 좋았다. 아빠가 좋아하니 뿌듯했다. 시아버님도 전화를 주셨다. 결혼하고 아버님의 전화를 받은 건 두세 번 되려나. 그런데 먼저 전화를 하신 거다. 무슨 일이 생겼나 싶어 얼른 전화를 받았다. 책 썼다는 말을 듣고 좋아서 전화를 하셨단다. 다음에 올 때 책을 갖고 오라고 하신다. 웃으며 감사하다는 말을 했다. 아빠와 아버님, 두 분과의 통화로 며칠은 얼떨떨했다. 내가 글을 쓰면서 한 경험이 두 분에게도 새로운 의미였겠구나 싶었다. 글쓰기 잘했다는 생각이 들었다.

6월 23일 천안 교보문고, 다른 책들과 나란히 꽂혀 있는 『오늘이 전부인 것처럼』 나도 모르게 올라가는 입꼬리. 반가워 얼른 꺼내 들었다. 첫사랑을 보듯 두근거렸다. 잘 보이는 곳에 올려놓고 사진을 찍었다. 두리번거리며 주변을 살폈다. 아무도 나에게 관심이 없다. 두 손으로 책을 쓰다듬었다. 자꾸만 비집고 나오는 웃음. 다음 일정까지 한 시간 정도 여유가 있었다. 책을 들고 자리에 앉았다. 조심스레 책장을 넘겼다. 책 한 권 썼다고 끝난 게 아니다. 이제 시작이다. 세상에 나온 책, 누구라도 읽을 수 있다. 독자는 시간과 돈을 투자해 내 글을 읽는 것이라는 강사의 말, 비로소 무게를 느꼈다. 내 글을 읽는 독자에게 무엇을 줄 것인가. 내 삶의 경험들이 나와 비슷한 상황에 처한 독자들에게 조금이라도 도움이 됐으면 좋겠다. 잘 살아야 잘 쓴다는 말, 고개를 끄덕였다.

내가 쓴 글에 대한 책임은 온전히 나에게 있다. 어제보다 나은 글을 쓰기 위해서는 끊임없이 노력해야 한다. 잘 쓰고 싶다는 욕심이 생겼다. 욕심이 다 나쁜 건 아니다. 채울 수 있을 만큼 꾸준히 노력하면 된다. 독자들에게 도움이 되는 글을 쓴다는 것, 작가의 책임이자 의무였다. 사실을 있는 그대로 보여주는 꾸밈없이 솔직한 글. 중요하다. '작가'란 명사에 집중하지 말고 '쓴다'는 동사에 집중하는 것. 결국 작가는 '쓰는 사람'이다. 흔들리는 마음이 가라앉았다. 글을 잘 쓰려면 무엇보다 나 자신을 믿어야 한다. 일상에 감사해야 한다. 더불어 오늘, 지금에 충실해야 한다는 것을 깨달았다.

08

작가의 메시지와 삶

—— 장진숙

몇 명의 아바타를 갖고 싶나요?

아바타는 온라인에서 개인을 대신하는 캐릭터를 의미하는 말이다. 자기계발서를 읽다 보면 '부자가 되기 위해선 자기 노동력만으로 부족하다고 한다. 그러니 자기 대신 돈을 벌 아바타를 두고 자는 시간에도 일하게 하라고 강조한다. 작가는 자신의 이야기, 생각, 경험을 통해 얻은 메시지를 독자에게 전달하고 독자의 긍정적인 변화를 유도하기 위해 글을 쓴다. 글쓰기는 작가의 메시지를 실행할 사람, 즉 작가의 아바타를 만드는 행위이다. 각자의 아바타가 필요한 점에서 부자가 되는 방법과 글쓰기는 비슷하다.

작가는 자신의 책에 공감해서 실천하는 독자를 아바타로 둘 수 있다. 따르는 독자가 많을수록 영향력과 파급력이 크다. 글에 대한 작가의 책임감이 요구되는 이유다. 작가는 신중히 고민해서 자신만의 메시지를 쓰고 메시지에 맞는 바른 생각과 행동을 독자에게 보여줘야 한다.

처음 내 책이 나왔을 때 얼떨떨했다. 표지에 내 이름이 있는 책이 생겼다니 흥분돼서 잠이 오지 않았다. 아쉬움이라면 작가 이름이 ㄱㄴ순으로 노출돼 상세 정보 없이 내 이름은 노출되지 않는다는 점이다. 종이로 된 책을 받고 보니 작가 장진숙이 독자에게 줄 수 있는 것이 무엇일까 고민하게 됐다.

독자의 행동 변화를 이끌기 위해 글에서 가장 중요한 것은 메시지다. 메시지는 글의 뼈대가 된다. 최근 뉴스에서 무량판 구조 아파트 주차장 붕괴 기사가 자주 나왔다. 건물의 붕괴 원인은 뼈대인 철골이 없거나 부족하기 때문이었다. 어떻게 하면 글에 단단하고 멋진 뼈대를 세울 수 있을까? 중심 메시지를 찾는 일은 어렵다. 성철 스님의 '산은 산이고 물은 물이다'라는 말을 처음 듣고 한국을 대표하는 큰스님이 하는 말치고 좀 유치하다고 생각했다. 마흔을 지나고 보니 이 짧고 간단한 말이 가진 메시지를 알겠다. 과거도 미래도 아닌 현재를 살라는 말을 어린아이가 할만한 언어로 풀었다. 오랜 시간 수행하며 깨달은 말, 즉 삶의 메시지는 어려운 말로 치장하지 않아도 된다. 메시지와 같은 삶을 사는 모습을 보여주면 울림이 있는 가르침이 된다. 메시지는 누구나 알기 쉽게 쉬운 언어로 표현하고 간단명료하면 더 좋다. 단 메시지에 작가 삶의 태도가 담겨야 한다.

작가가 전하는 메시지는 어떻게 만들어야 할까? 내가 쓴 문장이 메시지인지 잘 몰라 혼자 안절부절못한 적이 있다. 다행히 나는 아직 글쓰기 연습 중인 성장하는 초보 작가다. 고민하다 나만의 메시지를 얻을 방법을 찾았다. 바로 스스로 질문하고 답에 따라 그것을 실행하는 것이다.

　나는 행복을 선택하는 사람이 되고 싶었다. 그래서 '스스로 지금 행복해질 방법이 뭘까?' 물었다. 3년 전까지 나는 미래에 행복이 있다고 생각했다. 큰 그림이 무엇인지 몰랐지만 맡은 일을 끝내기 위해 회사에서 저녁 식사와 야근을 하는 것이 일상이었다. 5년, 10년 뒤면 승진하고 돈도 많이 벌고 내 책도 가지고 있어 행복할 것이라고 믿었다. 책을 쓰겠다는 열망만 있지만 빨리 5년이 지나길 기다렸다. 번아웃증후군을 계기로 다시 내게 물었다. '내가 지금 행복을 선택하려면 어떻게 해야 할까?' 질문이 달라지니 답이 달라졌다. 내가 오늘을 산다는 것을 알아차리고 오늘에 감사하며 하루를 충실히 살아가는 것이 행복이다. 아침에 일어나 이불 정리하기, 쓰레기 버리기, 청소하기, 산책하기, 하루 한 줄 글쓰기, 확언하기 등 작은 일들을 하루의 목표로 정했다. 아침 눈뜨자마자 긍정 확언하기부터 이불 정리하기 등으로 성공이 이어지자, 내가 지금 행복하다 싶었다. 천국으로 가는 마지막 계단, 구름 속 같은 클라우드 나인(더할 나위 없이 행복하다.)에 있는 기분이다.

　　　　　　　　　　　　　　사는 게 글쓰기입니다

어떤 질문을 던지느냐에 따라 메시지의 방향은 달라진다. 작가의 메시지를 받아들이고 실행한 사람의 삶도 달라진다. 어제보다 더 나은 삶을 살기 위해서 스스로 긍정적 변화를 유도할 수 있는 질문을 던지고 행동해야 한다. 자문자답한다. '눈부신 오늘, 행복을 선택하세요. 지금 행복해질 수 있는 일이 뭔가요?' 오늘 행복해지기 위해 내가 하는 일 세 가지가 있다. 첫째, 명상으로 오늘을 살고 있다는 것을 알아차리기. 명상하기 어려울 때는 눈 감고 하는 심호흡 세 번이면 충분하다. 내가 있는 시간, 장소의 소리와 공기 등을 인식할 수 있으면 충분하다. 둘째, 하루 한 줄 글쓰기다. 오늘 하루가 파노라마로 지나가면서 하루를 돌아보고 생각을 정리할 수 있다. 거기에 맑은 날씨, 바람과 같이 웃게 하는 무언가가 있다. 셋째, 오늘 나와 어울리는 그림 찾기다. 기운이 없는 하루를 보냈으면 나에게 힘을 줄 수 있는 밝은 그림을 보며 나의 마음을 정화한다. 나의 상황과 어울리는 그림을 찾고 나의 상황과 비교해 보며 웃는다. 나를 행복하게 하는 일들을 할 때 나는 웃게 된다. 그리고 내가 살아 있다는 것에 감사하게 된다.

작가의 삶은 작가가 쓴 글과 닮아야 한다. 표리부동한 삶을 사는 것이 아니라 작가가 쓴 글이 삶이 되어야 한다. 작가의 부담감은 책이 늘어날수록 더해진다. 작가의 부담감을 가장 잘 보여주는 것이 불을 훔친 프로메테우스의 삶이다. 프로메테우스는 먼저 생각하는 사람, 선지자라는 뜻이 있다. 꺼지지 않는 불을 인간에게 몰래 주고 제우스의 노여움을 사 코카서스의 바위에 쇠사슬로 묶인 채 낮에는 독수리에게 간이 쪼이고 밤에 다시 회복되는 영원한 고통의 시간을 가진 프로메테우스. 작가는 먼저 생각하고 고민해서 독자에게 삶의 메시지를 전하는 사람이다. 작가의 삶은 메시지가 되어 작가의 글 속 세상을 받치고, 심장이 찢기듯 한 고뇌의 고통은 글로 다듬어져 독자들이 읽고 반응한다. 그 모습에 고통의 시간을 잊고 다시 새로운 글을 쓰기 위한 인고의 시간을 보낸다. 이렇듯 작가는 독자를 변화시킬 자신만의 메시지를 찾고 그 메시지가 담긴 삶의 부담을 견뎌야 한다.

글쓰기를 시작할 때 막연하게 유명해지고 싶고 책도 갖고 싶었다. 지금은 내가 독자에게 어떤 메시지를 전달하고 싶은지 먼저 생각한다. 내가 실천하고 글로 쓸 수 있는 메시지를 쓴다. 현재 메시지와 같은 삶을 살기 위해 연습 중이다. 나의 메시지가 도움이 필요한 누군가가 뒤로 넘어지지 않게 받쳐줄 손끝이 되길 바라며 글을 쓴다.

사는 게 글쓰기입니다

09

작가의 태도

장춘선

2022년 12월 24일. 『글쓰기를 시작합니다』 첫 공저 책이 출간됐다. 출간 소식이 공개 채팅방에 오르자, 축하와 응원 메시지로 가득 찼다. 혼자 미소지었다. 서울에 사는 두 아들에게 엄마 책 나왔으니 교보문고에 가보라고 했다. 내 이름이 새겨진 책을 서점에서 찾을 수 있다니. 가슴이 쿵쾅거렸다. 내가 사는 창원 교보문고에는 언제쯤 내려올까 기대됐다. 책 제목을 네이버 검색창에 쳐보았다. 책 표지와 10명의 저자 소개가 있다. 갈팡질팡 글을 썼던 날들이 떠올랐다. 함께한 공저 6기 작가들 도움이 컸다. 힘을 모아 책을 홍보하기로 했다. 공저 작가 중 카드 뉴스 만들어 인스타그램에 올리기 시작했다. 며칠 뒤, 창원 교보문고에 책이 입고되었다는 소식이 들렸다. 남편과 함께 서점으로 갔다. 자기계발서 부근에서 두리번거렸다. 반가운 표지가 보였다. 흐뭇했다. 책을 슬쩍 들어 보이며 남편에게 인증 사진 찍어달라고 요청했다. 멋쩍었다. 작가로서

서점을 방문하다니 꿈같았다.

한편으로는 불안했다. 내가 쓴 글에 자신이 없었기 때문이다. 글 쓰는 모임에서 '으쌰으쌰' 하며 글은 썼지만, 일반 사람들에게 기대치가 통할지 걱정스러웠다. 누구에게 먼저 알릴까 고민했다. 잘난 척하는 것 같기도 하고, 이런 글도 썼냐며 핀잔 듣지 않을까 염려도 됐다. 글쓰기 수업에서 배운 대로 실명으로 적었다. 솔직하게 토로했다. 작가가 내뱉은 말은 공식 선언이 된다. 활자로 찍혀 세상으로 탈출한다. 직장에서 보고서 한 장 제출해도 피드백이 두려운데, 세상 사람들에게 노출된 말에 대한 책임감이 컸다. 내 신상이 다 털린 느낌이다. 두 아들 이름을 공개해서 싫어하지 않을까. 좋은 추억도 많은데 하필 아픈 친정엄마 얘기를 썼을까. 존경하는 원장님을 곤란하게 만들지 않았을까. 반응을 듣기 전까지 가슴앓이했다.

책을 출간한다고 전부가 아니었다. 작가의 책임감 있는 태도가 중요하다. 작가로서의 첫 마음을 잊지 않기 위해 느낀 점을 세 가지로 정리해 본다.

첫째, 진심으로 써야 한다.

먼저 사람에 대한 책임감이 두려웠다. 출간 후 반응을 살폈다. 〈엄마의 청춘〉이라는 주제로 두 아들 얘기를 썼다. 큰아들 상민이가 건국대점 교보문고에서 책을 들고 인증 사진을 보내왔다. 자기 얘기가 나온 페이지를 찍고 인스타에 글을 남겼다. 아들 반응은 괜찮았다. 두 아들의 청춘을 응원하는 얘기였다. 엄마의 진심을 전하고 싶었는데, 마음이 통한 것 같았다. 같은 주제로 두 아들의 성장에 영향력을 끼쳤던 친정엄마 얘기를 썼다. 언니가 책 잘 읽었다는 문자가 왔길래 조심스럽게 전화를 걸었다. "내 책 봤지, 어땠어?" 반응을 물었다. "진심이 느껴지더라." 하고 싶은 말을 간질거리게 절제한 느낌을 받았다고 한다. 글쓰기 수업에서 군더더기 말은 과감하게 없애라고 했다. 친정엄마는 두 아들 육아와 살림살이를 도맡아 했다. 울컥하는 감정을 최대한 자제했다. 좋은 모습도 많은데 하필이면 치매 걸린 모습을 첫 책에 썼을까. 후회됐다. 그래도 언니 반응이 나쁘지 않았다. 글에 본인의 경험담을 쓰라고 강조하지만 가장 어려운 얘기는 직장과 관련된 말이었다. <글쓰기 시작은 진정성이다>라는 글은 대부분 홍성화 원장님 얘기다. 내가 책을 가까이하고 작가로서 도전할 수 있는 용기를 주셨다. 책에 꼭 이름을 넣고 싶었다. 그 마음이 너무 강했을까. 감사한 마음이 도리어 폐가 되지 않았는지 걱정스러웠다. 책은 내 손에서 떠나면 독자에게 어떻게 전달될지 알 수 없다. 어떤 반응을 보일지 궁금했다. "글 잘 읽었어요, 내 글이 꽤 길게 나오던데요." 문자를 받고 안도의 한숨을 쉬었다.

둘째, 말에 대한 책임이다.
작가라고 불렀다. 처음에는 어색했다. 자꾸 반복해서 들으니 은근히 기분 좋았다. 하지만, 작가라는 말에 책임이 느껴졌다. 책에 쓴 내용을 의식하게 된다. 일기 쓰기와 모닝 저널은 일주일에 3번 이상 쓴다고 밝혔다. 책상 앞에 놓인 노트 두 권이 나를 노려본다. 오늘 썼어? 가끔 놓칠 때도 있다. 하지만 독자와의 약속을 염두에 두고 있다. 작가로서 글 쓰는 모습을 SNS에 노출하겠다 밝혔다. 흡족하지 않다. 블로그 포스팅하고 인스타그램 피드 올리는 게 쉽지 않다. 책 읽고 강의 듣고 글 쓰다 보면 하루가 벅차다. 다른 작가들의 블로그와 인스타그램을 보면 존경스럽다. 활발하게 활동하지 못해 마음 한구석이 무겁다. 지키기 힘들 거라 여겼는지 책에도 소심하게 썼다. '급하게 서둘지 않고 나답게 조절하겠다고.' 가끔 블로그에 책 읽고 서평을 올리거나, 인스타그램에 글쓰기 관련 내용을 올릴 때면 기분 좋다. 독자와 약속을 지킨 것 같다. 내가 한 말과 행동이 다르다면 제일 먼저 자신이 힘들다. 독자에게 신뢰와 믿음을 주지 못한다. 글에 진심을 담고 삶에서 행동으로 보여야 작가다.

셋째, 다양한 경험이다.

글에는 작가의 경험이 녹아 있다. 공저 책에 〈나는 이렇게 쓴다〉라고 글쓰기 방법을 써야 했다. 글을 쓰기 시작한 지 얼마 되지 않은 때였다. 나만의 비법이 없었다. 포기하지 않고 글쓰기를 지속한 동기 부여 방법을 썼다. 글 쓰는 사람들과 어울리며 살아가는 솔직한 마음이다. 글쓰기에 관한 책을 쓰려면 글을 많이 써 봐야 한다. 나는 지금 그 행동을 쌓고 있다. 몇 년 후쯤이면 나만의 글

　　　　　　　　　　　　사는 게 글쓰기입니다

쓰기 비법을 말해줄 수 있을 것이다. 다양한 소재의 글을 쓰고 싶다. 글 몇 편 쓰지도 않았는데, 벌써 내용이 제한적이다. 뭐든 새로운 도전을 하기로 했다. 실패 경험과 성공 경험 둘 다 좋은 글감이 된다.

직장에서 시 낭송 동호회가 생겼다. 초보자로서 시 낭송 발표회에 참가했다. 세 명이 함께한 낭송이다. 장시하 시인의 〈돌아보면 모두가 사랑이더라〉 제목으로 점심시간과 퇴근 이후 짬짬이 만나 연습했다. 낯선 경험이다. 간호사라는 직업과도 무관하다. 병원 가운을 벗고 새로운 경험을 했다. 예쁜 드레스 입고 무대 분장도 했다. 준비하는 과정에 다른 직군의 사람을 만났고 추억을 쌓았다. 그를 계기로 경남 산청 "제1회 한예원 시 낭송 인문학 캠프"에 참가했다. 전국구 시 낭송가를 만났다. 시를 사랑하는 순수한 사람들과 별아띠 천문대에서 하룻밤같이 지냈다. 깊은 산속 하늘 가까운 곳. 하늘을 볼 수 있도록 지붕이 열렸다. 흐린 날씨로 별은 볼 수 없었지만, 내 마음의 별은 볼 수 있었다. 통기타 소리에 맞춰 노래 부르고 시를 낭송했다. 언젠가 나의 글에 좋은 재료로 올라올 것이다. 어떤 일이든 그 속에 푹 빠지면 글을 구체적으로 쓸 수 있다. 그 깊이만큼 풍부한 글감이 된다. 좋은 이야기로 본보기가 될 수 있다면 더할 나위 없겠지만, 어렵고 힘든 와중에 노력하는 모습도 좋다. 오늘의 경험이 내일의 책이 된다.

글을 쓴다는 것은 작가가 하고 싶은 말이 아니라 독자를 돕는 일이다. 아직은 탁월한 글솜씨로 편안하게 읽히는 글을 쓰지 못한다. 하지만 독자를 위하는 마음은 통한다고 믿는다. 첫 공저 출간으로 세 가지 교훈을 얻었다. 첫째, 글을 쓸 때 진심을 담아야 한다. 자기의 경험과 감정을 솔직하게 표현해야 공감할 수 있다. 둘째, 말에 대한 책임을 져야 한다. 글은 그저 내려쓴 단어가 아니라 독자에게 미치는 영향력이다. 신중하게 책임질 수 있는 글을 써야 한다. 셋째, 다양한 경험을 쌓아야 한다. 새로운 시도와 도전, 실패와 성공은 풍부한 글감이다. 새로운 경험 한 가지를 추가하는 것으로 작가의 역량을 키울 수 있다.

인생의 위대한 전환은 자기 앞에 놓인 현실을 자각하고 바라보는 데서 시작된다. 첫 번째 공저 경험으로 작가의 태도를 체득했다. 두 번째, 세 번째 공저를 쓰고 있다. 모든 경험을 성장의 기회로 더 나은 글을 쓰고자 희망한다.

사는 게 글쓰기입니다

10

작가가 되세요

정은주

혈액형을 물으면 옛날 사람이라던데, MBTI를 물어보면 나는 웃고 만다. 테스트를 해보지 않아서 모르기 때문이다. 27년간 영어 강사. 아이러니하게도 영어 4자리가 외워지지 않는다. 그러니 암호 같은 4자리로 사람들을 뭉치기도 하고 나누기도 하는 것이 취향에 맞지 않는다. 여성스럽다는 말을 자주 듣는 편이다. 피부가 하얗고 긴 머리를 한 외적 이미지 때문이다. 대학교 입학식 때 같은 과 학생들과 선배들과 함께 술자리에 갔다. 한 명씩 돌아가며 자기소개를 시작했다. 억양으로 들어보니 다 서울 아이들이었다. 경상도에서 올라온 사람은 선배 사이에도 없었다. 내 순서가 되어 이름과 부산에서 왔다고 간단히 소개하고 앉았다. 앞자리에 앉은 샌님처럼 보이는 남자아이가 "야, 나 혁신이야, 광고에 나오는 혁신적인 세탁기 알지? 그렇게 기억해줘." '어쩜 서울 남자들은 말도 센스있게 하네. 멋지다.'라고 생각하며 배시시 웃었다. 처음 보는 선배와 친구들 사이에서 주목받고 입을 닫자! 라는 생각이 들어 입을 꼭 다물었다.

몇 달 후 친해진 친구들이 하는 말이, 처음에 내가 하도 조용해서 여성스럽다고 생각했는데, 지내고 보니 너무 털털해서 형이라고 불러도 되겠다고 했다. 부산 사투리를 티 내지 않으려고 말을 안 한 거였는데, 그것을 수줍은 여대생으로 착각하다니. '기대를 깨서 정말 미안했다. 친구들아' 하며 남자애들에게 어깨동무를 했다. 아무래도 오빠 셋 밑에서 크다 보니 남자에 대한 기대감(?)도 없을뿐더러 거부감도 없었다.

사회생활을 시작했다. 역시 외모로 평가받았다. 여성스럽다고. '아, 그렇다면 팬을 실망시키면 안 되지.' 하며 여성스런 코스프레를 했다. 묻기 전에는 말없이 웃고, 대답만 했다. 아무튼 이런 행동은 어느 정도 연기였기 때문에 정확하게 어떻게 했는지 기억이 안 난다. 하지만 숨길 수 없는 DNA 때문인지 아니면 어릴 적부터 들어온 아버지 말 때문인지 몰라도 '정씨 집안은 주당?' 또는 '맥주는 아무리 먹어도 술 취하지 않아. 화장실만 갔다 오면 다 내려가지.' 가스라이팅 아닌 가스라이팅처럼 내 머리에 박힌 그 말은 나의 여성성을 숨겨주지 못했다. 술자리가 그랬다. 나도 모르게 술이 죽죽 들어가고, 취한다 싶으면 화장실을 갔다 오면 취기가 사라졌다. 처음 시작부터 끝까지 남아 있는 여성 아닌 동지가 나였다. 술에 강해서가 아니라 술자리를 좋아했다. 맥주 한잔을 마시면 혀끝에 닿을 때의 쓰림을 거쳐 식도에서는 무사통과! 술이 물처럼 내려가는

사는 게 글쓰기입니다

데 허리쯤에 닿으면 박하사탕이 터지듯 취기가 팍하고 올라온다. 그러고는 끝! 술을 마시면 마실수록 얼굴을 더 하얘지고 기분은 좋아진다. 그러면서 숨길 수 없는 본능이 나오고 '부어라, 마셔라' 하면서 남자 정은주로 변신하는 것이다.

영어 공부방을 시작했다. 학생들이 줄을 섰다. 내가 서울에서 온 강사라는 사실이 영어의 최신 트렌드를 가지고 온 것처럼 보였다. 당시에는 '초등학생과 중학생에게 무슨 토익이냐'며 오바라고 하던 시절이었다. 강남에서는 토익이라는 이름으로 학생들에게 비디오를 보며 듣기와 필기시험을 진행했다. 인터넷 강의가 유행하기 전이었다. 부산에서는 이런 방식이 획기적이면서도 세련돼 보였다. 서울말을 간간이 쓰는 내 말투도 한몫했다. 전교 1, 2, 3등 하는 친구들이 몰려들었고 공부방은 대기자가 생길 정도로 운영이 잘되었다. 여기서 더 중요한 성공 포인트는 나의 강한 성격 덕분이다. 여성스러운 줄 알았는데, 스파르타 아닌 스파르타로 아이들을 가르쳤다. 무섭게 가르쳤다는 게 아니다. 영어를 배우러 온 아이들에게 스케줄을 짜게 하고 영어 시간을 기본으로 다른 과목도 공부하도록 지도했다. 공부방은 항상 열려 있어서 빈 공간에서 공부할 수 있었고 주말에는 점심, 저녁도 먹으면서 자습했다. 부드러우면서도 엄한 성격이 공부하는 아이들을 잡아주었다. 여기저기 학원을 바꾸던 아이도 스스로 공부하는 습관이 생겼고, 맞벌이하느라 외동아들을 돌볼 시간이 없는 부모는 공부방에 있다는 사실만으로 안심했다. 몇 년간 친구도 가족도 만날 시간 없이 아이들과 시간을 보냈다. 중2 때 왔던 학생이 지금 결혼하고 취직했다. 아직도 연락하는 아이들이 꽤 많다.

그렇게 공부방에서 밤새다 보니 술자리에서 드러났던 본능은 사라지고 공부방에서 나타났다. 남성적인 성격은 어떻게 보면 나쁘게 들릴 수 있지만 나는 좋은 면이 더 많다고 생각한다. 사춘기 아이들은 사소한 일로 일상이 무너지는 경우가 있다. 사소하다는 말에 오해가 생길 수 있지만, 어른이 되어 보니 그렇게 보였다. 친구가 했던 말과 행동 때문에 울고불고하느라 숙제를 못 했다거나 시험을 망치기도 했다. 혼자만의 오해이거나 상상인 경우도 많았다. 그럴 때는 사실을 정리해주고 따끔하게 혼냈다. 지금 상황에서 더 중요한 것이 무엇이며 어떻게 해야 하는지 알려 주었다. 눈물을 흘리는 아이들도 있는가 하면, 바로 정신을 차리고 실행으로 옮기기도 했다. 그렇게 될 수 있었던 이유 중 하나는 무조건 아이들의 이야기를 들어주고 '믿는다'는 말을 한 것이다. 나중에 안부를 묻고 진행 상황도 점검해주었다. 남자 같은 듬직함에 아이들은 기대었고 성장했다. 그때는 남자다운 내 성격이 좋았다.

결혼 후, 남성적인 나를 혐오하고 숨기려고 했다. 일단은 참기. 다음은 목소리 죽이기. 남편이 하는 것은 무조건 오케이 해주고 따라 하기 등 사람들이 원하는 여성스러운 아내의 모습을 가지려고 노력했다. 나를 위한 일은 언제나 뒤로 미뤘다. 해야 할 일이 늘어난 건 당연하다. 내 것보다는 가족, 다른 사람들을 우선순위로 하다 보니 늘 늦는 사람, 약속을 못 지키는 사람, 참가 안 하는 사

사는 게 글쓰기입니다

람이 되었다.

책이 나왔다. 거실 탁자에 올려놨는데 식구들은 무관심했다. 이런……. 아무도 안 본다더니, 사실이었다. 언제나 당신 책이 빨리 나왔으면 좋겠다던 남편조차도 펼쳐보지 않았다. 일부러 책을 거실 테이블 위에 올려놔도 일주일 후 표지가 접힌 채 그대로였다. 그럴 줄 알았으면 남편 욕이나 실컷 적을걸, 남편이 부끄러워할까 봐 안 적었는데. 배신이다.

'아, 선생님, 책이 너무 감동했어요.' 하면서 수줍어하는 사람을 예상치 못한 공간에서 만났다. 소식 없던 지인이 오랜만에 전화해서 '쌤, 책 냈대……. 너무 멋지다.'라고 시작하더니 한참 자신의 이야기를 했다. 카톡도 왔다. '쌤, 축하해요. 진짜 책 내신 거예요? 대단해요.'라고. 아무도 안 읽는 줄 알았는데, '아무도'는 우리 식구뿐이었구나. 내 책을 읽은 사람들은 바람에 흔들리는 촛불처럼 눈동자가 흔들리며 알은 체했다. 이럴 줄 알았으면 더 잘 적을걸. 사람들에게 힘을 주는 문장들을 쓸걸……. 하며 몇 가지 문장들을 떠올리며 반성했다.

작가가 되었다. 사람들이 불러주는 호칭이 달라졌다. 작가가 되고 나서 알았다. 사람들이 무엇이라 부르든지 간에 나를 나로 좋아한다는 것을. 내 성향을 좋아하고 그 덕분에 오늘의 내가 있는 거란 걸. 자신에 대해 확신이 없는 사람이라면 반드시 글을 써보기를 권한다. 작가가 되면 글과 책 속에 숨어 있는 나를 찾게 되므로.

11

안녕하세요. 라이팅 코치 정인구입니다

——————————————————— 정인구

환갑 나이, 사랑에 빠졌다. 불륜이다. 죄책감? 없다. 아내 눈치
볼 필요 없다. 그녀를 위해 6백만 원을 가차 없이 질렀다. 뜨겁다.
빠져든다. 헤어날 길이 없다. 매 순간 그녀 생각뿐이다.

남의 눈치만 보며 하고 싶은 일을 하지 못하고 살았다. 이제야
내가 하고 싶은, 사랑하는 그녀(라이팅 코치)를 찾았다. '라이팅 코
치'로의 삶. 글 쓰는 것을 배우고, 돕는 삶 덕분에 나는 매일 행복
합니다.

지금을 살아가는 많은 사람은 자신이 하고 싶은 일을 포기한
채, 어쩔 수 없이 해야 하는 일만 하고 살아가는 경우가 많습니다.
사회적 의무, 인간적인 책임, 가장으로서, 주부로서 가정을 돌봐야
한다는 강박, 세상과 사회가 정한 테두리나 잣대를 지키며 살아야
한다는 도덕적 의무감으로 정작 자신이 하고 싶은 일을 포기하며

살아갑니다.

저도 환갑이 되기까지 내가 하고 싶은 일을 하지 못하고 살았습니다. 인생 2막은, 내 삶을 살고 싶어졌습니다. 자기 계발하면서 삶의 비전을 '이웃의 의미 있는 성공과 행복을 돕는 사람'으로 만들었습니다. 시간이 지나면서 그런 삶을 살고 있는지 마음 한편이 늘 공허했습니다. '보람 있고 남에게 도움을 줄 수 있는 일이 없을까?' 라는 생각만 머릿속을 맴돌고 있었습니다. 부산에서 서울까지 오가며 자기 계발비로 수천만 원 투자했습니다. 백화점식 강의를 목적도 없이 닥치는 대로 수강했습니다. 수많은 강의를 들었지만, 그때뿐이었고, 기억조차 나지 않는 게 대부분입니다. 시간이 지나자, 열정이 점점 식어갔습니다. 마음 한편에서는 뭔지는 몰라도 늘 갈급함이 있었습니다.

그날도 여느 때처럼 이은대 작가 글쓰기 수업을 듣고 있었습니다. "여러분 중요한 공지를 할게요. 글 쓰는 삶을 살면서부터 10년 넘게 고민도 많이 했고, 지금까지 차근차근 준비했습니다. 자이언트 북 컨설팅 인증 '라이팅 코치' 과정을 시작하기로 했습니다." 순간, 의자에 기대어 있던 몸을 일으켜 모니터 앞으로 바짝 다가갔습니다. '내가 찾던 게 이거다' 싶은 생각에 가슴이 벌렁벌렁했습니다. 계속되는 설명은 들을 필요가 없었습니다. 마음은 확정되었습니다. 평소 글을 잘 쓰고 싶다는 열망이 있었습니다. '호랑이를 잡으려면 호랑이 굴에 들어가라'라는 속담이 있지요. '글을 잘 쓰려면 글 쓰는 코치'가 되면 되겠다는 생각이 들었습니다. 내 마음은 이미 호랑이 굴로 들어가고 있었습니다.

문제는 아내 설득하는 게 문제였습니다. 경제권이 아내에게 있었습니다. 복숭아 속살 같던 아내 마음은 속이 썩다 못해 문드러졌습니다. 술 처먹고 늘 새벽에 귀가하는 남편, 가정은 내팽개치고 들개같이 살았던 저를 길들이려면 호랑이가 되어야만 했습니다. 그런 아내를 설득하기란 여간 힘든 일이 아니었습니다.

설거지도 하고, 세탁기도 돌리고, 바닥을 닦고, 쓰레기도 비웠습니다. 좋아하는 복숭아를 깎아 책상 앞에 대령했습니다. "당신 오늘 왜 이리 부지런한 데? 무슨 일 있냐?" 이때다 싶어 라이팅 코치 과정에 관해 설명했습니다. "뭐?, 당신 글도 못 쓰는데 글 쓰는 걸 가르치는 사람이 된다고?" 어이없다는 표정이었습니다. 저는 라이팅 코치가 되어야겠다는 당위성을 설명했습니다. 전장에 나가는 병사 같은 심정으로. "어차피 결정한 거 당신 하지 말라 해도 할 거잖아, 어쩐지 아침부터 안 하던 일을 해서 이상하다 했다. 열심히 안 하기만 해 봐라~" 포동포동한 아내 몸매가 처녀 때처럼 이뻐 보였습니다.

8주 교육과정을 거쳐 2023년 4월 30일, 자이언트 북 컨설팅 인증 라이팅 코치가 되었습니다. 정규 수업에 앞서 무료 특강 5번 진행했습니다. Zoom 강의하면서 PC에서 나에게만 보이게 하는 '프레젠테이션 발표자 보기'를 켜 놓고 강의, 스크립트가 수강생에게 노출되는 실수도 있었습니다. 특강에 한 명도 안 온 때도 있었지만 수강생이 왔다고 생각하고 1시간 30분을 모니터만 보고 강의했습니다. 무료 특강 회가 거듭할수록 조금씩 자신감이 생기는 것을 느낄 수 있었습니다.

우여곡절 끝에 2023년 7월 4일, <글센티브직장인책쓰기과정>을 예비 작가 4명과 함께 힘차게 출발했습니다. 강의 준비가 만만치 않았습니다. 자이언트 북 컨설팅에서 제공해 준 100여 장이 넘는 강의자료를 수정하고 다듬어 내 것으로 만들었습니다. 스크립트를 만들어 온종일 연습했습니다. 음향 조절, 화질 검사, 인터넷 접속 상태 확인, 마우스 작동, 줌(ZOOM) 링크 발송, 참석 여부 명단 확인, 블로그 포스팅, 단톡방 안내, 결제 계좌 안내, 설문지 작성, 사이버 카드 결제 시스템 구축 등 준비할 게 한둘이 아녔습니다.

1기 4주 과정을 마쳤습니다. 수료자 4명과 함께 광안리해수욕장 앞 분위기 좋은 곳에서 포도주 잔을 기울이며 작가로서의 새 출발을 축하했습니다. 내 인생에 첫 책 쓰기 수업에 함께 한 4명의 예비 작가, 평생 잊지 않도록 사진에 담고 가슴에 새겼습니다.

3기에 합류한 3명과 함께 총 10명이 9월 첫 주 수업을 진행합니다. 라이팅 코치로서의 삶은 예전의 삶과 천양지차입니다. 매주 3시간 글쓰기 수업을 듣고, 강의자료 준비에 이틀을 할애합니다. 2시간 글쓰기 수업을 진행하며 매일 글을 씁니다. 내 삶이 강의하는 대로, 글 쓰는 대로 살아야 한다는 의무감이나 사명감으로 하루하루 좋아지고 있는 느낌입니다. 아직 실력이 부족하지만, 만나는 사람마다 당당하게 명함을 돌립니다. "라이팅 코치 정인구입니다. 글쓰기에 힘들거나 도움이 필요하시면 언제든지 연락하세요. 제가 적극 도와드리겠습니다."

   살면서 내가 하고 싶은 일 다 하고 살 수는 없겠지요. 만약 하고 싶은 일이 '보람 있고, 남에게 도움을 줄 수 있는 일'이라면 망설임 없이 저질러보면 좋겠습니다. 우물쭈물하다 보니 환갑, 늦다고 생각할 때가 가장 빠른 때입니다. 관심 있는 분은 '라이팅 코치'에 도전해 보시길 권합니다. 인생을 걸어볼 만한 가치 있는 일입니다. 특별한 자격도 없습니다. 요즘 글 쓰고, 강의하며 방방 뛰는 삶을 삽니다. 들개에서 사자가 되어 호랑이 아내 앞에 당당히 기 펴고 삽니다. '글쓰기로 삶을 풍요롭게'라는 비전으로 글 쓰는 삶을 돕는 일에 온 힘을 다할 것을 약속합니다. 저는 '라이팅 머신, 라이팅 코치 정인구입니다.'

12

글로 다 짓기 작가

— 최주선

작가가 되고 싶다고 생각했던 게 불과 2년 전이다. 그 사이 작가
뿐 아니라 글쓰기, 책 쓰기 코치가 되었다. 현지에서 만나는 사람,
온라인에서 만나는 사람 중 내가 어떤 일을 하는지 몰랐다가 '작가'
라고 하면 나를 좀 다른 시선으로 본다. 뭔가 놀라워하고 대단하
게 봐주는 사람도 있다. 반면, 그게 뭐 대수냐는 식으로 말하는
사람도 있다. "요즘 개나 소나 다 작가 하지! 뭐 그거 글 쓰면 다 책
나오는 거 아니야? 돈만 내면 자기 책 한 권쯤이야. 뭐!"

이런 얼토당토않은 소리를 뱉는 부류의 사람은 99.999% 글을
한 번도 안 써봤거나 머리로만 써본 사람이다. 글 써본 사람은 글
쓰는 게 쉽지 않다는 걸 알기에 이렇게 함부로 말 못 한다. 아니
안 한다. 첫 책을 출간하고 또 책을 내고 싶다고 했지만, 글 쓰는
게 힘에 부쳤다. 집안일, 아이들 뒤치다꺼리, 현지에서 해야 하는
외부 일, 영어 코치로 매일 하는 일까지 시간이 빠듯했다. 바쁜 날

은 안 썼다. 며칠에 한 번 글감이 반짝이거나 뭔가 길게 쓰고 싶은 말이 있는 날에만 썼다. 책 한 권 냈지만, 글감을 매일 찾아서 쓰는 게 쉽지 않았다. 사람들은 작가니까 당연히 글 잘 쓰는 줄로 안다. 그러나 세상에 글 잘 쓰는 작가는 없다고 했다. '잘 고쳐 쓰는 작가'만 존재한다고 말이다. 『노인과 바다』의 저자 헤밍웨이도 400번을 고쳐 썼다는데 내가 뭐라고 글을 한두 번 고친 후 손을 털 수 있을까. 퇴고가 얼마나 중요한지 쓰면 쓸수록 느낀다. 퇴고는 사실 끝이 없다. 볼 때마다 고칠 게 계속 나오기 때문이다. 적당히 퇴고한 후, 아쉽지만 탈고해야 한다. 그렇게 여러 번 고쳐 출간한 책도 아쉬운 생각이 든다. 내 책 읽은 독자 평가 한 마디에 마음이 흔들리기도 한다.

온라인 글 발행할 때 제대로 퇴고하지 않고 급한 마음에 얼른 써서 올릴 때가 종종 있다. 온라인의 장점은 몇 번이고 수정할 수 있다. 그 생각에 쉽게 발행 버튼을 누른다. 올린 글이 형편없다고 느껴지는 날에는 독자의 시선이 제법 신경 쓰인다. 꼭 다 쓰고 발행 후에도 내 글을 두세 번 읽는다. 맞춤법 검사를 했음에도 또 오·탈자가 나온다. 내 눈을 의심해야 하는 건지, 내 머리를 의심해야 하는 건지, 기계를 의심해야 하는 건지 헷갈리는 순간이다. 퇴고를 제대로 안 했다는 말이다. 어디에 글을 썼든 내 글이 어떻게 읽히는지도 궁금하다. 독자로부터 이따금 글이 술술 잘 읽힌다든지, 잘 쓴다는 말을 들으면 살며시 입꼬리가 올라간다. 남편에게 한 번씩 글을 읽어보라고 스마트폰을 내민다.

"당신도 독자니까, 독자의 시선으로 여기 달린 댓글에 공감할 수 있는지 내 글 한 번 읽어봐."

그럼 대체 내 편인지 남의 편인지 모를 정도로 냉철한 말을 할 때가 있다. 여기는 말이 좀 이상한 것 같지 않냐는 둥, 단어를 바꿔보라는 둥 말이다. 나를 모르는 독자는 내 글이 좋다고 했지만, 남편만큼 신랄하게 비판할 수는 없었을 거다. 남편 말에도 일리가 있다는 생각에 한번 다시 고쳐 볼 때가 있다. 가끔은 "당신 글에는 당신만의 매력이 있어!"라며 칭찬을 아끼지 않는다. 남편은 내 글을 찾아서 잘 읽지 않는다. 관심이 없는 것 같기도 하지만, 그냥 작가니까 매일 글을 쓰는 게 당연하다는 시선으로 본다.

글을 쓰거나, 책을 쓸 때는 적어도 누군가 내 한 편의 글에서 교훈, 공감, 지혜를 발견할 수 있을 한 줄이 있어야 한다. 내 글이 그랬으면 좋겠다. 문장을 쓸 때 보통은 편안하게 적어 내려가지만, 마음에 진한 울림을 줄 문장을 고민한다. 과해서도 안 되고, 모자라서도 안 되는 담백하면서도 심쿵하는 문장 말이다. 쉽지 않다. 열 번 중의 두세 번 나올까 싶다.

베스트 셀러나 유명작가만큼은 안 되겠지만, 내 글이 좋아 자꾸 내 공간을 찾는 사람이 있다면 매일 글 쓸 맛이 난다. 내 글에 공감하고 교훈을 얻어간다면 작가로서 그것보다 좋은 게 있을까, 팬이 많아지면 좋겠다. '최주선 작가' 이름을 들었을 때, "아! 나 그 작가님 글이나 문체 참 좋더라. 공감도 되고 밑줄 그을 문장도 많아.

작가님 새 책 언제 나오나?" 하는 말 듣고 싶다. 그러려면 계속 써야 한다. 다작하고 싶다. 마음을 울리는 문장을 쓰는 것도 다작하는 비결도 결국 매일 쓰는 거다. 양적으로 충분하게 써야 질적으로도 풍성해지는 법이니까.

나는 페이지 구독을 그냥 누르지 않는다. 뜸을 들인다. 누군가의 글의 결이 나랑 맞거나 혹은 이야기를 계속 듣고 싶은 사람의 채널을 누른다. 유튜브도, 브런치 스토리도, 인스타그램도, 블로그도 마찬가지다. 그냥 이웃을 늘리기 위해서 아무나 구독하지 않는다. 누군가는 나와 같은 마음이 아닐 수 있다. 혹여 같은 마음이라면 공감은 '관심'이다. 처음에는 누가 내 글을 기다릴까 생각했다. 꾸준히 쓰는 행위에 의미를 뒀다. 지금은 '매일 올라오는 내 글을 기다리는 사람이 단 한 명은 있겠지'라는 마음으로 쓴다. 가끔 전혀 모르는 사람이 내 페이지를 구독하고, '좋아요'를 누를 때 체감한다. '나에게 더 듣고 싶은 이야기가 있구나.' 하는 마음에 감사하다. 블로그나 인스타그램은 팔로워 수 늘리기에 바쁜 사람들이 많아서 별생각 없다. 어떤 의미도 부여하지 않는다. 그저 '아 또 영업하는구나.' 하는 생각이 더 크다. 나도 그게 필요할 때가 있다. 브런치 스토리는 좀 다르다. 독자를 의식하며 쓴 글이 많이 올라오는 공간이다. 자신의 이야기를 진솔하게 풀어내고 싶어 모인 사람이 많은 곳이기도 하다. 나도 이 공간에서만큼은 좀 더 메시지를 끌어내려 애쓰며 기록한다. 나만의 착각이라 해도, 글을 쓰면서 자부

사는 게 글쓰기입니다

심을 만든다. 하나둘 구독자가 늘어날 때마다 의미 있는 글을 쓰고 싶다. 나는 브런치에서만 활동하는 작가가 아니라, 출간 작가다. 이런 즐거움을 종이책, 전자책으로 많이 느끼고 싶다. 불타나게 팔려야 실감 나겠지만, 책 읽었다며 올려주는 소수의 독자 서평이 하나하나 소중하다. 글을 더 쓰고 싶게 만든다.

일상에서 메시지를 찾는다. 글감을 찾고 의미 부여한다. 보물찾기하듯 일상에서 하나둘 찾고 보니 글 쓰는 게 재밌다. 생각의 꼬리를 물고 오늘은 이 이야기로 이렇게 써볼까, 저렇게 써볼까 상상의 나래를 펼친다. 평범한 일상에서 찾아낸 소재로 공감되는 이야기를 쓰고 싶다. 독자가 내게 듣고 싶은 이야기는 무엇일까? 생각에서 출발한다. 늘 해답은 '독자'에게 있다는 사실은 잊지 않으려고 한다. 책 쓰기의 기본이다. 내가 하고 싶은 말 적으면 안 된다. 알면서도 이 생각을 놓치면 글이 산으로 가거나 하려는 말이 명확하지 않을 때도 있다. 독자를 의식하는 것이 글쓰기의 첫걸음이다. 독자에게 '무엇'을 줄 것인가를 고민해야 한다. 글쓰기와 책 쓰기, 독서에 관한 자기계발서도 쓰고 싶다. 공저를 비롯해 개인 저서 주제로도 집필하고 싶다. 시기가 언제가 될지는 모르겠지만, 일단 내가 해본 것들을 토대로 사례와 방법을 끌어모은다는 생각으로 기록 중이다.

성경에 외식하는 자를 꾸짖는 부분이 나온다. 나는 어렸을 때부터 바리새인(겉과 속이 다른 사람 지칭, 남에게 보이려고 하는 종교적 행위)에 대해 혐오스럽게 생각하고 자랐다. 살면서 겉과 속이 달라 음흉한 사람은 가까이하고도 싶지 않았다. 말과 행동이 달라 나를 혼란스럽게 하는 사람이 싫었다. 그러니, 나도 그러면 안 되지 않나, 글을 잘 쓰려면 잘 살아내야 한다. 글과 삶이 전혀 다른 모습으로 살면서 글만 번지르르 그럴싸하게 포장하고 싶지 않다. 적어도 거짓말쟁이는 되고 싶지 않으니까.

가능한 한 솔직하게 쓰려고 한다. 거짓으로 쓰면 글이 잘 써지지도 않을 뿐 아니라 마음에서 양심이 자꾸 날 찌른다.

"너 그렇게 안 살잖아. 그거 거짓말일 건데, 뭐 좋게만 쓰려고 해. 됐어. 그냥 너처럼 써."라고 말이다. 솔직 담백하게, 독자의 마음을 울리며 감동과 진심을 전해 주는 '글로 다 짓는 작가'로 살고 싶다.

고비를 넘어서는 순간

01

있는 그대로

박정미

"있는 그대로 쓰세요. 좋으면 좋다 싫으면 싫다고."

아무리 글쓰기 선생님이 이렇게 말해도 있는 그대로 적기는 어려웠습니다. 잘 쓰려는 생각, 남한테 인정받고 싶다는 생각을 버릴 수 없었습니다. 멋지고 근사한 글을 쓰고 싶다는 생각이 내 무의식에 뿌리 깊게 박혀 있는 듯했습니다. 남의 눈을 의식하고 잘 쓰려는 마음은 도무지 버려지지 않았습니다. 글을 잘 쓰기 전에 일단 솔직하게 쓰는 것이 우선이었습니다. 일기 쓰기를 통해 조금이나마 있는 그대로 쓰는 연습을 하기 시작했습니다.

작년 12월 6일부터 하루도 빠짐없이 지금까지 일기를 쓰고 있습니다. 그동안 쓰지 않던 일기를 쓰게 된 계기가 있습니다.

"일기는 신이 내린 축복입니다."

어느 날 글쓰기 수업 중 선생님께서 말했습니다. 일기 쓰기를 강조하며 새벽 4시에 일어나 일기부터 쓴다고 하신 말이 인상 깊었

사는 게 글쓰기입니다

습니다. 따라 해보기로 했습니다. 사놓고 잘 사용하지 않던 다이어리가 있었습니다. 그곳에 일기를 써보기로 마음먹었습니다. 연말이었습니다. '내년 1월 1일부터 써볼까?'라는 생각이 잠깐 들었지만, 미룰 이유가 없었습니다. 당장 다음날부터 일기를 쓰기 시작했습니다.

5시에 알람을 맞추고 일어나서 가장 먼저 책상 앞에 앉습니다. 일기장을 펼치고 우선 첫 줄에 시작하는 현재 시각을 적습니다. 그다음 아무거나 생각나는 것을 적습니다. 나만 보는 내 일기장이니까 상관없습니다. 전날 있었던 일을 죄다 적습니다. 화난 일이 있었으면 화가 났다고, 기쁜 일이 있으면 기뻤다고 적었습니다. 머릿속 떠오르는 생각을 아무 고민 없이 적어나갔습니다.

글씨도 신경 쓰지 않았습니다. 누가 볼 것도 아니었으니까요. 아무 눈치 보지 않고 내가 쓰고 싶은 것을 썼습니다. 끝에는 마친 시각을 적어봤습니다. 대략 15분 정도 시간이 걸렸습니다. 어쩌다 생각이 많아지는 날에는 20분 정도, 그 이상이 걸리는 날도 있었습니다. 빠르게 술술 적는 날은 10분 정도의 시간이 소요되었습니다. 그리 많은 시간이 걸리지도 않습니다. 무조건 일어나 눈 뜨면 책상 앞에 앉아 일기장을 펼치고 글부터 썼더니 어느새 일기 쓰기가 습관이 되었습니다.

새벽 일찍 집을 나가야 했던 날과 1박 2일로 여행을 갔던 적이 몇 번 있습니다. 두꺼운 일기장을 들고 가기가 망설여졌습니다. 그런 날은 A4용지를 몇 장 챙겨 가서 그곳에 일기를 썼습니다. 그런 다음 집에 돌아와서 일기장에 옮겨 적었습니다. 옮겨 적으며 내가 쓴 글을 다시 보면서 이런 생각을 했구나 싶기도 하고 또 어떨 때는 꽤 잘 썼다는 생각도 들었습니다. 매일 쓰는 것을 놓치지 않겠다고 생각하니까 어떻게든 써졌습니다. 일기 쓰기를 통해 글을 쓴다는 것이 어느 정도 습관이 되었습니다.

새벽 3시가 조금 넘어 눈이 떠졌습니다. 공저 퇴고 마감날입니다. 지금 쓰고 있는 이 글이 도저히 마음에 들지 않아 반 이상을 삭제해 버렸습니다. 아무리 생각해도 주제에 맞지 않는 글이었습니다. 떠오르는 에피소드가 없습니다. 글쓰기의 고비를 넘은 적이 기억나지 않습니다. 머리로 쥐어짰던 글은 읽어보니 도저히 그렇게는 쓸 수 없었습니다.

오늘도 여전히 눈을 뜨자마자 일기장을 펼쳤지만, 일기를 반 정도밖에 못 쓰고 덮어야 했습니다. 일기쓰기조차 버겁게 느껴집니다. 낮 12시까지는 어떻게든 원고를 마무리하고 글을 제출해야 합니다. 아직도 글이 마음에 들지 않아 고치고 있습니다. 글쓰기에 대한 부담이 너무나 큽니다.

어제는 짝꿍 퇴고를 했습니다. 공저 마지막 단계로 함께 쓰는 공저자와 짝이 되어 서로의 글을 보면서 검토해주는 과정입니다. 저의 짝은 백란현 작가였습니다. 줌으로 두 번째 만나는 시간이었습니다. 백란현 작가는 이미 공저를 여러 권 출간했고 개인 저서까지

가지고 있습니다. 작가님의 글을 검토하며 부러운 생각이 들었습니다. 일단 네 꼭지 다 분량이 1.5매를 넘어서 2매 가까이 되었습니다. 자신의 출간 경험을 비롯한 글쓰기의 경험이 잘 담겨 있습니다. 주제도 선명합니다. 내 글은 그렇지 못합니다. 부럽습니다. 조금 더 분명하게 잘 써야 할 것 같은데 아무리 생각해도 어떻게 써야 할지 모르겠습니다. 글쓰기의 어려움을 극복한 적이 없고 여전히 힘들어하고 있습니다. 이렇게 고비를 넘어섰다고 거짓으로 말을 할 수도 없습니다. 글쓰기는 아직도 매순간 어렵고 새벽에 이렇게 깨어나게 할 만큼 나에게 큰 부담이 되고 있습니다.

과거의 기억을 아무리 떠올려 봐도 글쓰기의 어려움을 극복한 적이 없습니다.

지난번 공저 『그 한마디가 나를 살렸다』를 집필할 때도 어려웠습니다. 특히 마지막 네 번째 꼭지가 가장 어려웠습니다. 무기력할 때 동기 부여해 준 말을 찾아야 했습니다. 몇 시간을 끙끙거렸습니다. 아무리 생각해도 그날 있었던 글감을 가지고 글을 잘 쓰기가 어려웠습니다. 책상에서 일어났다 앉았다 침대에 누웠다가 일어났다가 정신을 차릴 수 없었습니다. 생각이 뒤죽박죽되는 듯했습니다. 결국 잘 쓰려는 생각을 버리고 그냥 있었던 일의 사실만 단순하게 나열하고 내 생각을 조금 덧붙여 글을 써서 제출했습니다. 결국 그것이 책으로 되어 나왔습니다. 아직 많이 부족합니다. 더 공부하고 더 노력을 기울여야겠지요. 마음이 앞서갑니다. 글을 술술 쓸 수 있을 거라는 생각이 들 때도 있습니다. 하지만 막상 써보면 어렵습니다.

지금도 세 꼭지는 그나마 작성했지만, 마지막 꼭지에서 어려움을 겪고 있습니다.

좋은 생각으로 좋은 마음으로 글을 쓰려고 합니다. 고통에 짓눌리며 글을 쓸 필요는 없겠지요. 솔직하고 편하게 내 마음을 옮겨 적으려고 합니다. 글쓰기는 자기 마음 평온해지려고 하는 것이지 고통받으려고 적는 것이 아니니까요.

아직도 글쓰기 어려움은 여전합니다. 하지만 점점 나아지겠지요. 오늘 아침도 내 복잡한 마음을 이렇게 글로 옮겨 적어 봅니다. 힘들면 힘들다고 어려우면 어렵다고 이렇게 적어나가다 보면 언젠가 나도 술술 글을 쓸 수 있는 날이 오지 않을까요.

사는 게 글쓰기입니다

글쓰기 힘들 때 상담하기

백란현

매번 이번 주가 제일 바쁘다고 주변 사람들에게 말하고 있다. 학교 일도 하고 세 딸도 챙긴다. 공부와 글쓰기도 놓치지 않는다.

5월 공저 원고를 쓸 때의 일이다. 3일 연휴가 생겼다. 이 기간에 초고 세 꼭지를 채워 공저 서기한테 제출할 생각이었다. 교사 대상 '학생 책 쓰기 교육' 강의와 리허설도 해야 하기 때문에 무조건 연휴에 초고를 완성해야 했다. 한 줄 쓰다가 지우기를 반복했다. 한 문단을 다시 썼지만 주제와 맞지 않는 것 같았다. 빈 종이를 꺼내 떠오르는 사건을 나열했다. 주제와 관련 없는 경험만 자꾸 생각났다. 연휴 이틀이 지나갔다. 마음으로는 연휴 기간에 원고도 완성하고 강의 준비도 마칠 생각이었다. 연휴가 끝나면 운동회와 공개수업이 학년부장인 나를 기다리고 있다. 조급해졌다. 목감기로 인해 기침은 계속 나왔다. 학교 업무와 교사 대상 강의 가는 건 취소할 수 없으니 공저 집필을 포기하기로 했다. 그렇지 않으면 숨쉴 수 없을 것 같다는 생각마저 들었다. 지금껏 개인 저서 1권, 전자책 1권, 공저 4권까지 출간을 이어왔다. 바쁘다는 강도가 가장 세다고 느꼈을 때 작가 그만해야겠다는 생각까지 들었다. 교사 대상 교육지원청에서 하는 강의 제목은 '책 쓰기 교육'인데도 말이다.

학교 업무에만 집중할 수 있게 결단(?)을 내려야 했다. 일요일 밤 10시가 다 되었는데 실례를 무릅쓰고 책 쓰기 멘토 이은대 작가에게 전화했다. 한 번도 꺼내지 않았던 말을 했다. "못 쓰겠어요." 그동안 라이팅 머신이라고 이야기 들을 만큼 자존심이 있었다. 일이 몰려 바빠서 못 쓴다는 이유를 들어 멘토에게 말했다. 이은대 작가는 "그게 이유야? 백란현 작가 스타일의 고민이 아니다."라고 말했다.

원고 쓰기 어려웠을 때 멘토에게 연락한 이유는 세 가지이다. 이은대 작가는 내가 쓴 글에서 어느 정도 나를 파악하고 있다는 점, 3년 동안 책 쓰기 강의 들으면서 이은대 작가를 신뢰하고 있다는 점, 무엇보다도 이은대 작가는 10년의 세월을 오직 쓰는 일에 몰입한 점 때문이다.

책에 쓴 원고와 SNS를 통해 나의 삶이 누구보다도 치열하다는 점은 이은대 작가도 알고 있다. 어떤 방향으로 나에게 충고하든지 나는 받아들일 준비가 되어 있었다. 모두 나를 위한 말이기 때문이다.

10년의 세월 동안 써지지 않았던 날도 분명히 있었을 터다. 그럼

사는 게 글쓰기입니다

에도 불구하고 그는 오늘도 여러 편의 글을 블로그에 올리고 집필도 하며 수강생 글까지 검토하는 위치에 있다.

신뢰하는 멘토에게 하소연한 후 한 꼭지 원고를 채웠다. 두 시간 자고 출근했다. 학생들과 함께하는 시간에는 피곤한지도 몰랐다. 원고 마감일은 화요일이었다. 월요일 저녁 시간이 다가오니 눕고 싶었지만 두 번째 꼭지를 쓰기 시작했다. 화요일 저녁 세 번째 꼭지를 완성하여 마감 시간 9시 전에 제출했다. 완성하고 나니 마음이 놓였다. 일요일 밤 멘토와의 통화 후 원고를 포기했다면 나는 후회했을 것이다. 제출하고 보니 30꼭지도 아니고 겨우 세 꼭지 가지고 엄살을 부렸구나 싶었다. 이후 연속되는 학교 업무와 강의까지 한 주간 일정을 무사히 마무리했다. 그 당시 둘째 딸이 독감으로 입원해 있었으나 일정 펑크 낸 것 없이 모두 수행했다. 책 쓰기 교육 강의를 마친 후 딸이 입원한 병원에 하룻밤 자면서 생각했다. '책임감'은 이유 불문 무조건 해내는 힘이라는 사실. 쓸 수 있는 삶에 감사해야 한다는 마음까지도 덤으로 얻었다.

매번 쓰기 힘들다고 전화할 수는 없다. 글쓰기와 관련하여 고민이 될 때에는 멘토의 글과 책을 읽는다. 일곱 권의 종이책은 두 권씩 가지고 있다. 집과 직장에 한 권씩 비치하여 매번 읽는다. 전자책, 오디오북 등 나오는 종류마다 모두 구입한다. 이동 중에 들은 책 내용이 오늘 글쓰기 고민을 해결해 줄 때도 있다. 또한 매일 블로그와 브런치에 발행한 멘토의 글을 읽으면서 하루를 시작한다. 힘들다는 마음이 싹트지 않도록 미리 글과 책을 읽어둔다.

최근 발행한 글도 읽지만 내 상황에 맞는 키워드를 넣어 검색해 본다. '글쓰기 힘들 때' 110건, '태도'는 657건, '습관' 키워드는 무려 956건이 검색된다. 시간이 흐를수록 검색되는 건수는 는다. 최근 글 아니더라도 검색해서 몇 편 읽다 보면 쓰기 힘들다는 마음은 사라지고 내가 써야 할 내용이 머릿속에 떠오른다. 가끔 강의 중에 들었던 날짜로 거슬러 올라간다. 2016년 1월 4일 처음 블로그를 시작했다는 말 여러 번 들은 적 있다. 멘토의 첫 글부터 찾아 읽어보기도 한다. 나의 글도 멘토의 글처럼 점점 좋아지리라 확신도 가진다.

10년의 세월 관련하여 들은 이야기가 있다. 권오준 생태 동화작가 강연에서 포도 농장 견학 이야기를 들었다. 농장 주인은 포도알이 작은 포도송이와 알이 큰 포도송이를 권 작가에게 보여주면서 시간 지났을 때 어느 포도가 더 튼실해지고 상품 가치가 있을지 물었다. 답은 작은 포도송이라고 했다. 작은 포도송이는 포도알을 키우기 위해 가지를 뻗어내지 않는다는 말도 덧붙였다. 실패하고 또 실패했던 포도 농사에서 10년 하니까 포도에 대해 알게되었다는 말이 크게 와닿았다. 다른 사람의 농사 기술을 찾아 배우고 적용할 때마다 실패했단다. 농장 주인은, 농장마다 땅이 다르므로 농사법을 자기가 터득하지 않으면 절대로 성공하지 못한다는

사는 게 글쓰기입니다

결론을 내렸다고 했다.

농장 주인의 10년 세월, 책 쓰기 멘토의 10년 인생. 두 사람의 10년을 알게 되면서 나 역시 라이팅 코치로서의 10년 삶을 미리 기대해 본다. 읽고 쓰는 삶을 선택한 독자와 수강생이 쓰고는 싶은데 쓰기 힘들다고 한다면 내가 살아온 시간 덕분에 든든한 조언자가 될 수 있겠다는 자신감이 생긴다.

매번 이번 주는 가장 바쁘다. 그리고 글 쓰는 자에게 고비는 언제든지 있기 마련이다. 가장 바쁘지만 항상 고비를 넘는 작가로 우선 10년을 채워볼 생각이다. 나에게 전화하는 수강생도 글쓰기 어려움 극복해야 작품이 나온다. 그들에게 신뢰를 줄 수 있는 조언을 하기 위해서는 내가 앞서 어려움 견디고 뛰어 넘어야 한다.

힘들다 했던 초고를 완성하고 기한 내에 제출하는 태도 하나는 확실히 가지게 되었다. 퇴고의 과정도 처음에는 쉽지 않았지만 문장을 조몰락거리는 작가가 되어 글이 참하게 바뀌는 모습도 즐긴다. 퇴고 횟수가 늘어날수록 하나씩 발견해서 수정하는 과정을 즐긴다. 독자가 읽기 전에 문장을 말끔히 고쳐서 다행이란 안도의 시간도 경험한다. 이 과정 모두 작가이자 [글빛백작]을 운영하는 라이팅 코치로서의 10년 재산이 된다.

이제는 내가 들어줄 차례다. 내 이야기이든 수강생 이야기이든 내가 멘토로서 들어주어야 한다. 내 삶을 담아내는 글과 책으로 글쓰기를 힘들어하는 사람들의 이야기를 들어줄 예정이다. 10년을 목표로 하면 어떤 것이든지 최고로 만들어 낼 수 있다는 포도 농장 주인의 말을 되새긴다. 이제 1년 차 출발이다. 라이팅 코치 10년이 되었을 때 수강생 앞에서 어떤 모습으로 생활하고 있을까 상상해 본다. 독서와 글쓰기를 선택한 삶이다. 걱정하지 않는다. 조언해줄 멘토의 발자국만 따라가면 된다. 그리고 이은대 작가의 길을 따라간다. 내 안의 빛나는 글, 하얀 종이에 작품을 지어 세상과 연결하는 [글빛백작] 라이팅 코치로 살아간다.

사는 게 글쓰기입니다

03

글쓰기는 인생이다

서린

수년 간 자기 계발하면서 알게 된 사실이 있습니다. 성장을 하려면 그 환경으로 들어가는 것입니다. 혼자 굳은 약속 하며 다짐해도 작심삼일 되기 십상이었지요. 작가 역시 글쓰기 공부를 손에서 내려놓지 않았고 글을 쓰겠다는 사람들과 늘 함께했기에 이룰 수 있었던 일이었습니다.

공저가 출간되고 많은 지인이 축하 메시지와 함께 하나같이 약속이라도 한 듯 뒤따라 하는 말이 있었습니다. "나도 책 쓰고 싶다", "나도 언젠가는 책을 낼 거다", "나의 최종 목표는 책 쓰기다". 그 말이 반가웠습니다. 그래도 글을 쓰겠다는 마음이 있고 책을 내겠다는 목표가 있으니까요. 사람들은 자기의 이야기를 쓰고 싶어 합니다. 자신의 이름 석 자가 적힌 책을 출간하고 싶어 하지요. 그들에게 이야기합니다. 같이 글도 쓰고 함께 책도 출간해 보자고. 그럼 또 하나같이 약속이라도 한 듯 말합니다. "내가 어떻게 글을 써? 너니까 했지!", "책 쓰기 너무 어렵잖아. 힘들 것 같아." 글을 쓰고 책을 내보고 싶어 하지만 모두가 어려워합니다. 어렵지 않게 쓰는 방법이 있지요. 다섯 가지로 알려드리겠습니다.

첫째, 글쓰기는 쉽다고 생각하는 겁니다.

무의식의 힘을 빌리는 것이지요. 뇌는 생각하는 대로 움직입니다. 글쓰기가 어렵다고 생각하고 말로 내뱉는 순간 우리의 뇌는 글쓰기는 어렵고 힘든 것이라고 받아들입니다. 글쓰기를 시도조차 안 하고 책 쓰기를 피하게 되지요. 지금부터라도 글쓰기는 쉽다, 나는 글을 잘 쓴다, 나는 베스트셀러 작가이다, 이렇게 자꾸 주문을 외우기 바랍니다. 그러면 뇌도 어느 순간 글쓰기는 쉽고 책 쓰기는 즐거운 것이라고 받아들이게 됩니다.

둘째, 환경을 만드는 것입니다.

무의식의 힘으로 뇌를 깨웠다면 이젠 환경으로 몸을 일으켜 세우는 것이지요. 운동하겠다고 결심하지만 운동화를 신고 밖으로 나가기까지가 어렵습니다. 옆에 아령이 있고 사이클이 보이면 바로 아령 들고 자전거에 올라타서 쉽게 운동을 할 수 있습니다. 글을 쓰기로 마음먹었는데 노트북을 꺼내고 접속하기까지가 어렵습니다. 노트북을 항상 켜 놓고 한글 파일을 열어놓습니다. 거실 한편도 좋고 방안 책상 위도 좋습니다. 시각적 효과가 있습니다. 바로바로 생각날 때마다 글을 한 줄 두 줄 쓸 수 있지요. 밥을 하다가도 설거지하다가도 아이들과 함께 놀다가도 떠오르는 메시지, 생

사는 게 글쓰기입니다

각나는 글감이 있으면 바로 타닥타닥 키보드를 두드립니다.

셋째, 공개 선언의 힘입니다.

자신과의 약속이기도 하고 타인의 힘을 빌리는 방법이기도 합니다. 하루에 한 꼭지씩 글을 쓰겠어! 이번 달까지 초고를 완성하겠어! 올해까지 책을 출간하겠어! 기한을 정해 놓고 공개 선언을 하는 것입니다. 나 자신은 물론, 가족이나 지인에게 알립니다. 더 용기를 내어 SNS에 올리는 것도 방법이지요. 지킬 수밖에 없습니다.

넷째, 작가 코스프레입니다.

여유가 되는 사람은 하루에 두세 시간도 좋습니다. 회사 일로 바쁘고 시간 내기가 어려운 사람은 한 시간도 괜찮습니다. 이때 뇌에 신호를 줍니다. 예를 들어 저는 머리를 질끈 묶고 커피를 타고 노트북 앞에 앉습니다. 이렇게 하면 작가 코스프레 신호이지요. 뇌가 기억합니다. '아 글 쓰는 시간이구나!'라고 말입니다. 어떤 사람은 이럴 수 있습니다. 책을 열 권 쌓아 놓는다든지, 귀에 만년필을 꽂는다든지, 핸드폰을 꺼 놓는다든지 각자만의 작가 코스프레로 집중하여 글 쓰는 시간을 만들면 됩니다.

다섯째, 즉각 보상을 즐기는 글쓰기입니다.

사람들은 자신이 무언가를 했을 때 즉각 보상받기를 원합니다. 책 한 권을 쓰기 위해서는 40꼭지를 써야 합니다. A4용지 80매 분량의 글을 써야 책 출간이라는 보상이 나옵니다. 그 시간이 나 홀로 힘이 듭니다. 보상받는 데 오래 걸리다 보니 힘이 빠집니다. 도중에 포기하기도 하고 보류하기도 합니다. 블로그 글쓰기가 바로 이러한 어려움을 극복하고자 즉각 보상을 즐길 수 있는 글쓰기입니다. 블로그에 카테고리를 따로 만들어 책 출간을 위한 글을 쓰는 것입니다. 한 꼭지씩 글을 쓸 때마다 이웃들의 공감 피드백이 나에게 힘을 줍니다. '잘 봤습니다. 좋은 글이네요. 그렇게 해봐야겠습니다.' 다양하고 긍정적인 이웃들의 댓글 보상이 나를 춤추게 만듭니다. 내 글을 읽고 도움 된다는 이야기에 계속 글을 쓰게 됩니다.

매일 글을 쓰는 습관은 일상이 됩니다. 일상에서 주제와 글감을 모아보세요. 어떤 주제로 써야 할지 모르겠다는 사람이 많습니다. 무엇을 내용으로 담아야 할지 글감 찾는 게 힘들다는 사람도 많습니다. 주제와 글감을 쉽게 얻는 방법은 관심, 관찰, 관점, 관계 바로 이 네 가지를 달리하면 됩니다. 바쁘 돌아가는 일상에서 여유를 갖고 모든 것에 관심을 가져봅니다. 세상 당연한 건 없습니다. 꽃 한 송이 개미 한 마리도 자세히 관찰해보세요. 관심을 갖고 가족 표정도 한번 살펴봅니다. 느낌이 다를 겁니다. 세상을 다양하게 바라보고 살짝 비틀어 생각해보는 시각도 필요합니다. 관점을 달리하면 글의 깊이가 달라집니다. 관계와 관계를 새롭게 연결해서 접근해보면 신기하고 재미있습니다. 글쓰기가 쉬워집니다.

프랑스의 사상가이자 소설가 루소가 이런 말을 했습니다. "아무리 재주를 타고난 사람이라도 글 쓰는 법은 하루아침에 익힐 수

사는 게 글쓰기입니다

없다."라고요. 글을 쓰기로 했으면 끝까지 쓰는 것입니다. 작가가 되기로 했으니 매일 글을 쓰는 것이지요. 있는 그대로 자신만의 인생 이야기를 써 내려가 봅니다. 우리는 오늘을 살아가는 인생 작가입니다.

04

어려운 일을 기꺼이 해내는 힘

—————————————————————— 송주하

블로그에 '매일 쓰기'라는 카테고리를 만든 지 200일이 다 되어 갑니다. 조금 다른 형태이기는 하지만, 매일 글을 썼습니다. 블로그에 독서 기록을 남겼거든요. 그날 읽은 책에서 좋았던 문장을 3개 발췌합니다. 문장을 적고 밑에 내 생각을 따로 적었습니다. 독서 기록을 쓴 지는 950일 정도 되어 갑니다. 조금만 더 쓰면 1,000일이 되네요. 뭔가를 꾸준히 하는 성격이 못 됩니다. 하지만 달라지기로 마음을 먹었고, 그날 이후로 포기하지 않고 해오고 있습니다.

글쓰기 수업에서 뭔가를 6개월 동안 하루도 빠짐없이 하면 성공한다는 말을 들었습니다. 스승님의 말이 맞는지, 시험해보고 싶은 마음이 생기더군요. 6개월이면 약 180일 정도가 됩니다. 밑져야 본전이다 싶어서 도전해 보기로 했습니다. 작가니까 이왕이면 글을 매일 쓰면 좋겠다 싶었습니다. 글 쓰는 일이 들쑥날쑥했거든요. 독

사는 게 글쓰기입니다

서라는 프레임 말고 좀 더 자유로운 글을 써봐야겠다고 생각했습니다. 블로그에 카테고리부터 만들었습니다. 매일 독서라는 카테고리를 참고삼아 매일 쓰기를 만들게 된 겁니다.

이왕이면 보기 좋게 만들고 싶어서 다른 사람들의 블로그를 참고했습니다. 대표 이미지도 중요하더군요. 사람들은 경험이니까 글보다는 그림에 시선이 가게 마련입니다. 주제에 맞는 그림과 제목을 넣어서 포스터를 만들어야겠다고 생각했습니다. 깔끔하면서도 주제를 명확하게 드러낼 수 있게 만들었습니다. 무료 이미지를 만들어주는 곳이 많습니다. 캔바나 미리 캔버스를 이용했습니다.

처음에는 호기롭게 시작했습니다. 이 정도쯤이면 매일 쓰겠다 싶더라고요. 하지만 시간이 지날수록 만만치 않다는 걸 알게 되었습니다. 매일 쓰는 건 하겠는데, 뭘 써야 할지를 모르겠더라고요. 게다가 일정이 빡빡한 날이 있습니다. 정신을 차려보면 밤 10시가 되는 경우가 허다합니다. 그때는 마음이 급해집니다. 매일 쓰는 거니까, 암묵적으로 자정이 넘어가면 무효가 되는 겁니다. 포기하고 싶지는 않더라고요. 부랴부랴 주제를 정하고 포스터를 만들고 약간의 메모를 합니다. 그 뒤로 글을 써 내려갑니다. 중간중간 알맞은 이미지도 넣고 마무리에는 전하고 싶은 메시지를 넣습니다.

괜히 시작했나. 후회하는 마음이 들 때도 있었습니다. 생각보다 엄청 신경이 쓰였습니다. 하루는 또 어찌나 빠르게 지나는지요. 다른 일 좀 하다가 글쓰기 수업 듣고 나면 금방 또 자정이 되고는 합니다. 오전에 써야겠다고 다짐하는데 늘 다른 일이 생깁니다. 깜빡하는 날도 있습니다. 그래도 다행히 지금까지는 하루도 빠짐없이 포스팅하고 있습니다.

저처럼 매일 글을 쓰는 데 어려움을 느끼는 분이 있을 겁니다. 그동안 블로그에 글 쓰면서 생긴 팁을 몇 가지 공유해볼까 합니다. 참고가 되셨으면 좋겠습니다.

첫째, 일상을 적습니다. 사실 저도 뭔가 대단한 걸 적고 싶을 때가 많습니다. 어딘가 특별한 곳을 여행하거나, 새로운 장소에 가보는 날이 있습니다. 사실 그런 날은 글도 술술 써지기는 하더라고요. 하지만 그런 일이 매일 일어나지는 않습니다. 평범했던 하루 속에서 메시지를 발견하는 게 중요합니다. 가령 오래간만에 책장 정리했던 일을 써보는 겁니다. 경험이니까 쓰기 수월하겠지요. 여기에 독자에게 전할 말을 생각합니다. 그동안 책 권수에만 너무 집착하면서 책을 읽었던 것 같다. 책은 한 권을 읽더라도 내 것으로 만드는 일이 더 중요하다. 이런 문장을 써볼 수 있겠네요.

둘째, 공유해야 합니다. 일종의 공개 선언 같은 거지요. 내가 글을 쓰고 있다는 사실을 동네방네 알리는 겁니다. 글 쓰고 혼자 간직하지 말고, 블로그나 인스타그램 같은 곳에 공유하는 거지요. 매일 쓴다고 호언장담했으니 안 쓸 수가 없습니다. 공개하는 곳이 많을수록 좋습니다. 저는 지금 〈송주하 글쓰기 아카데미〉를 운영 중입니다. 단톡방이 있습니다. 블로그에 글을 쓰면 그곳에도 공유합니다. 수강생들에게 매일 글 쓰는 모습을 보여주려고 노력합니다. 내가 쓰지 않으면서 수강생들에게 쓰라고 하는 건 말이 안 되니까요. 공유하면 반강제로라도 꾸준히 글 쓰게 됩니다.

셋째, 기한을 정하는 겁니다. 매일 쓰기는 하루라는 기한이 있습니다. 공저를 쓸 때는 하루 한 꼭지를 써야 하는 기한이 있고요. 시간을 정해놓으면 적잖이 스트레스가 됩니다. 하지만 이런 기준이 없으면 추진력이 떨어지는 게 사실입니다. 초고만 해도 그렇습니다. 목표가 없으면 언제 완성할지 모릅니다. 스스로 기준을 만드는 게 중요합니다. 지키려는 다짐도 필요하고요. 한 번 해보세요. 생각보다 동기부여가 됩니다. 저 나름대로 기한을 정한 덕분에, 매일 쓰기를 꾸준히 하고 있습니다.

넷째, 마음 조절입니다. 사람은 생각보다 무의식에 따라 많은 영향을 받는다고 하지요. 내가 생각을 어떻게 하느냐에 따라 잠재력이 달라진다는 이야기입니다. 코끼리 증후군 들어보셨지요. 어린 코끼리를 노끈에 묶어 놓으면, 벗어나지 못합니다. 나중에 커서 힘이 생겨도 탈출하려는 시도조차 하지 않습니다. 스스로 못한다고 한계를 지어버린 거지요. 그런 예는 주변에서 얼마든지 찾을 수 있습니다. 글쓰기도 마찬가지입니다. 나는 글을 못 쓰는 사람이다 또는 글 쓰는 일은 어려운 일이다. 이런 부정적인 생각을 계속하면 쓰는 일 자체가 스트레스가 됩니다. 일부러라도 좋은 방향으로 이끌어야 마땅합니다. 나는 매일 쓰는 사람이다. 말하듯 쓰면 된다. 생각만 바꿔도 조금 수월해지지 않을까 합니다.

다섯째, 관심입니다. 글을 쓰기 위해서는 쓸 거리가 있어야 합니다. 막상 컴퓨터 앞에 앉으면 뭘 써야 할지 막막합니다. 이때 필요한 게 하나를 유심히 보는 눈입니다. 가령 이런 거지요. 평소 매일 지나치는 국수 가게가 있다고 칩시다. 매일 지나쳐도 눈여겨보지 않았을 겁니다. 시장을 가거나, 지인의 집에 가기 위해선 꼭 거쳐야 하는 곳인데도 말이지요. 무엇이든 써보겠다고 마음먹고, 하나하나 유심히 봅니다. 그때 눈에 들어오는 게 국수 가게 간판입니다. 잠시 서서 보는 거지요. 메뉴는 어떤 게 있는지, 가격은 어떻게 하는지, 주인의 모습은 어떠한지, 손님은 얼마나 있는지 등등 말입니다. 한 번도 안을 들여다보지 않았던 가게입니다. 관심을 가지고 보니까, 그 가게 안에도 하나의 세상이 있습니다. 무심히 지나쳤던 가게도 좋고, 매일 보던 사람을 유심히 살펴보는 것도 좋습니다. 하나를 정하고 자세하게 보는 겁니다. 글감은 거기서부터 시작됩니다.

일하다 보면 내가 제일 힘든 것 같다는 생각이 들 때가 있습니다. 그럴 때는 주위를 한 번 둘러보면 도움이 됩니다.

얼마 전 TV에서 광부들의 삶을 본 적이 있습니다. 작업하기 위해 지하 18층이나 되는 깊이로 끝도 없이 내려갑니다. 헤드라이트에만 의지해서 종일 석탄을 캡니다. 다이너마이트로 새로운 경로를 만들어냅니다. 위험천만해 보입니다. 석탄 가루는 또 얼마나 날리는지요. 보기만 해도 숨이 막힐 지경입니다. 20년 넘게 근무하신

사는 게 글쓰기입니다

분도 있었습니다. 은퇴하신 분의 이야기를 해줍니다. 안과에 갔는데, 3년 가까이 눈에서 석탄 가루가 나왔다고요. 석탄이 몸에 배어 있다며 웃으면서 말합니다. 제가 하는 일을 다시 봤습니다. 적어도 빛이 드는 공간에서 작업할 수 있습니다. 깨끗한 공기도 있고요. 더울 때는 에어컨을 켤 수도 있습니다. 얼마나 많이 누리면서 일하고 있는가 깨닫게 됩니다.

나보다 훨씬 더 힘들고 열악한 상황에서도 열심히 살아가는 사람도 많습니다. 무슨 일이든 어려운 부분이 있게 마련입니다. 쉬운 일만 해서는 인생을 변화시킬 수 없다고 했습니다. 결국 내 인생을 더 나아지게 만드는 건, 조금 어렵고 하기 싫은 일을 기꺼이 해낼 때 비로소 가능하다고 말이지요. 진짜 긍정은 도저히 웃을 수 없는 상황에서도 웃는 거라고 배웠습니다. 오늘도 긍정을 장착하고 힘차게 시작합니다.

05

작가는 야채를 던지는 사람이다

———————————————————— 이은설

주간 돌봄 센터에서 소방 훈련을 받았다. 여러 가지 설명을 하던 중 위생모를 쓴 주방 선생님을 향해 소방관이 물었다.

"만약 주방에서 기름으로 인해 불이 났다면 가장 빨리 진화할 방법은 무엇입니까?"

전부 꿀 먹은 벙어리처럼 얼굴만 쳐다보고 아무도 대답하지 못했다. 누군가 "물에 젖은 수건으로 덮는다."라고 했다. 소방관은 그렇게 하면 불은 옆으로 더 번진다고 대답했다.

"주방 화재는 대부분 기름이 원인입니다. 주방에서 불이 났을 경우 주방에 있는 야채를 불을 향해 던지면 됩니다. 주방에 어떤 야채가 있습니까? 상추 부추 배추 등의 잎채소 등이 효과 좋고 열매나 뿌리채소 뭐든지 불을 향해 던지면 야채에 있는 수분이 불을 끄도록 만듭니다."

주방은 기름으로 불이 날 위험이 크다. 주방에 불이 났을 때 야채를 던진다는 것을 처음 알게 되었고 신선하게 와 닿았다.

마음에 불이 난 사람에게 나는 야채 역할을 할 수 있는 사람일까 생각했다.

책 쓰기 강의를 들으면서 나도 책을 쓰고 싶었다. 2021년 12월, 근무하다가 갈비뼈를 다쳤다. 할 수 있는 게 없었다. 글은 쓸 수 있을 것 같았다. 과제 제출하고 초고를 썼다. 글을 어떻게 써야 하는지 몰랐다. 생각나는 대로 그냥 썼다. 더럽게 못 썼다. 무조건 썼다. 40꼭지 쓰기가 생각보다 쉽지 않았다. 초고를 쓰고 근무하다가 더 좋은 소재가 나오면 새 이야기로 바꾸었다. 시간이 오래 걸렸다. 초고를 완성하고 제출했을 때는 이미 반쯤 부패한 것은 아닌가 하는 생각이 들 정도였다. 그러나 최선을 다하고 싶었다. 작은 용기를 냈다. 완성된 초고를 검토하신 작가님은 장문의 코멘트를 주셨다. 가장 중요한 것은 '메시지가 없다. 맥이 통하지 않는다'라고 하셨다. 미칠 것 같았다. 내가 맥을 잡을 줄 알아야 맥을 통하게 하지 여전히 부족하기만 했다. 출판 계약을 하고 책이 출간되어 초대 특강을 하는 작가들이 부러웠다. 나도 얼른 퇴고를 완성하고 싶다. 마음뿐이다. 쉽지 않은 일이다. 그러나 될 때까지 한다는 생각으로 오늘도 고치고 다듬는다. 호박에 줄 긋는다고 수박 될 일은 없겠지만, 작가님은 항상 내가 쓴 글에 정성을 다하라고 했다. 글을 아무리 잘 쓰고 책을 많이 집필한다고 해도 태도가 반듯하지 못하면 아무것도 할 수 없다고 강조했다. 잘하지 못해도 정성들이고 노력해야겠다고 다시 마음을 다잡아 본다.

  태풍이 북상한다고 수시로 안전 알림 문자가 들어왔다. 매스컴에서는 실시간 태풍 상황을 보고했다. 날씨가 변하는 것처럼 내 마음도 시시각각으로 변했다. 생각과 마음은 단 한 순간도 멈춰있지 않고 변하고 움직인다. 나의 의지와 상관없다. 제멋대로 올라갔다 내려갔다 한다. 내가 살아가는 것은 마음 따라 바뀌는 게 아니라고 했다. 자기 마음 상태를 인식하며 "그 일을 계속하는 태도"라고 선생님이 그랬다. 불평불만도 글을 쓰면서 하라고 했다. 상황이 어렵고 힘이 들더라도 지금 하는 일은 계속해야 한다. 글쓰기가 어렵고 힘든 이유는 어렵고 힘들다는 "우리의 생각" 때문이라고 했다.
  "살아가면서 누구에게도 어떤 경우에도 비난, 조롱, 비웃음을 하지 마라. 자기 자신에게 고스란히 되돌아온다. 나를 비웃는 사람이 있다면 상대하지 마라. 그냥 웃어주고 넘어가라"라고 하셨다. 나처럼 간장 종지 같은 마음을 가진 사람은 도저히 따라갈 수 없는 경지다. 좋기만 한 사람도 없고 나쁘기만 한 사람도 없다. 좋은 점이 있으면 나쁜 점도 있다. 세상 이치도 장점이 있으면 단점도 있는 법이다.
  작가는 다행스럽게도 강한 것은 강하다고 쓰고 약한 것은 약하다고 쓰는 것만으로 충분하다. 이런 일이 있었다고 있는 그대로 쓰면 된다고 하셨다. 있는 그대로 쓴다는 것 쉽지 않지만, 꾸준히 연습해야겠다.

주간 보호 센터 원장님이 어르신들의 사회 적응훈련 프로그램을 멋지게 진행했다. 외부 어느 강사보다 집중력과 호응도가 높았다. 감사한 마음으로 원장님에게 카톡을 보냈다.

원장님께.

이번 어르신 사회 적응훈련 프로그램 너무 좋았습니다. 다른 어느 외부 강사님 수업보다 어르신들 호응도가 높고 반응이 좋았습니다. 저보다 더 잘 짐작하시겠지요. 어르신들이 하고자 하는 의욕이 제대로 발휘되는 시간이었습니다. 원장님의 노래가 수준급이었기 때문입니다. 입사한 지 얼마 되지 않아 센터 흐름 파악이 완벽하지는 못할 겁니다. 귀순 어르신 경우, 오늘도 휴식 시간 끝날 때 언제 집에 가느냐고 했습니다. 매사에 의욕이 없었는데 원장님 진행 프로그램에 적극적으로 참여하시는 모습에 살짝 놀랐습니다. 뒤에서 조용히 앉아만 계시던 진석 어르신이 일어나서 몸을 움직이고 얼굴이 환해지는 모습은 세상 무엇과도 바꿀 수 없는 소중한 시간이었습니다. 정희 어르신, 정애 어르신, 진주 어르신이 즐거워하시는 모습은 저를 즐겁게 했습니다. 그 순간만큼 어르신들의 모습은 천국이 따로 없다는 생각이 들 정도였습니다. 어르신이 관심과 욕구가 전혀 없는 것이 아니라, 우리가 어떤 것을 하느냐에 따라 성취도는 달라진다는 것을 새삼 느끼게 되었습니다. 진정한 케어는 무엇일까. 이렇게 좋아하고 즐거워하시는 모습을 처음 보는 것 같았습니다. 주간 보호 센터 근무를 하면서 내가 약간 모자라면 어르신들이 즐거워하신다. 어르신들이 즐거워하시고 행복하면 저의 역할은 잘하고 있다고 혼자 생각하곤 했습니다. 제가 어설픈 춤을 추지만 어르신들이 즐거워하시는 것으로 보람과 가치를 느낄 수 있었습니다. 제가 망가지더라도 어르신이 즐거워하시고 행복해하시면 족하다는 마음으로 근무했습니다. 말이 아니라 행동으로 어르신들을 즐겁게 해주는 원장님께 진심으로 감사드립니다. 제 눈에는 우리 원장님이 연꽃 마을 재단뿐만 아니라, 대한민국에서 최고로 멋진 원장님입니다. 큰 박수를 드리고 싶습니다. 이 글을 드린 이유는 잘하시는 것은 잘하신다고 말씀드리고 싶은 것뿐입니다. 앞으로도 우리 어르신을 행복하게 해주실 원장님을 온 마음으로 응원해 드립니다. - 최고다! 우리 원장님-

걱정은 담배보다 나쁘다. 할 필요도 없고 해서도 안 된다. 걱정은 하는 것이 아니다. 걱정하거나 하지 않거나 터질 일은 터지고 될 일은 된다. 지금의 상황에서 좋은 점을 찾아야 한다. 자신과 상황이 못마땅하게 생각하니 글쓰기가 마땅찮게 느껴진다. 직장 다닐 때 직장인을 위해 쓰고 휴직할 땐 경력 단절된 이들을 위해서 쓰라고 했다. 자기가 처한 상황을 쓰면 글이 위력이 있다. 다시 말해 내가 경험한 이야기를 쓰면 된다고 했다. 나는 요양보호사다. 누구보다 요양보호사의 이야기는 내가 잘 쓸 수 있다. 나의 이야기와 내 생각이 글이 될 수 있고 위력 있는 글이 된다 하니 약간의 위안이 되었다. 내가 처한 상황을 쓰면 된다니, 한 고개를 넘은 것 같다. 그냥 부족한 대로 모자라는 대로 있는 그대로 나의 이야기를 써 보려고 한다.

조물주가 우리를 가장 멋지게 만들어 이 지구상에 보냈는데 내가 내 역할의 반도 하지 못하고 죽는다면 어떨까. 신이 고작 이렇게 살다 왔느냐 말할 때 신 앞에서 핑계는 구차하다. 신 앞에서도 당당해지고 싶다고 힘주어 말하는 작가님의 마음과 정신을 본받고 싶다. 이루고 싶은 꿈은 다 이루고 하고 싶은 일은 해봐야 한다. "어떤 엄마가 아기를 대충 낳는 것 봤습니까?" 선생님의 말이 귀에 울린다. 지금보다는 나의 가능성과 잠재력을 백배는 더 충분히 발휘할 수 있다고 강조했다.

세상 사람들이 화와 울분에 가득 찼을 때 그 울분을 들어주고 감싸주는 작가가 되고 싶다. 불을 끄고 사람을 구하는 소방관처럼 마음이 힘들고 어려운 사람을 119 글쓰기로 세상을 구하고 싶다. 실력이 부족해서 쉽지 않은 일이다. 꾸준히 노력해야겠다 다짐한다. 타인과 세상을 구할 수 있는 작가가 될 때까지 나는 읽고 쓰는 삶을 살고 싶다.

06

고통을 안아 준 순간

———————————————————— 이은정

못 쓸 줄 알았습니다. 불가능하다고 생각했지요. 어쩌면 변화에 대한 두려움이 아니었나 싶습니다. 글쓰기, 책 쓰기라는 도전에 대한 두려움이 내 발목을 잡았던 것입니다. 하지만 그 두려움, 낯섦을 향한 도전이 있었기에 전보다 조금 더 단단해졌고 한 뼘 더 성장했으리라 확신합니다.

글을 쓰는 것은, 나를 성장시키고 누군가를 돕는 일입니다. 내 마음을 표현하는 아름답고 고귀한 예술이기도 하죠. 하지만 종종 어려움에 직면할 때가 있습니다. 한번은 이런 일이 있었어요. 한 편의 글이 거의 완성 단계였지요. 마지막 메시지에서 막혔습니다. 화면은 멈춰있고, 빈 페이지는 나를 놀리는 것 같았죠. 머릿속에선 이미지와 아이디어, 대화가 맴돌았습니다. 그것들을 어떻게 연결해야 할지 막막했죠. 순간 키보드 앞에서 아무것도 할 수 없었습니

사는 게 글쓰기입니다

다. 한참을 생각하다 결국 노트북을 닫고, 밖으로 나갔지요. 아파트 주변 산책길, 의자에 앉았습니다. 노트를 펼치고 펜을 들었죠. '생각나는 대로 아무거나 써 보자. 정해진 주제나 틀 없이 그냥 내 마음대로 쓰는 거야.'라며 끄적거리기 시작했죠. 처음에는 아무것도 쓰지 못하고, 동그라미만 그렸습니다. 글쓰기 스승님 말씀을 떠올렸습니다. 관찰하기 시작했죠. 들리는 것에 집중하기도 하고요. 공원의 풍경, 걷고 있는 사람들, 아이들의 웃음소리 등등. 주변의 모든 것을 있는 그대로, 손이 가는 대로 적었습니다. 몇 시간이 지나, 놀라운 발견을 했죠. 문제는 내용이 아니라 표현하는 방법에 있다는 것을요. 그날의 자유로운 글쓰기 경험, 이후 무력감을 극복하고 한 꼭지를 매듭지을 수 있게 했습니다. 하얀 모니터 화면에 두려움이 느껴질 때마다 일단 메모하고 낙서를 합니다. 그것도 어렵다면, 눈앞에 보이는 것들을 관찰하고 보이는 그대로 씁니다. 더하여 그 순간의 감정까지도 적어봅니다. 한편의 글을 쓰기가 조금은 수월해졌습니다.

거의 매일 두통과 불면에 시달립니다. 때론 글을 쓰는 데 걸림돌이 되기도 하죠. 도움을 청하거나 약을 찾아볼 생각을 하지 않았습니다. 개인적인 문제니까요. 어떻게든 스스로 이 문제를 해결하고자 했죠. 어느 날, 작은 변화를 시도했습니다. 평소 사용하는 책상의 위치를 바꾸었어요. 방 안의 조명도 부드럽게 바꿨고요. 몇몇 식물을 사 와 책상 옆에 놓았습니다. 더 중요한 건 일상의 루틴을 바꾸었죠. 두통과 불면으로 인한 피로감을 줄이기 위해 일과를 조율했습니다. 매일 아침 명상을 했습니다. 명상을 통해, 두통과 불면의 원인을 찾아 그것을 직면하기 시작했죠. 아울러 체력을 키우기 위해 그동안 하다가 말다가 하던 '정화 기공' 수련도 다시 했습니다. 이 스트레칭은 활기를 불어넣어 그날의 기운과 기분을 긍정적으로 '업(up)'시켜 주거든요. 차츰 다른 사람이나 디지털기기의 방해로부터 해방되었죠. 두통은 여전하지만 다루기 쉬워졌고요. 불면으로 인한 정신적인 피로도 줄어들기 시작했지요. 의지와 노력으로 두통을 최소화할 수 있었습니다. 끝내는, 도전을 통해 문제를 해결할 수 있다는 것을 깨달았죠. 생명력이 회복되었습니다. 혼자 힘으로 통증을 해결한 경험을 이제는 내 글에 담아낼 수 있답니다.

글을 쓰면서 직면한 또 한 가지 걸림돌. 같은 단어와 구절이 익숙한 곡조처럼 반복되는 패턴을 발견했지요. 외부의 도움을 구하는 대신, 100권의 책을 읽어보기로 했지요. 다양한 장르와 주제의 책 100권을 선정하여 읽었죠. 고전, 소설, 에세이, 과학 서적까지 다양하게 읽으며 새로운 단어와 표현, 다양한 문장 구조를 발견했습니다. 비슷한 단어나 문장 구조에 의존하는 대신, 읽은 책에서 얻은 영감과 지식을 바탕으로 글을 쓰기 시작했죠. 내 글에 다양한 어휘와 표현이 스며들도록 노력하면서요. 100권의 책을 모두 읽은 후, 언어의 매력에 푹 빠졌고, 그것을 글쓰기에 적용했습니다.

사는 게 글쓰기입니다

글의 내용이 더 풍성해지고 다양하게 표현합니다. 같은 어휘를 반복하는 문제도 극복했고요. 글쓰기의 새로운 차원을 발견했다는 사실에 기뻤습니다.

처음부터 글쓰기가 쉬웠던 건 아닙니다. 글 쓰면서 막힐 때가 여러 번 있었지요. 하얀 모니터 화면 앞에서 막막할 때면 메모하고 낙서합니다. 오감으로 관찰하고, 있는 그대로 적어보고, 그 순간의 감정도 끄적거립니다. 그 외에, 쓰는 것이 좋지만 때론 시작하기가 어려울 때 마감 시간을 정합니다. 그 시간 내에 글을 마무리하기 위해 노력하죠. 때로는 전하려는 메시지를 놓치는 경우, 상황을 실제 체험해봅니다. 그 순간의 감정과 사고방식을 좀 더 깊게 파악할 수 있더라고요. 글을 쓰면서 마주하는 어려움, 분명 존재합니다. 생각만 하지 않습니다. 일단 씁니다. 무엇이든 쓰면서 시작했더니 초고가 나옵니다. 퇴고는 나중에 해도 되니까요.

투병 중 글을 쓰는 과정은 나에게 세 가지를 가르쳐 주었습니다. 첫째, 어떤 상황에서도 내 삶의 주인공은 나 자신이며, 삶의 방향을 선택할 권리가 나에게 있다는 겁니다. 둘째, 어려운 시기를 겪는 모든 이들에게, 그 경험을 통해 얻은 지혜와 깨달음을 나누는 것은 가장 소중한 선물이 될 수 있다는 것이고요. 셋째, 원하는 것이 손에 들어오지 않는 것처럼 느낄 때, 평온함과 통제력을 선물받았지요. 글은 나에게 치유의 수단임을. 글을 쓰면서 깨달았습니다. 감정을 이해하고 극복하는 힘을 얻었습니다. 내 이야기가 다른 사람들에게도 힘이나 용기를 줄 수 있다는 상상을 하면서 글을 씁니다. 내 안의 두려움과 통증, 그리고 희망을. 이 글을 마주할 독자들의 마음과 감정에 귀 기울이면서요. 이 과정에 나 자신의 감정에도 귀를 기울이게 되었지요. 아이러니하게도, 투병의 기간은 창작의 원동력이 되었답니다.

 기분 좋거나 상쾌한 날엔 왜 좋은지 씁니다. 우울하거나 슬플 때도, 아프거나 화가 날 때도 글을 씁니다. 생각나는 대로 정신없이 쓰고 나면 속이 후련해지거든요. 생각에 사로잡히면 아무것도 쓰지 못합니다. 글은 손으로 쓰는 거라고 스승님께 배웠습니다. 뇌는 감정의 지배를 받습니다. 글을 써 내려가기 시작하면 이제는 뇌가 감정을 지배하지요. 지난날들을 되돌아보고 기억을 떠올리며 메모하고 낙서합니다. 기억 속의 나를 불러내어 이야기를 나누고 쓰다듬는 과정은 나와 화해하는 과정입니다. 지금의 나를 있게 한 그 모든 경험이 감사이고 축복입니다. 지금 그대로의 나를 인정하고 긍정하고 안아줍니다. 글쓰기는 내 삶의 역사와 화해를 주선해주었지요. 평생을 두고도 하기 힘든 이 모든 과정이 글쓰기로 가능합니다. 읽고 쓰는 삶은 내 인생의 동반자랍니다.

사는 게 글쓰기입니다

07

악당을 물리쳐라

———————————————————— 이현주

연애 십 년째 되는 해에 결혼했다. 남편은 고등학교 3학년 때 다
녔던 미술학원 강사 친구였다. 어떻게 그렇게 긴 시간을 만날 수
있었는지 묻는 사람들이 많다. 매일 만나다 보니 그렇게 됐다는
대답, 실제로도 그랬다. 십 년이면 강산도 변한다는데 우린 꾸준히
잘도 만났다.

둘째가 앨범 보는 걸 좋아한다. 사진을 보면서 같이 깔깔거리기
도 하고 당시 추억을 떠올리며 이야기도 나눴다. 그날도 둘째가 무
언가를 찾는지 TV 아래에 있는 상자들을 뒤적였다. 양말이나 속
옷을 넣어 놓을 만한 크기의 분홍색 상자를 두 손에 꺼내 들고 물
었다.

"엄마, 이게 뭐야?"

오랜만에 보는 상자라 한참 들여다봤다. 나도 궁금했다. 모르겠
다고 대답하며 다가갔다. 뚜껑을 열자 쏟아져 나오는 종이들, 깨알

같은 글씨로 빼곡히 적은 편지였다. 그제야 기억났다.

하나하나 펼쳐 보며 데굴데굴 구르며 웃는 딸.

"재미있냐? 아휴, 뭐가 좋다고 이렇게 많이 썼어."

하나, 하나 펼쳐봤다. 열이면 열 다 내가 쓴 편지였다. 엄마는 한 통도 못 받았냐고 딸이 묻는다. "설마, 한 통은 받았겠지!"라고 대답했지만, 기억이 없다. 그 시절 남편은 시 쓰는 걸 좋아했다. 시를 선물 받은 기억은 난다고 했다. 그런데 어디에 있는지는 잘 모르겠다고.

"아빠가 따라다녔다면서? 아닌 것 같은데." 정말 아빠가 따라다녔다고 말하며 집에 오면 물어보라고 했다. 분명 아니라고 대답하겠지. 웃음이 나왔다. 나에게도 이런 풋풋함이 있었다니.

나는 글을 못 쓰는 사람이라고 생각했다. 그런데 연애하는 동안 계속 편지를 썼다. 상자 가득한 편지를 보니 놀라웠다. 그 시절, 일주일에 5일 이상을 만났는데 무슨 할 얘기가 그렇게 많았는지. 참 열심히도 썼구나, 싶었다. 눈에 보이는 몇 개를 읽어봤다. 도대체 무슨 얘기를 쓴 건지 궁금했다. 특별한 내용이 없었다. 그날그날 있었던 일상과 감정, 기분을 그저 끄적거리듯 늘어놓은 글. 중요하지도 않았고 특별하지도 않았다. 그런데 이렇게 많이 썼다고? 그때의 나에게 말했다. '대단하다. 이현주'

그런데 지금은 왜 한 줄도 쓰기 어려운 걸까. 작가가 되겠다는 결심을 하고 가장 힘들다고 생각한 것이 바로 '쓰기'였다. 이왕이면

　　　　　　　사는 게 글쓰기입니다

다홍치마라고 재미있는 내용, 특별한 이야기를 쓰고 싶었다. 사람들의 관심을 끌고 싶었다. 잘 쓴다고 인정받고 싶었고 칭찬받고 싶었다. 내가 이렇게 인정욕구가 많은 사람이었는지 글을 쓰면서 깨달았다. 덕분에 한 글자도 못 쓰고 머뭇거렸다. 욕심은 많은데 노력하지 않았고 연습도 안 했다. 종일 투덜거리기만 했다. 그냥 얻어지는 건 없다는 걸 알면서도 거저 갖고 싶었다. 도둑놈 심보가 따로 없었다.

책 쓰기 강의를 들으며 나만 어려워하는 게 아니라는 걸 알았다. 유명한 작가들도 백지 공포가 있다고 한다. 하물며 이제 막 글을 쓰겠다고 덤비는 하룻강아지. 나에게 글쓰기 어려움은 너무 당연한 일 아닌가. 오히려 글쓰기가 어렵지 않다, 쉽다고 생각하는 것이 더 큰 문제라고 했다. '글쓰기가 어려운 건 당연하다'는 것을 받아들였다. 글 쓰는 작가들 모두 비슷하다니 안심이 됐다.

영화나 드라마, 소설을 보면 멋진 주인공이 나온다. 주인공의 환경은 대부분 어렵다. 가난에 찌든 삶, 부모님은 병들고, 배움은 짧다. 도와주는 사람도 있지만 힘이 없다. 주변 사람 중에 나쁜 사람, 악당이 꼭 존재한다. 악당은 힘도 세고, 포기를 모른다. 어찌 생각해 보면 물불 가리지 않고 달려드는 악당도 대단한 인물이다. 다른 사람에게 피해를 주고, 남을 속이는 나쁜 인물이 아니라면 또 다른 주인공이지 싶다. 결말은 늘 해피엔딩. 주인공이 악당을 물리치고 끝내 성공한다. 하지만 그 과정이 결코 쉽지 않다. 모든 어려움과 문제, 아픔을 극복하고 마침내 꿈과 사랑을 지켜내는 주인공. 악당이나 어려운 환경, 극복해야 할 문제가 없다면 과연 그렇게 멋진 주인공이 탄생할 수 있을까. 그 영화가 재미있을까. 주인공을 둘러싼 환경이 어려울수록, 문제가 힘들면 힘들수록, 악당이 악랄하면 악랄할수록 이야기는 더 흥미진진하다. 영화를 보는 동안 주먹을 불끈 쥐고 얼굴에 열이 날 정도로 적극적으로 주인공을 응원한다.

영화나 드라마에 존재하는 악당, 일상에도 존재했다. 가장 힘이 센 악당은 내 안에 있었다. 게으름 피우고, 할 일을 미루고 늦게 자고, 늦게 일어나는 악당. 하는 일에 집중할 수 없게 했다. 매일 똑같은 하루를 보내게 했고, 감사할 줄 모르게 했다. 목표가 없는 삶을 살았고 쉽게 포기하게 했다. 용기도 없었고 도전할 수 없게 했다. 내 안의 악당을 키우고 있었다. 그 악당이 나를 망치고 있었다.

악당은 언제 어디서든 불쑥불쑥 나타났다. 글을 쓸 때도 그랬다. 쓰기도 전에 망설이다 끝났다. 원하는 목표를 이루고자 한다면 내 안의 악당과 맞서 싸워야 했다. 내가 갖고 있는 글쓰기 고민은 당연한 거로 생각했다. 작가가 되겠다, 글을 쓰겠다고 생각하지 않았다면 글쓰기에 대한 어려움은 생각하지도 않았겠지. 새로운 목표와 하고 싶은 일이 생기니 방해를 하려고 나타난 악당이었다.

이 문제를 어떻게 극복할 수 있을까? 어떤 방법으로 해결해야 악당을 물리친 주인공이 될 수 있을까. 방법을 찾아야 했다. 우선 내

사는 게 글쓰기입니다

가 갖고 있는 문제를 정확하게 알아야 했다. 종이를 꺼냈다. 문제라고 생각하는 것들을 하나하나 썼다. 글쓰기를 방해하는 악당은 무엇인가. 가장 큰 장애물은 무엇인가.

글쓰기를 방해하는 문제, 여러 가지가 있었다. 잘 쓰고 싶다는 생각과 괜찮은 내용을 쓰고 싶다는 욕심. 다른 사람에게 인정받고 싶다는 욕구와 글감이 없다는 핑계, 네 가지는 무조건 물리쳐야 할 악당이었다.

책 쓰기, 글쓰기 강의를 반복해서 들었다. 강의를 들으며 쓸 수 있다는 자신감을 갖게 되었다. 자신감은 글쓰기로 이어졌다. 매일 반복해 쓰다 보니 인정받고 싶고 잘 쓰고 싶다는 생각에서 벗어날 수 있었다. 원하는 목표를 이루기 위해 내가 지금 하는 일, 해야 할 일에 집중했다.

나보다 먼저 글을 쓰고, 작가가 된 사람들에게 조언을 구했다. 이야기를 나누고 도움을 받았다. 지금까지 살아온 내 삶도 충분히 좋은 글감이 된다는 것. '일상이 글감이다'라는 것을 알게 되었다. 그렇게 생각하니 내 삶도, 어려움을 참고 견뎌온 나도 꽤 괜찮은 사람이라는 생각을 했다. 꾸준히 SNS에 글을 올렸다. 공동 저자로 두 권의 책을 출간했고, 전자책도 한 권 썼다.

'2023년, 7권 출간'이란 새로운 목표가 생겼다. 이런 긍정적인 경험이 쌓이고 쌓이면서 글쓰기의 어려움을 조금씩 극복할 수 있었다.

지름길은 없다. 건너뛸 수도 없다. 욕심만으로는 잘 쓸 수 없었고, 인정받고 싶다고 쓴 글이 나아지는 것도 아니었다. 생각할수록 복잡하고 어려웠다. 어떤 것이 옳고 그른지 따지지 않기로 했다. 시작했는가, 안 했는가의 차이가 있을 뿐이었다. 조금 더 나은 선택, 악당을 물리치는 나만의 방법을 찾아냈다. 꾸준히 계속 글을 쓰는 행위, 오늘 해야 할 일을 하는 것, 매일 한 줄이라도 쓰는 것, 오늘 쓴 글이 어제보다 나을 거라는 믿음, 그것이 전부였다.

잘 쓰고 싶다면 한 줄이라도 써보는 게 답이다. 괜찮은 글을 쓰고 싶다면, 내가 괜찮은 사람이 돼야 한다. 보려고 하지 않았을 뿐, 일상이 모두 글감이었다. 행동으로 옮기기 시작하면서 할 수 있다는 믿음이 생겼다. 정해진 답은 없다. 글쓰기의 어려움을 극복할 수 있는 나만의 해답을 찾는 것. 결국 악당을 물리치고 꿈을 이루는 주인공, 세상은 내가 쓰는 책이었다.

08

하루 한 페이지 독서와 메모하기

장진숙

책을 많이 읽는 똑똑한 사람이 되고 싶었다. 흥미로운 소설책 외에는 책 읽는 속도가 느렸다. 한 문장을 열 번 읽어도 이해되지 않기도 했다. 자연스럽게 책 읽는 시간이 오래 걸렸다. 주위 사람이 책을 1시간에 다 읽었다거나 1년에 100권을 완독했다는 말에 자신감을 잃었다. 책을 읽지 않아서 오는 열등감을 피하려다 보니 진지한 책은 읽지 않게 됐다. 대신 책을 많이 읽는 모습을 상상하곤 했다. 2023년 매일 책 읽기로 목표를 정했다. 1년 동안 50권 혹은 100권의 책 읽기가 아니다. 매일 한 페이지 이상 책 읽기라 꾸준히 실행하기에 부담이 없다. 일어나자마자 한 페이지 이상 책 읽기로 하루를 시작했다. 아침에 책을 읽지 않으면 그날은 책 읽기가 쉽지 않다. 밤 12시 전 급하게 겨우 한 페이지를 읽고 하루를 끝내기도 했다. 일어나서 바로 책을 읽고 '오늘도 해냈다.'라는 성취감은 또 다른 성공을 불렀다. 매일 성공한 하루를 시작하니 즐거웠다. 하루 한 페이지부터 책의 2/3까지. 매일 하는 독서는 새로운 것을 알려주고, 잊었던 사실을 떠올리게 한다. 거기에 할 수 있다는 자신 감을 키우고 생각의 폭도 넓혀준다. 책 속에는 할 수 있다는 희망과 여러 배울 점들이 있었다.

한 달에 두 번 자이언트 독서 모임 천무에서 선정한 책을 읽고 '현타'가 왔다. '현타'는 '현실 자각 타임'의 줄임말로 헛된 꿈이나 망상 따위에 빠져 있다가 자기가 처한 실제 상황을 깨닫게 되는 시간 이라고 우리말샘에 정의하고 있다. 김종원 작가의 『문해력 수업』을 읽으면서 내가 너무 무지하고 나와 같은 사람은 글을 쓸 수 없을 것 같았다. 얕은 지식으로 누군가를 위해 글을 쓰면 안 된다는 생각에 괴로웠다. 몇 주 아무것도 쓸 수 없는 시간이었다. 그런데 이젠 안다. 나는 지식이 풍부한 사람들을 변화시키기 위해 글을 쓰는 것이 아니다. 나와 같은 처지에 있는 사람을 돕기 위해 글을 쓴다. 옷에도 44, 55, 66, 77 등의 다양한 치수가 있고 사람마다 자기에게 맞는 치수의 옷을 찾듯 책에도 책에 맞는 독자가 있다. 취향에 따라 치수에 상관없이 다 입는 사람처럼, 다양한 책을 읽는 사람도 있다. 이런 사람에 휘둘릴 것이 아니라 내가 정한 독자만 보면 된다. 많은 사람이 내 책을 보고 변할 수 있다면 감사할 일이지만 모두를 독자로 생각해 쓸데없는 걱정 할 필요가 없다. 내가 글쓰기 내공이 부족하다는 것을 받아들이고 선택한 독자에게 집중하면 된다.

책을 쓰면서 번아웃증후군이 맞는 표현인지, 라이언 일병을 어떻게 설명할지 확인해야 할 것이 많았다. 인터넷 검색이 안 되면 난감해하다 쓰던 글을 조용히 덮는다. 다음 꼭지로 넘어가지만 찝찝함이 남아있다. 글을 써야 한다는 생각은 있는데 진도가 나가지 않았다. 스트레스가 이만저만이 아니었다. 일단 개인 책 집필을 중단했다. 다른 쓸 거리를 찾다 할머니와 추억, 일상의 기억을 글로 썼다. 소소한 기억을 적으니 제법 쓸 말이 많았다. 휴대전화 메모리처럼 기억할 수 있는 저장 공간이 정해져 있는데 계속 새로운 것들이 넘치게 들어왔다. 잊어버리는 것이 많아졌다. 4년 사용하던 휴대전화의 메모리 공간이 부족하다는 메시지가 떴다. 공간을 늘리는 방법으로 사용하던 앱을 제거하거나 카카오톡에 저장된 자료를 지우는 것을 추천해 줬다. 오래된 자료를 최적화한다는 것이 그만 카카오톡을 지워버렸다. 휴대전화 저장 공간은 늘어났지만 기억하고 싶은 문장, 자료, 그림 등은 사라졌다. 몇 번을 확인하는 습관 덕분에 직원들은 나를 믿었다. 이제는 깜박깜박하는 일이 많아졌다. 2022년 9월 코로나19로 아무 생각도 할 수 없었다. 깜박 잊어버린 일이 늘어난 원인에 코로나19 부작용을 탓해보기도 한다.

깜박 잊어버리기를 극복할 비책은 바로 메모하기다. 병원에서 간호사로 근무할 때 해야 할 일이 많았다. 그 일들을 놓치지 않기 위해 메모를 하고 일이 끝날 때마다 하나씩 줄을 긋는 습관이 있었다. 간혹 메모지가 없으면 볼펜으로 손바닥에 적는 일도 더러 있었다. 퇴근할 때 내가 처리한 목록에 줄이 7~8개 정도 그어졌다. 이런 습관 덕분에 내가 해야 할 일은 빠짐없이 할 수 있었다. 직장에서 내가 가진 에너지를 다 쓰니 정작 글을 써야 하는 집에서는 손도 까딱하기 싫었다. 책으로 쓰고 싶다고 생각한 이야기도 몇 있었다. 지금은 그 이야기의 중요 포인트가 뭐였는지 기억나지 않고 연기처럼 다 사라져 버렸다.

개인 책을 쓸 때, 글쓰기를 멈추게 했던 세 가지 어려움이 있었다. 첫째, 지식 부족이다. 글로 쓰려고 하는 내용에 무지했고 내가 알고 있는 어휘가 절대적으로 부족했다. 그래서 같은 단어를 중복해서 사용하게 됐다. 적절한 어휘를 다양하게 사용할 수 없어 글은 지루해 보였다. 둘째, 시간 부족이다. 직장 생활과 글쓰기를 병행하기 위해서는 둘의 균형에 맞는 시간 관리가 중요하다. 나는 여러 가지 일을 한 번에 처리하지 못해서 하나를 끝내고 다른 일을 해야 하는 사람이다. 두 가지를 동시에 진행하려니 이도 저도 안 됐다. 일할 때는 글쓰기에 대한 걱정, 글 쓸 때는 밀린 업무에 대한 걱정이 많았다. 음식도 섞어 먹는 것을 좋아하지 않아 한 가지를 먼저 먹고 다른 음식을 먹는다. 번갈아 먹으면 음식의 맛을 충분히 즐길 수 없기 때문이다. 시간을 늘리기 위해 잠을 줄이니 다음날 일정에 바로 차질이 생겼다. 셋째, 부정적 생각이다. 수시로 의심하고 불안한 부정적인 생각이 들었다. 부정적 생각이 커지면 글쓰기에 대한 의욕을 잃고 모든 행위가 부질없는 것 같아 글을

사는 게 글쓰기입니다

쓰지 않게 됐다.

 글쓰기를 멈추게 하는 어려움 때문에 시도와 포기를 반복하다 이 세 가지 문제를 극복할 방법을 찾았다. 첫째, 하루 한 페이지 독서하기다. 하루 한 페이지 책 읽기는 짧은 시간만 있어도 가능하다. 누구나 매일 꾸준히 실천하기에 좋다. 비록 적은 양이지만 밀도 있게 읽을 수 있다. 지식도 쌓고 어휘력을 높일 수도 있었다. 나는 침대 위에 네다섯 권의 책을 두고 기분에 맞춰 책을 읽는다. 요즘 많이 읽는 책은 토니 로빈스 『365일 거인과 함께 가라』다. 이 책은 한 페이지에 전달하고자 하는 중심 메시지가 있다. 부담 없이 하루에 한 장씩 읽도록 구성되어 있다. 아침에 일어나서 바로 읽기에 좋다. 둘째, 메모하기다. 생각은 수시로 떠올랐다 사라진다. 이 생각 잡는 방법이 메모하기다. 메모지가 침대 옆과 가방에 하나씩 있어 어디서든 바로 쓸 수 있게 한다. 매일 예상하지 못한 일들이 일어난다. 시간을 정해 글쓰는 것은 어렵다. 중요한 메시지나 책을 읽고 만든 나만의 어록 등을 언제 어디서든 메모한다. 셋째, 긍정 확언하기다. 확언을 통해 부정적인 생각을 몰아내고 긍정적인 생각으로 채운다. 나는 아침 눈뜨자마자 확언으로 하루를 시작한다. 불안하거나 부정적 생각이 떠오르면 '나는 할 수 있다.', '벵제 도브제!'(폴란드어 결국에는 다 잘 된다.) 등의 긍정 확언을 한다. 장소에 상관없이 그 자리에서 가만히 눈을 감고 심호흡을 한차례 하고 확언을 속으로 여러 차례 대뇌이면 된다.

생각은 바다고, 가끔 번뜩이는 생각은 파도와 같다. 이 파도가 물거품이 되어서 사라지지 않게 잡을 방법은 메모하기다. 파도가 하루에도 몇 번씩 만들어지고 깨지기를 반복하듯 우리의 생각도 떠올랐다 잊히기를 반복한다. 이 생각이 사라지지 않고 글이 되기 위해선 책 읽기를 통해 생각의 공간을 정리하고 떠오른 생각은 메모로 잡아야 한다. 작가의 생각은 책 읽기와 메모하기를 통해 더 풍성하고 명료해진다. 나는 하루 한 페이지 책 읽기, 하루 한 문장 메모하기로 좋은 작가가 될 역량을 쌓고 있다.

사는 게 글쓰기입니다

09

삶과 글은 연결되어 있다

— 장춘선

　글을 빨리 잘 쓰고 싶었다. 2년간 '독서와 글쓰기'를 내 삶에 장착하기까지 인내가 필요했다. 글쓰기 강의를 들을수록 책을 읽고 글을 써야 한다는 강박이 생겼다. 퇴근 후 대부분 시간을 읽고 쓰는 데 할애하면서도 부족하다 느꼈다. 주말에도 친구나 가족과의 약속을 피했다. 주변 사람들은 나의 행동을 보고 건강을 잃을까 염려했다. 하지만, 글쓰기 외의 일은 우선순위에서 밀렸다. 이런 선택이 때로는 한심해 보일 때도 있었다. 왜냐하면 글쓰기 실력이 크게 향상되지 않았기 때문이다. 직장 다니며 글 쓴다는 게 쉽지 않았다. 직장동료와 회식하며 어울려야 살맛이 난다. 코로나와 맞물려 사람을 만나는 자리가 줄긴 했지만, 그런 생활을 좋아했었다. 이 나이에 뭐 한다고 책상에 앉아 이러고 있나 싶었다. SNS에서 지인들이 놀러 간 사진을 볼 때면 더 그랬다. 특히나 이번같이 더운 여름 물놀이 한 번 가지 못해 안타까웠다. 놀기라도 할 걸 후회가 됐다. 하지만 글을 잘 쓰고 싶다는 욕망에는 변함이 없었다. 새로운 일 적응하는 데 온갖 방해물이 있지만 이런 일 저런 일 일어날 수 있다는 점을 인정해야 그 일을 지속할 수 있다.

비가 부슬부슬 내리는 일요일 아침. 냉장고 속에 버릴 음식과 빨래통에 빨래가 쌓여 있었다. 치워야 한다는 불편한 마음에도 노트북을 켰다. 개인 저서 초고를 쓰는 중이었다. "비도 오는데 뭐하냐. 우리 농막에서 삼겹살 구워 먹고 놀자." 큰언니 전화다. 바쁜데. 책 써야 하는데, 삐죽거렸다. 뭐가 그렇게 바쁘냐, 여유 있게 즐기며 살 때도 되지 않았느냐, 언니의 잔소리가 더 셌다. 나는 안정적인 직장이 있다. 주말에 여행 다니며 쉬어도 된다. 하지만 글쓰기 세상에 발을 디디고 결과물을 내고 싶었다. 한동안 먼저 연락하는 일 없이 지냈다. 언니가 글쓰기에 빠져 허우적대는 나를 깨웠다. 마지못해 읽을만한 책을 챙겼다. 짬 나면 책이라도 읽을 요량이다. 김해시 진례면에 있는 큰언니네 농막까지는 창원에서 30분이면 간다. 마트에서 과일과 음료를 샀다. 큰 형부와 언니, 둘째 형부와 언니가 도란도란 삼겹살을 불판에 올려놓고 술잔을 나누고 있다. 들녘을 바라보며 차려진 식탁에는 밭에서 갓 따온 상추와 풋고추, 깻잎이 수북하게 놓여 있다. 맛있게 숙성된 김장 김치와 오이장아찌 등 반찬류가 맛깔스럽다. 얼른 옆에 붙어 앉았다. 노릇노릇하게 굽힌 삼겹살 한 점 입에 넣었다. 고기가 스르륵 기분 좋게 넘어갔다. 긴장이 풀렸다. 언제 이런 진수성찬을 먹었나. 언니들이

사는 게 글쓰기입니다

사는 모습이 진짜 같았다. 나는 뭐 하고 사는 것인지 한심스러웠다. 직장 다닌다는 핑계로 집안 살림을 잘 하지도 않았지만, 요즘은 더하다. 남편이 이런저런 투정을 부린다. 집안일 내팽개치고 글 쓰는 모습을 두고 하는 말이다. 토 달지 않았다.

지난주에도 큰언니가 불렀다. 나가지 않았다. 직장 일하다 보면 주중에는 글 쓸 시간이 없다. 주말에 집중해야 한다. 몇 줄 쓰지도 못하면서 마음만 바쁘다. 언니 연락이 달갑지 않았다. 응, 좀 바빠. 짧게 시큰둥하게 전화를 끊었다. 컴퓨터 앞에서 종일 서성였다. 글은 진도도 나가지 않았다. 글 써야 한다는 강박에서 벗어나지 못해 종종거렸다.

이번 주는 그냥 놀기 잘했다 싶었다. 화기애애하게 얘기 나누다 보니 벌써 오후 3시. 주섬주섬 가방을 챙겼다. 저녁 시간도 아직 멀었는데, 가느냐고 핀잔을 준다. 누룽지 해서 저녁까지 먹고 가잖다. 마음에 여유가 없었다. 흘러가는 시간이 아까웠다. 몇 줄 써야 한다는 생각에 마음이 급했다. 가방에 넣어 온 책은 펼치지도 못하고 다시 가져왔다.

"운동 좀 하지." 저녁 시간마다 글쓰기 수업에 빠진 나에게 남편이 딴죽을 건다. 글쓰기를 시작하기 전에는 남편이랑 산책하며 사는 얘기를 했다. 요즘은 운동은커녕 저녁 식사 준비도 대충이다. 반찬가게에서 사다 나르기 바쁘다. 저녁 먹고 오겠다는 남편 전화가 제일 반갑다. 혼자 대충 간식으로 입가심하고 책상에 앉는다.

직장에서 일하는 시간, 퇴근 후 집안일 하는 시간 빼면 자기 계발할 시간이 부족하다. 밥을 요구하는 남편을 탓한다. 최대한 집안일은 간소화했지만 나를 위한 운동이며 다른 여유를 가지지 못했다. 뭐 때문에 사느냐는 소리가 나올 만하다. 하지만 큰 목표를 위해 작은 가지를 잘라야 했다. 나에게는 글이 써질 듯 말 듯한 갈증이 있었다. 조금만 하면 될 것도 같았다. 물은 섭씨 100도에서 끓는다. 나의 글쓰기 실력이 99도일 수도 있다. 조금만 하면 될 것 같았다. 멈추고 싶지 않았다. 이런 간질거리는 글쓰기에 대한 열망은 새벽에 일어나 글을 쓰도록 했다. 누구에게도 방해받지 않는 새벽 루틴으로 메꾸어 간다. 새벽에 글 쓰는 모습을 목격한 남편이 이제 포기한 듯하다. 어깨 한 번 쭉 펴고 하란다.

토요일 저녁, 세 번째 공저 OT을 받았다. 제목과 목차를 받고 꼭지마다 쓸 내용을 메모했다. 며칠 전 대구 동산병원에 시어머니가 입원했다는 소식에 마음이 쓰였다. 빨리 글을 써둬야겠다는 예감이 들었다. 일요일 한 꼭지를 썼다. 월요일 퇴근 후에 두 꼭지 쓰다 말고 잠이 들었다. 새벽 4시에 일어나 불안한 마음으로 글을 썼다. 남편 핸드폰이 울린다. 예상했던 시어머니 부고 소식이다. 더 이상 진행할 수 없었다. 덮었다. 초고 제출 기간을 지킬 수 없었다. 내가 통제할 수 있는 일상도 있지만, 통제할 수 없는 일도 있다. 조급증 낸다고 될 일은 아니었다. 대안이 필요했다. 지금 할 수 있는 일에 집중하는 거였다. 직장 일이며 모든 일상을 내려놓으니 시간이

　　　　　　　사는 게 글쓰기입니다

주어졌다. 가만히 생각할 수 있었다. 꼭지마다 쓸 내용을 구체적으로 그렸다. 새로운 일을 시작할 수는 없었지만, 멈춰서서 이런저런 생각은 할 수 있었다. 나는 일상으로 돌아와 5일의 멈췄던 시간을 회복했다. 평상시 일상을 소화하느라 행동만 했었다면, 큰일을 치르기 위해 멈춘 시간은 생각할 여유를 줬다. 초고 제출 기간은 지났지만, 집중했다. 함께 공저 진행하는 작가가 내 글을 기다리고 있었기에 돌아와 다시 글을 썼다.

우리 주위에는 여러 가지 일들이 공존하고 있다. 내가 조절할 수 있는 일도 있고 그렇지 못한 일도 허다하다. 다양한 삶을 인정하지 않으면 주위의 모든 것이 넘어야 할 벽이 된다. 삶과 글은 연결되어 있다. 아무 일 일어나지 않으면 아무 글도 쓸 수 없다. 큰 파도를 탈 때는 잠시 멈추어야 하고 일상의 잔잔한 물결을 느껴야 한다. 살면서 얻은 경험과 감정은 글을 통해 표현된다. 읽고 쓰는 삶을 선택했다. 일상에서 마주치는 사람과 일을 더 가까이 두기로 했다. 지금 일어난 일에 충실하며 나는 오늘도 글을 쓴다. 글쓰기를 만났기에 지금의 내가 있다. 삶이 곧 글이다.

10

인생은 문방구

———————————————————————— 정은주

좋아했다. 나랑 비슷한 사람이구나~하고. 문방구에 가서 남편이 아기자기한 색깔의 볼펜과 자, 포스트 등을 사 왔다. 필통을 빵빵하게 채워놓고 흐뭇해하며 다이어리를 꺼내 적기 시작했다. 내가 임신한 뒤로 동병상련인 건지 남편은 90kg 가까이 쪘다. 거구의 손에 잡힌 핑크색 펜이 귀엽다고 하자, "나 어릴 때 엄마가 안 사줘서 이런 게 너무 좋아." 남편은 세상 다 가진 아이처럼 행복해했다. 그래 천 원짜리 물욕이야 괜찮지 하며 딱 맞는 성격의 배우자를 만났다고 생각했다.

어릴 때 '자동 연필깎기'가 정말 갖고 싶었다. 6,000원. 아직도 선명하다. 견출지에 적힌 가격이 박스에 붙여져 있었다. 학교 가는 문방구. 유리 찬장 제일 안쪽에 있던 금색 연필 깎기는 우리가 살던 연립주택 1층에 사는 지은이가 사용하는 것이다. 지은이 필통을 열면 언제라도 전쟁터에 뛰어나갈 준비된 장병들처럼 끝이 날

사는 게 글쓰기입니다

카로운 연필들이 줄 서 있었다. 그걸로 쓰면 '받들어 총!'처럼 수직으로 각을 세운 글자들이 명령에 맞춰 행진할 것만 같았다. 나는 100원짜리 연필 깎기 통도 없는, 칼날이 그대로 드러나는 연필깎이를 썼다. 힘을 세게 주면 중간에 연필을 깎다가 심이 부러진다. 게다가 글을 쓸 때도 부러지기 일쑤였다. 끝도 전자 연필 깎기처럼 날카롭지 못한 건 두말하면 잔소리다. 초등학교 1, 2학년 때는 부끄러움을 몰라서 연필이 문제될 게 없었다. 3학년쯤 되니까 무딘 연필 끝과 삐죽빼죽하게 깎인 연필이 부끄러웠고 엄마를 졸라댔다. 중, 고등학교 다니는 오빠들과 나이 차가 많이 나던 시절이라 부모님은 여윳돈이 없었다. 첫째 오빠는 도시락을 두 개씩 싸서 다녔으니 매일 들어가는 식비도 만만치 않았다. 어지간한 큰마음을 먹지 않고서는 덜컥 사주기 힘들었다. 그래서 나는 지은이가 참 부러웠다. 비싼 연필깎이를 사주는 부모님이 계신 것도 부럽고, 첫째라서 가족의 사랑을 독차지하는 것도 부러웠다.

아이가 학교 가면서 잊었던 연필깎이가 떠올랐다. 기억 속에는 은색으로 남아있는데 지금보니 금색이었다. 모양은 기차의 한 칸 형태로 변하지 않았다. 살까 말까 망설였다. 그 옆에 크기가 10분의 1밖에 안 되는데 가격도 저렴한 독일산 제품이 있었기 때문이다. 크기나 모양은 옛날에 사용했던 연필심을 부러뜨리던 것과 비슷한데 성능은 예전 것과 비교할 수 없었다. 인터넷으로 검색해보니 후기도 좋았다. 독일에서 만든 데다가 가성비도 뛰어나다는 글이 많았다. 꼭 사려고 벼르던 연필깎이 말고 작은 것으로 결정했다.

　작년 봄 새벽 한 시. 다음 날 진행할 행사 준비하다 계단에서 넘어졌다. 우지끈하고 소리가 났지만 뼈가 부러졌다고 생각 안 했다. 근육이 놀랐을 뿐 자고 일어나면 괜찮을거라 생각했다. 하지만 예전에 넘어진 것과 달리 일어날 수도 없고 난간을 짚어도 움직일 수도 없었다. 내일 행사를 망쳐서는 안 된다는 생각 외에 다른 것은 생각 안 하려고 했다. 눈물 반 콧물 반 아픈 다리를 질 질 끌고 벽을 잡고 집으로 왔다. 아무것도 모르고 잠들었던 남편이 새벽에 일어나 눕지도 앉지도 못하는 나를 보고 깜짝 놀랐다. 내가 아니면 안 되는 상황이지만 남편에게 대신 진행해달라고 부탁했다. 처음 해보는 행사라 긴장이 됐던 남편은 걱정하는 둥 마는 둥 본인 걱정에만 사로잡혔었다. 다리도 너무 아픈데 그런 태도에 서운함까지 겹치지만, 남편 등을 떠밀었다. 행사는 무사히 끝나고 나는 수술실에 누웠다. 다리뼈가 사선으로 부러진 데다 억지로 걸어서 뼈 위치가 어긋나 있었다. 진통제를 일주일 동안 뺄 수 없을 정도로 수술 통증이 심했다. 담당 의사는 회복 기간을 일 년 이상으로 보고 있었다. 당시에 진행하는 수업은 모두 연기되거나 다른 강사로 대체되었다. 일상의 일이 무너졌다. 화장실을 가려면 휠체어에 타야 했고, 반드시 누군가가 도와주어야 했다. 통합 간병실이라 요양보호사가 24시간 있었다. 세 명의 요양보호사는 얼굴 한번 찡그리지 않지만 매 번 화장실 가는 것이 미안했다. 참을 수 있을 만큼 참고, 밥은 반만 먹었다. 남들은 옥상 정원에 나가 산책했지만 나는 화장실 외에는 가지 않았다. 의사 선생님이 회진 돌 때 다리뼈가 붙는 속도에 변화가 없을 때가 있었다. 내 몸이 누군가에게 짐이 된다면? 하는 자괴감도 들었다. 밤에 자다가 화장실에 가고 싶으면 자유롭게 걸어갈 수 있다는 게 얼마나 감사한지 알게 되었다. 늦은 밤 오줌이 누고 싶어도 선잠을 자는 요양보호사에게 미안해서 눈만 깜박이며 아랫배에 힘을 주며 참았다. 벨을 누르면 언제든지 오는데 왠지 마음이 무거웠다.

코로나가 터지면서 새벽 독서 모임을 시작했다. 온라인인데다 식구들이 모두 잠든 새벽이라서 얼굴 보기 힘들었던 사람들과 마음 편하게 모임을 했다. 입원하면서 빠졌던 독서 모임에 다시 들어갔다. 새벽 5시면 간호사가 혈압을 재러 오는 시간이라 자연스레 병실에도 불이 켜졌다. 간호사가 오기 전부터 노트북을 켜고 이어폰을 꼈다. 그 시간에 공부하는 나를 보며 사람들은 대단하다고 여겼다. 독서 모임 사람들도 다시 볼 수 있어서 좋다고 격하게 반가워했다. 책을 펼치고 느낀 점을 나누었다. 발표하기 위해 내용 준비를 했다. 공부를 다시 시작했다.

생각해보면 연필깎이도, 병실도 그대로다. 가난했던 기억은 나지만 상처가 되지는 않았다. 그 연필깎이를 제외하고는. 뭐가 중하다고 그것 하나 못 사주고 응어리로 남게 했냐고 따질 수도 있을 것이다. 원망을 덮은 사랑이 없었다면 말이다. 시간이 지나도 연필깎이는 그대로이다. 변한 것은 내 마음이다. 어릴 때는 글씨 쓰다가 연필이 부러지거나 받아쓰기를 틀리면 나를 탓하는 게 아니라 연필깎이가 시원찮아서 그렇다고 여겼다. 힘 조절하면 되고 글자를 외우면 되는데 연필이 뭉툭해서 한 번에 윙하고 깎이지 않아서라고 생각했다. 요즘 유행하는 말로 '중요한 것은 꺾이지 않는 마음'이라는데 병실도 마찬가지였다. 오히려 시간이 많아져서 공부에 집중할 수 있었다. 게다가 재미있는 것은 병실에 온 환자마다 저마다의 사연이 있었다. 듣는 재미가 쏠쏠했다. 침대 마지막 칸에는 항상 말이 많은 환자가 왔다. 분위기 메이커였다. 가운데 침대에는 조용한 환자가 와서 양옆의 환자들을 보살피는 역할을 했다. 나와 마주 보는 자리에는 항상 나이 많은 할머니 자리였다. 돌아가신 할아버지의 바람 핀 이야기부터 말 안 듣는 아들, 공부 잘하는 손녀 이야기를 새벽 일찍 일어나서 들려주었다.

작가가 되고 바뀐 것은 무엇보다 모든 것이 '글감'이 되다는 점이다. 병실에 앉아서 환자들의 이야기만 수집해도 책이 몇 권이나 나올 것이다. 아픈 상처를 고백하니 '고생 많으셨네요'라고 위로해주고, TV보다 재밌는 살아있는 이야기가 실감 났다. 작가의 귀로 듣는 다른 이의 삶은 모두 최고의 글감이었다. 베스트셀러가 되는 것은 시간문제라는 거.

글을 쓰다가 진도가 나가지 않으면 병실을 떠올렸다. 필통 속 문구류도 꺼내 보았다. 내가 느꼈던 감정들이 그때는 맞고 지금은 다를 수 있다. 짚어보면 자유롭게 화장실에 갈 수 있는 감사함, 이제는 연필깎이를 살 수 있는 여유로움 등을 글로 적는다. 경험하지 않고서는 적을 수 없다. 겪었기 때문에 적을 수 있다. 문방구에는

사는 게 글쓰기입니다

저런 것도 팔릴까 싶은 물건이 많다. 만물상이다. 사장님은 다 필요한 거라며 이름만 대면 찾아준다. 실내화에서부터 체육복까지 학교에 꼭 필요한 물건이 있는 문방구. 그 안에서 학창 시절을 보냈다. 인생을 문방구라고 생각하고 내 주변에 일어나는 상황들을 '글감'으로 보는 연습을 해보자. 분명 꼭 필요한 물건을 찾게 될 것이다!

11

나는 한 권만 팬다

— 정인구

한 편의 글을 쓰려고 하는데 뭘 써야 할지 몰랐습니다. 어떤 내용으로 글을 써야 독자들이 좋아할지, 남들이 써 놓은 글을 보면 잘도 쓰는데 나는 왜 이렇게 쓰지 못하는 걸까? 주제 정하기도 무슨 글을 써야 할지 막막했습니다. 써 놓은 글을 읽어보면 무미건조했습니다. 글은 사람마다 문체가 있습니다. 자신의 문체에 따라 글을 쓰면 참한 문장이 된다고 합니다. 하지만 저는 저만의 문체도 딱히 없습니다.

무슨 일이든 재미가 있어야 지속할 수 있습니다. 재미가 없으면 계속할 수 없습니다. 글은 무에서 유를 창조하는 행위입니다. 창조 행위는 고통이 따릅니다. 해산의 고통처럼 말입니다. 사람은 고통을 피하려는 속성을 가지고 있습니다. 고통을 피하려는 속성 때문에 뇌에서 자꾸 글 쓰는 걸 방해합니다. 그러다 보니 마음은 쓰고

사는 게 글쓰기입니다

싶은데 글 쓰는 것을 주저하거나 포기합니다. 글을 '쓰다 말고', '쓰다 말고'를 반복하는 이유이기도 합니다. 글 안 쓰는 것을 정당화하려고 별 핑계 다 댄다고 말할 수 있지만, 생존을 위한 내 뇌의 보호 본능이 작동하기 때문입니다. 그러면 뇌에 부담을 덜 주고 글 쓰는 힘을 지속하려면 어떻게 해야 할까요?

독서 코칭 자격 취득을 위해 20권의 책을 읽고 독서 노트를 작성했었습니다. 한동안 책 읽고, 독서 노트를 부지런히 작성했습니다. 그러다 기록하는 것을 중단했습니다. 시간과 노력이 많이 들어가고 힘들었기 때문이었죠. 이후 마음에 드는 문장을 발견하면 가끔 글을 쓰기도 했습니다. 드라마나 영화 대사에서 영감을 받아 글을 쓰기도 했지만 지속하지 못했지요. 쓰고 싶은 마음이 들 때만 써서 블로그에 올렸습니다. 2018년, 첫 번째 책 출간 후, 공저 두 권을 출간했습니다. 내 글과 다른 사람 글을 비교하게 되었고, 내 글이 마음에 들지 않아 쓰는 걸 중단했습니다. 글쓰기에 소질이 없다고 느꼈습니다. 한동안 슬럼프에 빠져 지냈습니다.

36년 공직을 마무리했습니다. 퇴직 기념으로 책을 쓰다 중단한 목차를 찾아보게 되었습니다. '목차 40꼭지'와 초고 5꼭지 글이 저를 보고 나무라는 것 같았습니다. 미안한 마음이 들었지만 이미 시간은 많이 흘러버린 상황이었지요. 그동안 중단했던 자이언트 북 컨설팅 글쓰기 수업을 신청했습니다. "글은 잘 쓰고 못 쓰는 게 아니고, 쓰고 안 쓰고만 있을 뿐"이라며 핏대를 높이는 이은대 작가 고함을 들었습니다. 나한테 하는 소리 같았지요. 다시금 열정이 솟아올랐습니다. 12월 1일 출간 목표로 나머지 35꼭지를 열심히 쓰고 있습니다.

2022. 12. 5. '아주특별한아침만들기'(미라클 모닝) 회원들과 함께 책 1권을 선정해서 읽고, 글을 써서 매일 단톡방에 올리고 있습니다. 이찬영 작가의 『거인의 어깨』입니다. '① 오늘 날짜를 적고, ② 주제를 읽고, ③ 실행할 포인트에 대한 힌트를 얻고, ④ 명언을 필사합니다. ⑤ 내용과 관련된 내 생각과 경험을 일기 쓰듯이 쓰고, ⑥ 오늘의 결심을 적고, 기록한 대로 살아가기'로 구성되어 있습니다. 초보 작가들이 힘들어하는 글감은 이미 책에 있습니다. 매일 주어지는 주제를 나에게 맞게 살짝 수정하면 됩니다.

이제 글 쓸 일만 남았습니다. 분량은 채워야 할 부분은 ⑤번 항(내 생각과 경험을 일기 쓰듯이 쓰고)입니다. 먼저 책을 펼쳐 문장을 읽고 난 후 키워드에 동그라미를 칩니다. 책에서 제공하는 주제와 키워드를 연계하여 제목을 만듭니다. 메모지에 끄적거리다 보면 아이디어가 꼬리에 꼬리를 무는 것을 경험할 것입니다. 나의 경험이 생각나고 읽었던 책 내용이 생각납니다. 오늘 주어진 주제에 따라 글을 쓰면 글 쓰는 부담이 확 줄어듭니다. 처음에는 책 여백 빈 곳에 작성한 글 한 장을 단톡방에 올렸습니다. 그러다가 내 경험과 생각뿐 아니라 실행 방법을 독자에게 알려주고 싶다는 생각이 들었습

사는 게 글쓰기입니다

니다. 독자들은 어떻게(HOW), 즉 실행 방법을 궁금해합니다. 방법을 명시하면 글이 풍성해집니다. 방법은 챗GPT나 인터넷 검색을 하면 편리합니다. 챗GPT에 아래와 같이 검색 조건을 입력하여 자료를 수집하면 됩니다. 전자책을 쓸 때도 이 방법을 활용하면 이틀이나 삼일 안에 한 권을 쓸 수 있습니다. '글쓰기를 지속하는 방법 3가지만 알려줘.' 응답 된 내용을 내 언어로 수정하면 됩니다.

첫째, 일정한 시간을 예약하고 목표를 설정하라

매일 특정 시간에 글쓰기에 전념하세요. 예를 들어, 아침에 30분을 투자하거나 저녁에 한 시간을 할애할 수 있습니다. 이 시간 동안은 자신만의 글 쓰는 것을 목표로 설정하고, 그 목표를 달성하기 위해 노력하세요. 분량을 정하고, 이를 지키는 것이 중요합니다.

둘째, 다양한 주제와 관심사를 다루어 보라

글쓰기를 지속하려면 자신이 흥미를 느끼는 주제나 다양한 관심사를 탐구해 보세요. 다양한 주제를 다루면서 새로운 아이디어와 시각을 얻을 수 있습니다. 새로운 경험과 관점은 글을 계속 쓰는 데 큰 도움이 될 것입니다.

셋째, 글쓰기 연습과 피드백 수용

글쓰기는 연습이 필요한 기술입니다. 자주 글을 쓰며 연습하고, 작성한 글을 다시 읽어 보며 개선할 점을 찾아보세요. 또한 다른 사람들로부터 피드백을 받아들이고 개선하는 데 열린 마음을 갖는 것도 중요합니다. 피드백을 통해 더 나은 글쓰기 기술을 개발할 수 있을 것입니다.

한 권의 책을 선정하여 매일 글을 써 보세요. 글 한 편을 쓰는데, 글감 주제 찾느라 애쓸 필요 없이 글을 쉽게 작성할 수 있습니다. 제가 운영하는 미라클 모닝 회원 5명과 함께 매일 블로그에 글을 올리고 있습니다. 오늘이 273일째입니다.

조선시대 독서광인 백곡 김득신은 36권의 책을 1만 번 이상 읽었으며, 사기의 백이전은 11만 3천 번을 읽었다고 전해집니다. 다양한 분야의 글을 쓰는 것도 좋지만, 하나의 책을 선택해서 꾸준히 읽고 쓰는 것이 시간과 부담을 줄이는 방법입니다. 이렇게 하면 지속 가능한 글 쓰는 힘과 습관을 형성할 수 있습니다. 이 방법을 활용함으로써 예전에 비해 글 쓰는 시간과 부담이 줄어들었습니다. 여러 가지 글감을 찾아 헤매지 말고 책 한 권을 선택, 매일 조금씩 써보시길 권합니다. 전년 12월에 시작해 하루도 빠짐없이 글을 쓰고 있습니다. 23. 12. 4일이 되면 일 년째 되는 날입니다. 이 책이 끝나면 다른 책으로 글쓰기를 이어갈 생각입니다. 영화 '주유소 습격사건'에서 유오성은 '한 놈만 패'는 전략으로 상대를 주눅들게 합니다. 글쓰기도 마찬가지입니다. '한 권만 패'다 보면 글 쓰는 부담을 확 줄일 수 있습니다.

사는 게 글쓰기입니다

12

답은 정해져 있다

─────────────────────────── 최주선

글쓰기에 관심 보이는 사람이 주변에 제법 있다. 같이 글 쓰자고 말하면 시간 없다고 한다. 지금 바쁘다는 거다. 해야 할 일도 많고, 글 쓸 시간까지는 없단다. 그러면서도 '언젠가' 글도 쓰고 책도 내고 싶다고 말한다. 그럼 나는 안 바빠서 글을 쓰냐고 반문하고 싶은 마음도 든다. 나도 바쁜데 매일 글 쓴다. 이유는 서로 삶이 다르고 우선순위가 다르기 때문이라고 본다. 이해는 되지만, 마음이 있는데 못 한다는 걸 어떻게 해석해야 할까. 글쓰기를 시작한 대부분 사람은 일단 시작하기는 해도 초반 며칠 쓴 후 고비를 맞는다.

"글 쓰고 싶은 마음은 굴뚝같은데 도저히 시간이 안 나서 못 쓰겠어요."

"잘 안 써져서 못 쓰겠어요."

글을 못 쓰는 핑계는 많다. 바쁘다. 아이 아프다. 집안일 많다.

회사 야근 때문에 쓸 시간이 없다. 오늘은 진짜 쓰려고 했는데 일과가 바빠서, 못 쓰고 자야 할 것 같다고 한다. 하루 다섯 줄만 쓰자는데도 시간이 없다고 한다. 그러면서 글을 잘 쓰고 싶다고 한다. 진짜 글 쓸 마음은 있는 걸까? 목표가 있는 사람은 상황과 환경을 뛰어넘는다. 불가능해 보이는 상황에서도 어떻게든 하고야 만다. 쓰고 싶은데 시간이 없어서 못 쓴다는 말은 '진짜 쓰고 싶은 마음이 있는지'부터 확인해 봐야 한다. 이런 고민은 글쓰기 시작의 걸림돌이 된다. 어찌 보면 제대로 시작하지 않았으니 '고비' 축에 들어가지도 못한다. 이해 못 하는 건 아니다. 나도 그랬다. 매일 글 쓴다고 해 놓고 넘긴 날도 있었다. 항상 쓸 수 있는 상황이 조성되지 않는다. 생각 같아서는 여유롭고 쾌적한 공간에서 글 쓰면 잘 써질 것 같지만, 실제는 이것저것 널브러진 책상에서 그냥 쓴다. 치울 겨를도 없다. 일상이 그러니까 주변 몇 가지만 대충 치우고 쓴다. 노트북을 열어둔 채로 왔다 갔다 하면서 의자에 앉기만 하면 자연스럽게 키보드에 손을 올린다.

처음 글쓰기를 시작했을 때는 내 책상도 없었다. 거실 식탁 귀퉁이를 내 자리로 삼았다. 식사 시간마다 노트북 옮겨 놓기를 반복하며 글을 썼다. 그때는 책 한 권 내겠다는 강렬한 집념으로 초고를 작성했다. 처음 글 쓰면서 '작가 코스프레'를 하기도 했다. 덕분에 비교적 빠른 속도로 초고를 완성했다. 아이들이 거실에서 뛰놀든 말든, 시끄러운 소리를 내든 말든 그냥 할 수 있는 상황에 집중

사는 게 글쓰기입니다

해 내 할 일을 했다. 약간의 핀잔을 줘가며 "엄마 글 쓰니 좀 조용히 해줄래?" 한 마디 던지면서 말이다. 글 쓰고 싶은데 좀처럼 잘 안 움직여진다면 일단 환경을 만들라고 권하고 싶다. 가능하면 식탁 귀퉁이라도 좋으니 자기 지정석을 만들어 글 쓸 자리를 만드는 거다. '작가 자리'라는 이름표 없어도 가족 모두 내 지정석에는 아무도 앉지 않았다. 여기에 루틴을 만들면 좋다. 아침 혹은 점심, 저녁 어느 때도 쓸 수 있는 게 글이다. 앉아서 집중해서 길게 쓰면 좋겠지만 꼭 그렇게 못하더라도 좋다. 밖에 이동 중에 스마트폰 메모장에도 쓰려는 마음이면 다섯 줄은 쉽게 쓸 수 있다. 누군가에게 카톡으로 수다 떠는 것만 합쳐도 5줄은 이미 넘었다. 이렇게 토막토막 써도 합치면 글 한 편 만들 수 있다. 가볍게 시작하면 된다.

어렵게 글쓰기 환경도 만들고, 힘들게 마음먹었는데 글 시작부터 걸린다.

"잘 못 쓴 글 다른 사람이 볼까 봐 못 쓰겠어요."

글쓰기 강의하다 보면 이런 질문 종종 받는다. 무료 특강 들으러 오는 사람이나 정규강의 듣는 회원도 이런 고민을 토로한다. 혹은 글쓰기 소재로 적은 글에 댓글이 달리기도 한다. 글쓰기를 시작하려고 마음먹고 앉았단다. 막상 머릿속에 있는 말을 글로 옮기려고 보니 머릿속이 하얘진다는 거다. 잘 못 쓸까 봐 시작을 못 하겠단다. 개인적인 내용을 누가 보면 어쩌나 걱정도 된단다. 마음을 이해 못 하는 건 아니다. 나도 처음에 그랬다. 보통 일기를 쓸 때는 시간순으로 적든, 사건을 적든 일과를 적는다. 어떤 틀이 없어도 두서없이 써 내려간다. 큰 부담이 없다. 다른 사람에게 보여줄 거란 생각을 하지 않고 쓰기 때문이다. 일기는 잘 쓰고 못 쓰고가 없다. 그냥 '기록'에 의미를 두고 적는다.

인생의 모든 일에 '잘'이라는 한 글자만 지워도 인생이 수월해진다. 글을 시작할 때도 '잘 쓰려는' 욕심을 버려야 한다. 가벼운 마음으로 머릿속에 있는 생각을 하나씩 꺼내 놓는다. 누가 볼까 봐 걱정할 필요도 없다. 사실 사람들은 내 글에 관심 없다. 누군가 내가 쓴 글에 가타부타한다면 관심을 둔 것에 감사해야 할 정도다. 한번은 브런치 스토리에 오탈자 관련 글을 올렸는데 치명적인 오타를 그대로 발행했던 경험이 있다. 글을 쓴 지 몇 분이 지났을까, 내 글에 댓글이 달렸다. 무슨 댓글일지 설레는 마음으로 열었다. 댓글에는 "업는 -> 없는"이라고 짧게 적혀 있었다. 〈외면할 수 없는〉이라고 적어야 하는데 〈외면할 수 업는〉이라고 적은 채로 발행한 거다. 의도했든 안 했든 상관없이 제목에 턱 하니 어이없는 오타를 발행한 게 창피했다. 명색이 작가 겸, 책 쓰기 코치가 말이다. 순간 창피했지만 고마웠다. 그냥 지나칠 수도 있었을 텐데 더 많은 창피를 당하기 전에 알려준 이웃 작가에게 고마웠다. 내가 수정하자 이웃 작가는 댓글을 지웠다. 간혹 내 글에 좋아요를 눌러 줄 뿐, 평소 소통하는 관계도 아니었다. 작가여도, 책 쓰기 코치여도 실수한다. 때론 잘 안 써진 글을 그대로 발행하기도 한다. 괜찮다. 처음부터 완벽히 하려고 할 필요 없다. 쓰는 데 의의를 두면 된다. 글

사는 게 글쓰기입니다

쓰기에는 퇴고 단계가 있다. 글을 몇 번이고 고칠 수 있다. SNS의 경우에는 발행 후에도 또 수정할 수 있는 장점이 있다. 그러니 부담을 버리고 생각나는 말을 두서없이라도 적어 내려가는 단계를 거쳐봐야 한다. 키보드 위에 손을 놓고 계속해서 써 내려가다 보면 마치 키보드 위에서 내 손가락이 춤을 추는 듯한 순간을 만나게 된다. 물론 이렇게 되려면 꾸준한 쓰기는 필수다. 몇 번 했다고 저절로 실력이 느는 건 아니다. 다만, 글쓰기를 하고 싶다면 '일단 써야' 글의 끝을 만날 수 있다.

나는 욕심이 많다. 한 번에 여러 개를 하고 싶고, 다 잘하고 싶다. 그래서 평소에도 멀티 테스킹을 한다. 하루 가용시간은 정해져 있다. 짧은 시간에 여러 가지 일을 하고 싶다. 그래서일까, 처음에는 글 쓸 때도 그런 습성이 글에도 묻어났다. 하나의 글을 쓰면서 이 말도 하고 저 말도 쓰고 싶었던 거다. 그 어떤 것도 메시지가 될 수 있다.

그러나 메시지는 언제나 단 한 가지여야만 한다. 하나의 글에는 한 가지 메시지만 담아야 한다. 욕심을 버려야 한다. 이렇게 하나의 메시지를 경험과 연결하면 근사한 메시지가 된다. 메시지 찾기는 보물찾기와 같다. 보물은 어느 장소에도 숨길 수 있다. 술래는 사람들이 잘 찾지 못하도록 꼭꼭 숨겨 둔다. 반대로 술래가 일부러 찾기 쉽게 비교적 잘 보이는 곳에 두기도 한다. 꼭 보물이 깊이 숨겨져 있을 것으로 생각하고 구석진 곳만 찾는 사람도 있다. 다시 말하면 어느 곳을 뒤져도 보물이 나올 수 있다. 평범한 일상에서도 얼마든지 메시지를 찾아낼 수 있다. 그러니, 어떤 주제가 되더라도 메시지를 만들어 낼 수 있다. "이런 것도 메시지가 될 수 있나요?"라고 고민하는 사람에게 얼마든지 가능하고 말이다. 다만, 글 쓸 때는 주제가 명확해야 한다. 심혈을 기울여 곰곰이 생각해 봐야 한다. 의미를 찾기 위해 사색하는 시간은 필요하다. 주제와 메시지를 찾기 위해서 도움이 되는 방법은 질문이다. 내가 지금 독자에게 '무엇'을 전달하고 싶은지, 이 글을 '왜' 쓰려고 하는지 명확히 해 놓고 써야 한다. 주제가 정해졌다면 일단 시작할 때 독자에게 하고 싶은 말을 먼저 쓴다. 그 후에 내 경험을 바탕으로 앞의 문장을 받아 말을 이어 나가면 된다. 경험부터 쓰고 마지막에 메시지를 담아도 괜찮다. 이미 머리로는 알고 있는 내용대로 써도 가끔은 글 쓰다 막힐 때가 있다. 쓰던 걸 지우고 처음으로 돌아가기도 한다. 혹은 쓰다가 막혀 저장해두고 다른 글을 시작했던 경험도 있다. 이렇게 여러 번 반복한다고 해도 항상 썩 맘에 드는 글이 나오지는 않는다. 때로는 좀 부족한 것 같아도 마구 내달려 쓴 글이 더 만족스럽기도 하다.

　글 쓰다 보면 고비가 종종 찾아온다. 바쁘고, 컨디션도 별로다. 그냥 이유 없이 쓰기 싫은 날도 있기 마련이다. 그런 날은 안 쓰는 것도 괜찮다. 하지만 그냥 쓰기 싫은 날은 "오늘은 글이 쓰기가 싫다"로 시작한다. 그럼 몇 줄이라도 쓰게 된다. 정말 힘든 날은 그냥 짧게 쓰고 덮어도 무관하다. 매일 한두 줄이라도 쓰겠다는 마음이면 된다. 키보드 위에 손가락을 올려놓고 근력을 기르다 보면 타자속도만 빨라지는 게 아니라 글쓰기 실력도 향상되는 순간이 온다. 고비 후에는 반드시 성장이 따른다. 고비 없는 성장은 없는 법이다.

마치는 글

✍ 박정미 ————————————————————

 두 번째 공저에 참여했습니다. 이번에는 글쓰기에 관한 책입니다. 글쓰기에 대해서 깊이 생각해보는 기회가 되었습니다. 나를 표현하는 단순한 글을 쓰다가 독자를 생각하는 글을 써야 했습니다. 네 편의 글을 쓰는 동안 나의 지지부진했던 과거와 마주했습니다. 후회와 아쉬움이 가득합니다. 글을 쓰지 않았다면 그냥 지나쳐 버렸을 내 삶에 의미와 가치를 찾아보았습니다. 내 삶이 소중해집니다. 좀 더 많이 읽고 쓰며 세상과 타인을 이해하고 잘 살아가고 싶습니다.

사는 게 글쓰기입니다

백란현

라이팅 코치로 처음 만나는 사람들과 자주 대화를 나눈다. 이들은 글쓰기, 책 쓰기에 관심이 있는 만큼 나의 말, 글, 행동을 보고 있다. 나로 인하여 '읽고 쓰는 삶'의 가치를 알게 된다면 얼마나 행복할까 상상해 본다. 이를 위해 '속으로 하는 생각과 혼자 있을 때 하는 말조차 타인에게 영향을 미친다'는 이은대 대표의 어록을 잊지 않으려고 자주 읽는다. 라이팅 코치로서 글쓰기 관련 공저를 낼 수 있어 기쁘다. 덕분에 한 권의 책이 세상에 나온 때까지의 과정을 배웠다. 이후 공저 기획과 진행도 해 볼 예정이다.

서린

"인생 햇볕 비치는 곳만 찾아 헤매지 말고, 당신이 태양이 되세요!" 이은대 사부님 블로그 글에서 만난 문장입니다. 읽고 쓰는 삶을 만나 주체적으로 살아가는 요즘 행복합니다. 작가로 라이팅 코치로 독자에게 따뜻한 세상을 알려주고 포근히 빛을 비춰주는 태양이 되겠습니다. 독서와 글쓰기로 변화와 성장을 기꺼이 돕겠습니다. 사는 게 글쓰기입니다. 읽고 쓰는 삶을 응원합니다.

✎ 송주하

『질서 너머』의 저자 조던 피터슨이 "글을 잘 쓰는 능력과 말을 조리 있게 하는 능력이 있다면 아무도 막을 수 없다"라고 했습니다. 말과 글은 사람이 살아가면서 꼭 필요한 소통 수단입니다. 내가 가진 생각과 감정을 제대로 전달할 수 있어야 합니다. 한 번에 가질 수 없는 능력입니다. 꾸준히 공부하는 것만이 유일한 방법이라고 배웠습니다. 매일 글 쓰고 책을 읽습니다. 지금의 노력이 누군가에게 도움이 될 거라고 믿고 있습니다. 인생에 진심을 담아가는 중입니다.

✎ 이은설

가정폭력 피해 여성이 되어 서울 온 지 6년이 되어 갑니다. 지금도 많이 부족합니다. 지금 부족하고 모자라는 것은 앞으로 잘할 수 있는 일만 남은 것이겠지요. 있는 그대로 나 자신을 아끼고 사랑하고 칭찬하고 격려하고 싶습니다. 지금까지 나의 과거 나의 삶이 어떻든 미래는 백지입니다. 그 백지 위에 언제 어디서나 누구에게도 '당당'하고 싶습니다. 지금은 '당'까지 왔습니다. '당당'이 될 때까지 꾸준히 읽고 쓰겠습니다. 개인 저서 준비 중입니다. 출간되면 요양보호사 교육원에서 강사로 강의하는 모습을 꿈꿉니다.

사는 게 글쓰기입니다

이은정

매일 글을 씁니다. 그것은 하루의 시작이자, 마무리죠. 글쓰기는 나에게 숨쉬는 것과 같습니다. 어릴 적부터 글쓰기는 나의 피난처 였죠. 시간이 흘러 어쩌다 보니 작가가 되었습니다. 만만치 않습니다. 사람들의 기대와 나 자신의 기준 사이에서 흔들리는 날도 있습니다. 때론 허무감에 휩싸일 때도 있지만, 그럴 때마다 글쓰기에 더 깊게 몰입합니다. 무언가를 표현하는 것, 그 자체가 삶의 원동력입니다. 매일 글을 쓴다는 건 멋진 일입니다. 단언컨대, 글쓰기는 내가 살아있다는 증거입니다.

이현주

'시작이 반?' '시작이 전부!' 2022년 9월의 나와 2023년 9월, 지금의 나는 다르다. 시작하지 않았다면 결코 경험할 수 없는 삶이다. 공저로 『오늘이 전부인 것처럼』, 『쓰면 달라진다』를 출간했고, 전자책으로는 『오십, 책으로 나를 찾다』가 있다. 꿈에 그리던 작가, 글 쓰는 사람이 되었다. 글을 쓰면서 변화하고 성장했다. 있는 그대로 '나'를 인정하고 믿게 되었다. 오늘에 집중하고, 일상에 감사한다. 내 안의 악당을 물리치고 내가 만드는 영화의 주인공이 되고 싶다. 새로운 결말, 원하는 삶을 위하여!

장진숙

좋은 글을 써서 사람들이 행복하게 사는 데 도와주고 싶어 라이팅 코치를 시작했습니다. '나는 이제 라이팅 코치다.'라는 마음을 가지니 글쓰기 수업도 열심히 듣고 독자에 대한 고민도 많이 하게 됐습니다. 라이팅 코치로서 책임감도 생기고 세상에 바라보는 눈이 달라졌습니다. '그 한마디가 나를 살렸다.'를 쓰면서 겪은 고군분투기와 행복한 오늘을 살아가는 훈련을 담았습니다. 저와 함께 일상의 아름다움을 같이 느낄 수 있었으면 좋겠습니다. 함께 글 쓰는 즐거움을 느낄 수 있었으면 좋겠습니다.

장춘선

2년. 읽고 쓰는 삶으로 달려든 시간이다. 우연히 글쓰기와 마주쳤다. 힘들었지만 행복했다. 가정과 직장 그리고 글쓰기. 모두 놓치고 싶지 않았다. 새로운 분야에 적응하기 위해서는 몰두해야 할 시간이 필요했다. 글쓰기는 하면 할수록 넘고 싶은 산이었다. 잠을 줄였다. 텔레비전을 껐다. 경험하지 못한 인생의 참맛이 있었다. 끈기와 열정으로 버텼다. 작가가 되었고 글쓰기 코치가 되었다. 글 쓰는 사람들과 어울리며 또 다른 삶으로 성장하고 있다. 간호사와 작가. 글쓰기 코치로 남은 인생 빵빵하게 채우려 한다.

정은주

작가로 불리는 건 기분 좋지만 쑥스럽습니다. 글쓰기가 직업이지만 '쉽게 쓰는 글쓰기' 문구에 홀깃합니다. 글감은 많지만 주저리주저리 분량 채우기에 급급해합니다. 글쓰기 강의 준비는 유명작가의 글쓰기 책을 뒤적이며 벼락치기 합니다. 원고, 초고, 퇴고 삼고를 격하게 거부하면서도 공저에 참여합니다. 책쓰기에 주저하는 사람들의 마음을 누구보다 잘 안다고 고백합니다. 미루고 미루다 써내려 갑니다. 이런 나를 글 속에서 다독거려줍니다. 이러면서 작가가 된다고.

정인구

책을 읽고 싶어 <부산큰솔나비> 독서 모임을 시작했습니다. 여섯 해가 흘렀네요. 저도 회원들도 방학이 끝나고 등교한 사춘기 소년처럼 쑥 성장했습니다. 글을 잘 쓰고 싶어 「라이팅 코치」가 되었습니다. 매주 3시간 글쓰기 수업을 듣고, 강의자료 준비에 이틀을 할애합니다. 2시간씩 글쓰기 강의를 진행하며 매일 글을 씁니다. 내가 쓴 글과 가르친 내용을 실천에 옮겨 더 나은 삶을 살려고 애씁니다. 글이 나를 만들고 내가 글이 되는 걸 배워갑니다. 'Hi_라이팅 코치' 되어 있는 6년 후 내 모습을 봅니다.

　체계적이고 반복적인 운동과 훈련을 지속하면 근육이 생기고 몸이 달라집니다. 운동, 악기, 영어, 운전, 춤, 미술 등 무엇이든 시간을 들여 노력해야지만 원하는 실력을 갖출 수 있습니다. 인고의 시간이 필요한 거죠. 글쓰기도 훈련의 영역입니다. 글쓰기 관련 책을 읽고, 강의를 듣는다고 해서 글을 잘 쓰기는 어렵습니다. 의지와 노력을 들여 생각을 스스로 기록해야 합니다. 방해물이 있더라도 할 수 있습니다. 하나씩 이기고 글쓰기를 했다는 자체가 큰 성취감을 줄 테니까요. 글 쓰는 시작이 작가가 되는 길입니다.